Elmar Hörig

Freiluftklapse Deutschland

Für alle meine Fans und meine Katzen MUSCH, JOJO, JOLENE, GECKO, BROWNIE, TEDDY, WATZMANN, BIMBO, PINKY, MIETZ; BREKKI-MIETZ, MOLLY, BUMSKOPF, BUBI, ROLLO, SUNKING, SPACKO, DOS DOS, MAUSI, MAMA LEON, FELICE, PRINCESSA, KABA ☺

Inhalt

Eindringliche Warnung!

Wenn für Sie ein leeres Glas immer noch halb voll ist, dann kaufen Sie dieses Buch nicht, weil Sie offensichtlich nicht mehr zu retten sind. Vermutlich sind Sie ein Null-Peiler, ein Traumtänzer, ein Warmduscher oder einfach nur ein Idiot!

Sind Sie aber eher ein echter, cooler Checker und sagen: „Dieses Glas ist wie Flasche leer", dann könnte Sie dieses Tagebuch einer völlig durchgedrehten Republik mega interessieren.

Nicht, dass wir uns falsch verstehen, ich liebe mein Land und ich bin immer stolz gewesen ein Deutscher zu sein. Jedoch ertappe ich mich in den letzten Jahren immer mehr bei dem Wunsch, dass ich lieber Schweizer oder, wenn das nicht ginge, mindestens Österreicher wäre.

Das würde mir vielleicht helfen zu verstehen, wie eine der erfolgreichsten Nationen der Welt langsam aber sicher den Bach runter geht. Müsste ich einen Zeitpunkt nennen, an dem das Fiasko begann, dann würde ich es im Jahre 1998 verorten, als Deutschland die Pest in Form von ROT-GRÜN heimsuchte (und ich hab die auch noch gewählt). Ein ehemaliger Steinewerfer wurde Außenminister und der Kanzler ein Typ, der sich die Haare nie färbte und Ehen als Kurzzeithobby pflegte. Ab da begann das Schlamassel. Zuerst unmerklich schlich sich die Seuche der Political Correctness in unser tägliches Leben. Ein vehementer Eingriff in die Meinungsfreiheit der Bürger und ein Sozialabbau erster Güte folgten.

Die zweite Katastrophe begann am 22. November 2005! Nach der Pest folgte nun Ebola in Form einer Ex-SED Hofschranze. Ihr Markenzeichen: DIE RAUTE DES GRAUENS.

Wer glaubte, er hätte rechts gewählt, musste leider feststellen, dass er zwar rechts wählte, aber dafür links bekam. So was nennt man dann halt Pech! Politik ist gemeinhin ein Hurengeschäft, also hätte man sich mit diesem Linksruck vielleicht noch arrangieren können. Doch dann kam der Tag, der alles änderte. Der 4. September 2015 kann als Datum für Fiasko, Durcheinander und schlichtweg Chaos bezeichnet werden. Über 6.000 Flüchtlinge sitzen in Ungarn fest und rennen alles über den Haufen, was sich ihnen in den Weg stellt. Rauten-Lilly muss eine Entscheidung treffen. Zuerst sah es kurze Zeit so aus, als ob der einzig richtige Weg eingeschlagen würde. Flüchtlinge stoppen, notfalls mit Gewalt! Doch dann kamen verhängnisvolle Zweifel. Was, wenn es hässliche Bilder von Verletzten oder sogar Toten geben würde? Dann wäre der Friedens-Nobelpreis dahin. O.K. hätte sie gesagt, aus humanitären Gründen helfen wir Ungarn dieses eine Mal, aber dann ist Schluss! Chance verpasst! Der Rest ist Geschichte. Glücksritter aus den Lehmhütten im allerletzten Winkel dieses Planeten verstanden dies als Einladung ihre sieben Sachen zu packen (zumindest alles außer ihrem Pass), und machten sich auf den Weg ins gelobte Land, in dem Milch, Honig und Kohle fließen.

Und Madame Pompadour aus der Uckermark stellt sich hin und tönt: „WIR SCHAFFEN DAS". Daraufhin begeben sich tausende von Teddywerfern an die Bahnhöfe dieser Nation und hielten Schilder hoch mit „BITTE MEHR DAVON". Das muss man einem Afrikaner nicht zweimal sagen. Zurzeit sitzen etwa sechs Millionen Schwarze auf ihren Koffern und die Flüchtlingsindustrie kommt aus dem Grinsen nicht mehr raus. Eine wahre Flut von Glücksrittern ergießt sich tagtäglich in unser Land und zerstört langsam aber sicher unseren sozialen Zusammenhalt. Die Gräben werden tiefer und der Ton rauer!

Das Jahr 2018 könnte das Jahr sein, in dem alles zu kippen begann. Deshalb habe ich in Form eines sarkastischen, satirischen, hoffentlich humorvollen Tagebuchs knapp zusammengefasst, was täglich passiert ist. Sie werden sich fragen: „FAKE NEWS?" Antwort: „Sicher ein paar, aber den Rest des Wahnsinns kann man gar nicht so erfinden!"

Also, auf gehts! Ertragen Sie die Wahrheit? O.K., dann füllen Sie Ihr Glas mit was auch immer, Sie werden es brauchen!

☜●❍♓⬧ ❍□♓■♌❒♓♐■

Elmis moinbrifn

Dieses Tagebuch ist ein Zeitdokument der Geschichte dieses Landes. Es wird so gedruckt, wie es geschrieben wurde, mit allen Rechtschreib- und Kommata-Fehlern!

Der AUTHOOR ☺

WAHRHEIT IST WIE POESIE,

ABER DIE MEISTEN MENSCHEN

SCHEINEN POESIE ZU HASSEN.

(aufgeschnappte Konversation in einer New Yorker Bar)

Aus dem Film : A BIG SHORT

Netzfund

26. JULI 2018

Polizeibericht Berlin

Uhrzeit: 7:45 Uhr

Gewaltsames Eindringen der Polizei in eine Wohnung in Treptow-Köpenick. Festnahme eines 25-jährigen Türken. Der Mann, wegen schwerer Gewalt-Delikte vorbestraft, soll abgeschoben werden. Die Einsatzkräfte legen dem Mann Fußfesseln, sowie eine Spuck-/Beißhaube an, überstellen ihn zum Flughafen Tegel und übergeben ihn an Beamte der Bundespolizei. Nachdem die Anwältin des Türken, der zuletzt eine Haftstrafe wegen Totschlags verbüßt hatte, einen Asylantrag stellte, wurde die Rückführungsmaßnahme abgebrochen und der Betroffene entlassen.

DEUTSCHLAND 2018!

Februar 2018

☜●❍♓⧫ ❍□♓■♌□♓♐■

Elmis moinbrifn

09. Februar 2018

#PRESSE: Heute wird vermutlich Gabor Steingart vom Handelsblatt entlassen! Ich lese jeden Morgen begeistert sein „Morning Briefing“: Hochintelligent und bestens politisch informiert. Nun hat er sich im Briefing von vorgestern den Traumtänzer Schulz vorgenommen. Dessen abscheuliches Verhalten gegenüber Sigmar Gabriel verglich er mit einem klassischen „Vatermord“. Jetzt hat er deshalb wohl nach diesem Wochenende keinen Job mehr. Steingart hatte sich in der Vergangenheit auch öfters die Merkel vorgeknöpft. Stand er deshalb auf der Abschussliste?

Nun meine Fragen:

1. Wieviel Arschloch und Hosenscheißer muss man beim Handelsblatt sein, um einen der letzten aufrechten Journalisten in Deutschland zu entlassen?
2. Wann endlich schämen sich die Links-Faschisten der SPD über die Machenschaften eines grenzenlosen Polit-Schurken?

3. Wann endlich wird erkannt, von welchen Psychopathen wir zurzeit regiert werden?

Ich hatte bisher immer recht mit meinen Visionen.

ES WIRD KRACHEN

FREUN WIR UNS DRAUF!

P.S. Das Morning Briefing wird mir sehr fehlen!

12. Februar 2018

#MISSPIGGY: Jetzt muss sich Rautenlilly schon selbst ins ZDF einladen, um nochmals zu betonen, dass sie weitere vier Jahre alles richtig macht. Ob sie denn erpresst wurde, fragte die exzellente Interviewerin Frau Schausten. Nein, sie wäre diejenige gewesen, die Schulz die Brust auf die Pistole gesetzt hätte.

Während Frau Alternativlos wacker an ihrem Untergangsszenario festhielt, warf ein Syrer einen Hund des Nachbars aus dem Fenster (tot), versuchte im Hamburger Bahnhof ein Afghane eine Frau zu vergewaltigen. Er wurde kurz darauf gestellt und … wer hätte es gedacht? … wieder freigelassen.

Dubios weiterhin, dass ein LKA-Beamter, der in der islamistischen Szene ermittelte, von einem deutschen Anwalt vor die Tram gestoßen wurde. Warten wir es ab. Deutschland 2018 eben!

#PENG: War noch was? Ach ja, Pjöng Päng. Läuft ganz ordentlich, vor allem wenns ums Schießen geht. Das lässt für die Zukunft hoffen.

Leider haben wir uns verrodelt!

Euch einen tollen Rosenmontag!

14. Februar 2018

#TÜRKEI: Erdogan droht US Truppen mit einer osmanischen Ohrfeige. Sie sollten ihn mit einem christlichen Aufwärtshaken aufs Kreuz legen. #Donald bumaye.

#NATUR: Meeresspiegel steigt schneller als erwartet. Wenn das so weitergeht, fährt Holland bei der übernächsten Fußball WM schon wieder nicht mit.

#SHOW: Helene Fischer muss Konzerte absagen. Schwere Bronchitis. Wenn sie es nicht mehr schafft, ist sie den Atem los.

#BEREICHERUNG: Bahnverbindung zwischen Augsburg und Ulm gesperrt. 200 afrikanische Asylanten proben den Aufstand. Leidtragende sind die Pendler. Man fragt sich, welche Grundrechte eigentlich besser geschützt sind. Die von Deutschen Bürgern oder die von illegalen Asylanten?

#ELMI: Heute Nahtoderfahrung auf der Loipe! Ich starte bei strahlendem Sonnenschein und die Loipe läuft gut. Plötzlich höre ich wie jemand versucht mich zu überholen. Das mag ich gar nicht. Ich beschleunige. Kann ihn aber nicht abhängen. Erhöhe nochmals Schlagzahl.

Pumpe geht ordentlich. Über drei Kilometer kann ich die Distanz nicht erweitern. Wahrscheinlich ein Jungspund aus dem Olympiakader, denke ich. Ich schwitze, Pumpe am Anschlag. Mein Astralkörper gibt alles! Ich drehe zur Rückrunde um und will mir den Jäger anschauen. Ich brech fast zusammen. Ältere Frau über 50 mit einem Hintern wie ein Kölner Brauereigaul. Als sie außer Sicht ist, knie ich mich zum Gebet in den Schnee:

„Herr, der Du bist mein Hitler ... äh, Hirte, Hirte, danke für diesen wundervollen Skitag! Das nächste Mal, wenn mich jemand auf der Loipe verfolgt, dann bitte lass es, oh Herr, eine 25-jährige Nymphomanin sein!“ Ski Heil!

Euch einen zauberhaften, sonnigen Valentinstag

Elmi

15. Februar 2018

Hey, ihr Schnarchzapfen vom ZDF. Da will ich mir gestern meinen Helden Ronaldo CR7 anschauen und was moderiert? Eine Frau!

Toll! Hier macht die Frauenquote absolut Sinn. Fachkundige Fußballexpertin. Weiß alles über Abseits und so. Aber warum benutzt sie die gleichen Sprachhülsen wie ihre männlichen Kollegen? Da wird beinhart gepresst und kommt aus der Tiefe. Und was der Präsident von PSG macht, juckt keine Sau.

Wenn schon, dann will ich Sätze hören wie: „Wenn Gareth Bale zum Sprint ansetzt, krieg ich hier jedes Mal einen Milcheinschuß!“

Stattdessen kommt alle zwei Minuten in Holzfällerart ein geröhrtes „Neymaaaaarrr" durch mein Wohnzimmer gedonnert. Ich höre mich ernsthaft leise flüstern: „Vielleicht ist Béla Réthy doch nicht so schlecht, wie man denkt!“

Elmi

P.S. Marcelo war geil

👎□■■♏❒❖□⧫⌘♏ ☛⑥⑤⑤
🙰⑨❷⑥⓿❻🙰

16. Februar 2018

#Buntland: Heiko Maas bezeichnet AFD Mann als Hetzer. Darf er, weil die Begriffe Hetzer und Hassprediger nicht justiziabel sind. Cleveres Kerlchen. Die andere Frage ist, ob der Begriff Kümmelhändler als Volksverhetzung zählt. Der Staatsschutz ermittelt. Er hat ja sonst nix zu tun.

Immerhin war Aschermittwoch. Wenn man da keine Ethnien beleidigen darf, wann dann?

#Gewalt: NRW-Vergewaltiger stellt sich. Wollte schon gestern drüber berichten, aber über Sinti mach ich grundsätzlich keine Berichte. Siehe Staatsschutz oben.

#Olympia: Pjön Päng: Gold im Eiskunstlauf für Deutschland. Klasse Kür, aber ehrlich wars ja Gold für die Ukraine und Frankreich. Schön wars trotzdem.

Ich geh jetzt in die Tube und spring einen Triple Cork

Euer Swagger

Elmi

17. Februar 2018

#PRESSE: Deutschland im kollektiven Freudenrausch! Deniz Yücel ist frei! Da liegen sich Journalisten weinend in den Armen, die sonst nicht eine Sekunde zögern, mit ihren Schmierereien eiskalt Existenzen zu vernichten! Da lässt ein Türke einen andern frei und Deutschland geht ab wie'n Zäpfchen.

Natürlich gabs hintenrum keine Deals, sagt unser noch Minister für Außen draußen. Wohlgemerkt, da wird ein bekennender Deutschenhasser auf Staatskosten heimgeflogen, der einem anderen Menschen einen qualvollen Tod an den Hals wünscht und sie feiern ihn mit roten Ballonherzen am Autokorso. Wie krank ist das denn?

Aber es ist eine Win-Win-Situation für jedermann. Sie werden ihm in allen Talkshows einen roten Teppich auslegen, wenn er seine beiden neuen Bücher vorstellt: „TÜRKENKNAST VOM FEINSTEN“ und „GEWÜRZHÄNDLER-TREFFEN AM BOSPORUS“. Sigmar behält sein Ministeramt (Win), Erdogan kriegt neue Panzer, die ihm dann von den Kurden zerbröselt werden, und die Auflage der Zeitungen wird kurzfristig steigen (Win). Fehlt nur noch, dass Yücel mit Böhmermann nach Antalya fliegt und einen neuen Film dreht: "FUCK TWO GÖTES". Dann wären wir zwei Komiker auf einen Schlag los.

Win-Win eben!

Euer Kümmelmonster

Elmi

19. Februar 2018

#Pföng Peng: Jetzt gehts los! Doping bei Olympia. CURLING oder wie wir es in unserer Jugend nannten: Bettpfannenschieben! Jetzt ist diese Sportart also auch hip. Früher nur aufgefallen wegen ollen Dauerwellenfrisuren von Frauen, die Eis gefegt haben unter lautem Gebrüll. Sei's drum!

#Berlin: 10.000 ohne Internet! Ziemlich hart für Legastheniker.

#Hamburg: 18-Jährige in Rissen überfallen! Zuerst mit Pfefferspray geblendet dann vergewaltigt! Täterbeschreibung: schwarze Haare, schlechtes Deutsch, südländischer Typ. Und täglich grabscht das Murmeltier!

#Buntland: Wachmänner an Bahnhöfen klagen: Wir sind froh, wenn wir nur angespuckt werden. Deutschland 2018. Noch Fragen??

Mit Kraft durch den Tag

Euer Elmi,

The Godfather of Truth

20. Februar 2018

#PLEM-PLEM: Saarland: Frau verklagt Sparkasse, weil im Briefkopf steht: Lieber Kunde! Sie besteht auf Kundin. Ich hätte ihr zurückgeschrieben: Lieber Kunde, für Ihren Dachschaden gibts leider keine Ziegel. Gehn Sie zur Volksbank!

#Mali: Deutsche Tornados nicht einsatzbereit. Zuviel Biodiesel im Kerosin! Nachhaltiges Bomben scheint also nur bedingt möglich. Wegtreten!! Angriff am besten tanzen.

#Berufsschule Goslar: Der Begriff Messerstecherei wird wohl zum Symbol dieses Landes. Schüler sticht auf Schülerin ein. Schwer verletzt. Dafür muss man Verständnis haben. Willi Schmatzke (Deutscher) - haha - musste sicher seine Ehre verteidigen.

Es hilft nur noch Kotzen!

#Berlinale: Til Schweiger hat Krücke! KEINHÜFTHASE.

#Politik: AFD jetzt vor SPD. Klingt erstmal gut, aber jetzt müssen sie GROKO machen ob sie wollen oder nicht. Deutschland wird leiden!

21. Februar 2018

#Neues von der Köterrasse: Ein Hund soll Mitglied in der SPD sein! Der darf dann rein theoretisch bei der Abstimmung mitpfoten. Eh alles für die Katz. Aber witzig isses schon. BLONDIE GOES GROKO

#Jugend messert für Ehre: Bluttat von Kandel wird vermutlich ausgehen wie das Hornberger Schießen. Täter jetzt unter 21! Unsere Streicheljuristen werden ihn verwarnen, wenn überhaupt. Manchmal kommt man sich hier vor wie in einer Freiluftklapse.

#München: CSU-Frauen wollen Drogendealer im Botanischen Garten mit Zumba wegtanzen! Dealen im Dreivierteltakt. Respekt! Nur, Mädels, wenn die dunklen Dealer dann auch plötzlich anfangen anzutanzen, solltet ihr vorsichtshalber beide Hände vor eure Zumba halten. Es könnte sonst eng werden. Ich als alter Hütchenspieler kenn mich da aus.

#Trend: Flüchtlingsstatus scheint bei uns sehr begehrt zu sein. Er bedeutet automatisch bedingungsloses Grundeinkommen. Deutschland, ein Land in dem Milch und Knete fließen. Schge bald Refudschiii! Nur, die glauben mir die 17 Jahre nicht. Kann man da mit Botox was pfriemeln??

Weiß da jemand Bescheid? Ich such so lange meine rote Hose.

Euer

Arier Robben

22. Februar 2018

#Pjöng Peng: Sensation beim Eishockey! Deutschland zieht ins Halbfinale ein. Historischer Sieg gegen Weltmeister Schweden. Seit 1410 endlich wieder mal im Halbfinale. Gegen Kanada. Kommt Jungs, die haut ihr auch weg. Das Motto muss sein: „Puck, das war sein letztes Wort, dann flogen ihm die Zähne fort!"

#Buntland: Katastrophale Zustände bei der Bundeswehr. Es klemmt in allen Ecken. Flugzeuge fliegen nicht, Panzer panzern nicht und

U-Boote tauchen nicht. Da fällt mir ein Spruch meines Opas aus dem ersten Weltkrieg ein: Ein U-Boot, das nicht taucht, taucht nix!

Vielleicht sollte Rohrkrepierer-Barbie mal ne Grundausbildung absolvieren und weniger schwafeln! Vielleicht wird's dann besser. Man soll die Hoffnung nicht aufgeben.

Viele meiner kritischen Fans fordern mich ultimativ auf, endlich mal Stellung zu den Ereignissen in Heilbronn zu nehmen. Ihr erinnert euch, ein betrunkener Russe hat drei Flüchtlinge gemessert. Ich hab recherchiert, aber die Polizei hält sich sehr bedeckt. Das schafft Raum für Vermutungen. Meine Vermutung ist, dass er vielleicht nur schneller gezogen hat. Aber wie gesagt, Genaues weiß man genau nicht. Ich denke, der Mantel des Schweigens kommt den Politikern entgegen.

#Frankreich: Muttersöhnchen Macron verschärft die Asylgesetze. Irgendwann begreift es jeder Depp. Und wer motzt???? Die Weltumarmer wieder. Cést la vie, ma chere Asylaint.

#Hamburg: Richterin geht in Mutterschutz ! G20 Prozess gegen 18-jährigen Chaoten droht zu platzen. Manchmal kann man es einfach nicht glauben. Mal gucken, wer zuerst platzt.

#Auto: Verwaltungsgericht vertagt Entscheidung für Fahrverbot für Diesel auf Dienstag. Jetzt können die Lobbyisten mal zeigen, was sie so draufhaben. Ich richte schon mal den Geldkoffer und atme tief durch.

#HUNGER: Tafel in Essen gibt nur noch Nahrung an Deutsche ab. Grund: 75Prozent der Empfänger waren plötzlich Flüchtlinge und es gab Drohungen und Stress. Wenn's halt was zu holen gibt ...!

Gute Entscheidung! Bitte mehr davon.

#Bern: Schweizer stimmen am 4.3. über Abschaffung der Rundfunkgebühren ab. Das klappt! Aber nicht bei uns, leider.

ZDF sieht glasklare Akzeptanz für das duale Rundfunksystem.

Ich brech ab! Was werft ihr Pfeifen euch eigentlich tagsüber ein? Gerade eben Sportmeldung. „Das Spiel endete 1:0 unentschieden", und um das mal klarzustellen, die Geschwister Scholl waren Mitglied der weißen Rose, nicht der weißen Hose, du Spacken. Der mit der weißen Hose war Mehmet Scholl

Abschaffen! Sofort!

Euer Elmi

Stolperstein Experte, Träger des schwarzen Gürtels in SUADA

23. Februar 2018

#Politik: Hey, was war der Cem Özdemir in Fahrt im Bundestag! Antrag der AFD gegen Ausweisung von Deniz Yücelbrütz abgeschmettert. Da war sicher noch Restärger über den knapp verpassten Außenminister mit drin in dieser Kampfrede. Den Anzug hatte er schon mal besorgt. Feines Tuch!

Obwohl ich es ja gut gefunden hätte, wenn Erdogan beim ersten Treffen den amtierenden Özdemir auch gleich eingelocht hätte. Den diplomatischen Eiertanz hätt ich gern gesehen. Alternativlos.

Er bezeichnete die AFD als Rassisten. Das ist ok so, weil nicht justiziabel. Wenn er Mut gehabt hätte, hätte er sie „Volksverhetzer“ genannt. Dann hätte er zwar eine Unterlassungsklage am Hals, aber es wäre heldenhaftes Standing gewesen. Ab 10.000 Euro knickt halt jeder Links-Grüne Schwätzer gern schon mal ein.

Ich würde den Türkenzausel von der Welt heute noch ausweisen und ihm seine Scheiß Anti-Deutschen Glossen in den Allerwertesten schieben. Oder lieber gleich Tante Springer.

Und dass wir laut Cem eine freie Presse haben, halte ich für den besten Witz seit langem.

Alles getürkt oder was??

Elmi (Der Dalai-Lama der hate speech)

24. Februar 2018

#Buntland: Kramp-Karrenbauer, neue Klimakteriumsbeauftragte der CÄDU, will junge Kriminelle nur dann abschieben, wenn Betreuung im Heimatland gegeben ist. Werte Frau Knochenhauer, ich versichere Ihnen, die ist dort gegeben. Nennt sich wie bei uns : KNAST.

#Berlin: Bundestag hat Burkaverbot abgelehnt. Der Kniefall vor dem Islam nimmt beängstigende Formen an. Das ist kein Kniefall mehr, das ist schon Enddarmreinigung, halal.

#Kunst: Da wir gerade dabei sind, Eklat um Erdogan Bild auf Kunstmesse in Karlsruhe. Galerist muss nach heftigen, inszenierten Protesten und Tumulten von Erdogan Türken ein Bild des Künstlers Thomas Baumgärtel wieder abhängen. Es zeigt den nackten Hintern des Despoten mit einer Banane drin. Ich fands ganz hübsch.

Wie war das noch gleich in der Rede von Cem Özdemir? Deutschland ist ein freies Land mit Pressefreiheit und so weiter. Gilt das auch für Kunst? Mittlerweile glaube ich, dass Erdogan in diesem Land mehr Macht hat, als all diese Pfeifen im Bundestag links von der AFD.

#Pjöng Peng: Eiskunstläuferin Nicole Schott lief ihre Kür zur Musik von Schindlers Liste. Das gefällt dem Zentralrat der Erinnerungskultur überhaupt nicht. Pfui! Proteste weltweit! Sorry,

Isaac, kommt nicht mehr vor. Bei den nächsten Spielen wieder Wagner, wie immer.

Doppelschwör!

Elmi

(Schuldkultkonditionierter Süd-Bürger)

☜♓⬧●♋◆♐ ❍♋♍♒⧫ ♐ ❑♏♓

25. Februar 2018

#Pjöng Peng: Gut gemacht Eishockey-Jungs! Gestern haben die Russen noch gelästert. Heut sind se heilfroh, dass ihr knapp vergeigt habt. Klasse Leistung.

#München: Seehofer droht mit Ende der GROKO! Frage: Hatten die denn schon angefangen? Und wenn, hätten wirs gemerkt? Macht der nie und nimmer!

#Berlinale: Goldener Bär wird an die Sex Doku „Touch me not“ verliehen. Ich hätte auch mal einen verdient, ich hab in meinem Leben so viele Bären vergoldet.

#Berlin: Französischer Geistlicher mit Regenschirm erstochen! Täter: schwarz, traumatisiert, aggressiv, Psychopath! Ach so, vergessen, natürlich wie immer, bedauerlicher Einzelfall.

#Dortmund: 16-Jährige ersticht 15-Jährige auf Parkdeck. Täterin laut Spiegel „Deutsch". Wenn der Spiegel sowas schreibt, klingt das für mich wie : „Aische hat ne Banane im Po."

Schönen, frischen Sonntag

Facebook Enforcer

Elmi the Pelmi

26. Februar 2018

#Olympia: Heureka, Pjöng Peng hat fertig! Gelungenes Abschneiden der deutschen Mannschaft. Respekt! 14 Mal Gold. O.K., die Hälfte davon Zonengold.

#Berlin: Merkels Masterplan: Panzerschrott-Barbie bleibt! Freisler auch! Neu: Jens Spahn: Gay Ministerium für Gesundheit! Bildung: Anja wer??? Anja Karl Chic Chac Chek. Das Phantom der Oper kriegt Wirtschaft. Hauptsache die Frauenquote stimmt! Den Rest wird die SPD vergeigen!

#Dortmund: Danke BILD, dass wenigstens ihr euch traut, den Vornamen des Mordopfers zu nennen. Aaliyha ... aaaah jetzt. Die Mörderin schweigt! Könnte der Titel meines nächsten Buches werden : „UND EWIG SCHWEIGT DER MIHI".

Elmi (Realitätsministerium)

27. Februar 2018

#Berlin: Linke haben mittlerweile absolute Mehrheit. Dieses versiffte Kaff geht als erstes den Bach runter. Jede Wette. NRW wird als nächstes folgen. Kann man nicht mehr stoppen. Burka auf und durch.

Unser neuer Gaysundheitsminister war früher als Lobbyist für die Pharmaindustrie tätig. Da hamma den Bock wohl zum Gärtner gemacht.

#Essen: Nach NAZI-Schmierereien will der Chef der Tafel hinwerfen. Ja, richtig, werft doch wegen den linken Spinnern am besten alles hin. Ein Volk, das seine Armen und Alten nicht mehr versorgen kann, sollte sich einfach schämen.

#Hamburg: Erdogan klagt gegen Böhmermann in zweiter Instanz. Mal schauen, wer als erster von den beiden eine Banane im Hintern hat.

28. Februar 2018

#Thüringen: O-Ton Bodo Ramelo (Linke): „Das Ruhrgebiet würde ohne türkische Zuwanderer nicht existieren!" Wär mir persönlich scheißegal! Da wär vielleicht da ein friedlicher, schöner, stiller Park mit frischer Luft.

#Essen: Tafel hält an Ausländerstop fest! Nun hagelt es heftige Kritik! Nur wer selbst dabei war, kann nachempfinden, mit welchen aggressiven Vandalen sich die freiwilligen Helfer auseinandersetzen mussten. STOP!

#Diesel: Deutsche Umwelthilfe im Auspuff-Glück. Bundesverwaltungsgericht stoppt Diesel! Klagen gegen Benziner und Elektroautos sollen folgen.

Kopfkino: 81 Millionen arbeitslose Fahrradfahrer im Luftkurort Migrationsparadies Europa Mitte.

#Herxheim: Die gute Nachricht! Der Gemeinderat hat beschlossen, dass die Hitler-Glocke weiterläuten darf!

Heileluja sag i.

Elmi

Ich leg mich nochmal hin

☜●❍♓⧫ ❍□♓■♌□♓♐■

März 2018

☜●❍♓⬧ ❍□♓■♌□♓♐■

Elmis moinbrifn

01. März 2018

#Posse 1: BGH hebt Mordurteil gegen Totraser auf! 2016 Berlin. Mit 160 km Rennen auf dem Ku'damm. 16 rote Ampeln später schießen Hamid und Marvin einen Autofahrer ins Jenseits. Mord!? Nein, Prozess wird neu aufgerollt.

Man muss das verstehen, wenn Gottes vierte Garnitur einen minderwertigkeitskomplex-beladenen Testosteronvergleich macht, ist das wesentlich höher einzustufen, als ein Menschenleben aus der Köterrasse. Aber fahrt mal versehentlich mit dem Traktor über ein Migrantenkind, das überlebt ihr nicht!

#Posse 2: Erinnert sich noch jemand an Fagde Abdull? Schwerverbrecher wird nach Afghanistan abgeschoben. Laut Gerichtsbeschluss muss ihn Deutschland wieder zurückholen. Nicht gerade billig. Jetzt isser wieder hier und nun wurde sein Asylantrag abgelehnt. Noch Fragen?

#Posse 3: Ex-Chef von VW Winterkorn soll schon früher über die Betrügereien in seiner

Firma informiert gewesen sein. Echt jetzt? Ein Chef weiß über so was Bescheid? Unglaublich!

Abgasmanipulation und Deutschland? Never!!

Da wird bei mir sofort wieder die Erinnerungskultur geweckt.

Deshalb FEDDICH

Elmi (Betrugssoftware Spezialist)

02. März 2018

Am Sonntag 11 Uhr, nicht vergessen! GROKO platzt! Neuen Termin eintragen.

GROKÜ FEST. Es gibt Spahn-Merkel auf Scholz-Kohle mit einem Maas Frustbier für UMME. Am Ausschank Ursula die alte Leyer Eule!

Das war schon Nahles heute

P.S. Morgen Demo in Kandel

03. März 2018

#Berlin: Cyberattacke gegen Bundesregierung. Russische Hacker. Wer auch sonst. Wär nie rausgekommen, wenns nicht einer verpfiffen hätte. Ein sogenannter „Pfeifenbläser". So isses halt, wenn man noch alte Kupferleitungen hat, statt Breitband. Peinlich!

Hey, lieber Russhacker, beim nächsten Angriff bitte StrgAlt+Entf drücken, dann sind die Politik Schwachmaten vielleicht auf einen Schlag weg. Spasibo!

#Michigan: Schon wieder Tote bei Schießerei auf einem Campus in den USA. #Michigunpossible.

#Hamburg: Offener Brief von Cleber, Slomka, Will, Plasberg, Illner & Co. an Bundeskanzler Kurz in Österreich. Grund: Vizekanzler Strache soll den Ruf von Journalisten beschädigt haben. Was bitte soll man da noch beschädigen, ihr selbstherrlichen Volkserzieher? Ihr habt nur Angst um Eure Kohle. Ende!

#Cardiff: Teenager wollte Justin Biber Fans töten! A wa, der wollte nicht töten, das war Notwehr!

Elmi (offizieller whistleblower der GROKO)

04. März 2018

#Posse: Gleichstellungsbeauftragte der Bundesregierung will deutsche Nationalhymne ändern lassen! Diese sei zu männlichkeitslastig! Meine Fresse, man kann es nicht fassen! Da ich aber volles Verständnis für meine linksverseuchten, hirntoten Mitbürger habe, hier mein bescheidener Beitrag zu einer tendenziell weiblichen Hymne:

EINIGKEIT UND RECHT UND FREIHEIT
FÜR DEN DEUTSCHEN UTERUS
ESSEN ALLE MUTTERKUCHEN
WELCH EIN KÖSTLICH HOCHGENUSS

#Politik: Jetzt also nochmal dreieinhalb Jahre Knechtschaft und Volkserziehung. Rautenlilly stellt ihr bestes Team: Panzerfaustbarbie, ein Typ vom andern Ufer, zwei Frauen, die keine Sau kennt und Gollum Altmayer. Der Rest kommt von der abgewatschten Bätschi Partei. Das gabs in ähnlicher Form das letzte Mal 1945. Nannte sich damals Volkssturm. Das letzte Aufgebot. Drei Tage später kamen dann die Russen.

05. März 2018

#Laupheim (BW) Ehemann und Bruder stechen 17-Jährige nieder! Sie war in „nicht ziviler Ehe“ mit einem 34-Jährigen nach Scharia-Recht!

Das Mädchen wollte sich trennen, denn sie hatte einen neuen Freund. Da sagt das deutsche Scharia-Recht: Metzeln! Sofort! Aber die Sache endet wie in einem romantischen Rosamunde Pilcher Film. Sie überlebt knapp und ihr ungeborenes Kind auch. Ein Video der Stechorgie wurde an den neuen Freund des Mädchens geschickt. Das ist der oskarverdächtige Stoff, aus dem Träume sind.

Und während ich diese Zeilen schreibe, wird in irgendeinem dunklen Hinterzimmer in Bottrop ein junges Kind von einer bärtigen Analphabetin mit einer Glasscherbe beschnitten, während in der Badewanne ein anderer ein Lamm ohne Betäubung schächtet.

Kulturparadies Deutschland 2018! Ein Land, in dem laut Presse das Gas knapp wird. Vor 80 Jahren wär das noch ne gute Nachricht gewesen.

Schge jetz Ziegen fffffüttern

Elmi (Facebook Bullshitter)

06. März 2018

#Rom : Nach den Wahlen in Italien beginnt nun das populistische Zeitalter! Hab ich schon lange kommen sehen. CAMBIA TUTTO! Ui, wenns das mit Gorgonzolasauce gibt, geb ich 5 Sterne!

#Schwachsinn: Migrantenpartei ADD zeigt Essener Tafel an! Grund: Rassendiskriminierung bei Essensausgabe! Wieso bildet sich eigentlich jeder Klappspaten bei uns ein, er könne uns zwingen, was wir zu tun und zu lassen haben? Wieso sollen wir unsere Tafeln von ein paar Vandalen kaputt machen lassen, während unsere Alten hungern? Klebt einfach weiter lustige Wahlplakate mit dem Konterfei eures Führers drauf, am besten mit osmanischer Banane im Hintern!

#Hollywood: Berauschende Rede von Oscar Gewinnerin Frances Dormand. Die beiden letzten Worte hatten es in sich: „Inclusion Rider"! Bedeutet Paragraph der vertraglich absichern soll, dass bei Filmen Minderheiten und Frauen ausreichend repräsentiert werden.

Holla, bei den Filmen, die ich schaue, dachte ich, das wär schon lange so. Aber bei Youporn gehts wohl gar nicht anders!

Feddich!

Elmi (Träger der gelben Narzisse)

07. März 2018

#Berlin: FDP listet Merkels gebrochene Wahlversprechen auf! Jesses, dagegen wirkt der Brockhaus wie eine Zeitungsbeilage. Wer den Brockhaus nicht kennt, das ist der Koran für Wissensdurstige, nur ohne Ehrenmord und Steinigung.

#Deutschland: Das politische Klima wird rauer. Sollte es zum Bürgerkrieg kommen, hier mein Rat an alle Männer: „Verlasst Frau, Heim, Hund, Katz und Kinder und rettet Euer Handy." Asylromantik pur!

#Hollywood: Schwarzer klaut Oscar von Frances Mc Dormand! Hallo, wie blöd kann man sein, um nicht zu wissen, dass beim Film alles gefilmt wird? Trotzdem Happy End:

OSCAR GOES HOME - OTHELLO GOES KNAST

#München: Bayern wird nicht gegen Ehe für alle klagen! Das wird meinen Hamster aber sehr freuen.

Feddich

Elmi (Der Tinder Schwindler von Black Forest)

08. März 2018

#Belin, Belin: Neue Staatsministerin im Kanzleramt für Netzpolitik Dorothee Bär, kaum auf der Bildfläche, schon verkackt! Motto: „Wenn schlichte Einfalt auf Realität trifft." Sie faselte was von Flugtaxis und autonomem Fahren. Ich wär ja schon glücklich, wenn mein Internet bei Unitymedia nicht dauernd aussteigen würde. Die CSU scheint mir mittlerweile eine Ansammlung von autonomem Schwachsinn.

#ZDF: Kevin Kühnert, das Hamsterface der SPD, outet sich bei Lanz! So banal das klingt, wo sonst? Sein großes Vorbild sei Klaus Wowereit! Meine Fresse, hoffentlich kommt Kevin nie auf die Idee einen neuen, leeren Flughafen mit unseren Steuergeldern zu bauen, zum Beispiel am Arsch der Welt.

#Australien: 132 Jahre lang schwamm eine Flaschenpost aus Deutschland im Meer, bis sie jetzt in Down Under an Land gespült wurde. Die darin enthaltene Nachricht lautete: „Hallo, kurze Frage, ist Merkel noch im Amt? Gruß Bismarck!"

Feddich

Elmi (Der Bachelor für MILFS)

9. März 2018

#Berlin: Nu also doch! Maas wird Außenminister. Das wirkt positiv auf die erektile Dysfunktion. Ich persönlich hätte lieber einen Mann auf seinem Posten gesehen.

Dafür gibts jetzt Hubertus Heil als Arbeitsminister. Jetzt kann man dieses Wort endlich wieder benutzen, ohne dass Facebook gleich sperrt: „Arbeit macht Heil".

#ARD: Gladbecker Geiseldrama 1988 gut inszeniert! Wenn Politik auf geballte Inkompetenz trifft, also SPD auf NRW, dann kanns nur schiefgehen. Bremen (auch SPD) setzte noch einen drauf! Obwohl die Möglichkeit bestand, die beiden Vollidioten auszuknipsen, war der finale Rettungsschuss verboten, wegen Nazivergangenheit und so.

Nur dass das klar ist, heutzutage würde das nicht so enden, es wäre ein noch größeres Fiasko. Jede Wette. Wie auch immer, die beiden Spacken sind bald wieder auf freiem Fuß.

Vielleicht kümmert sich ja die Mafia drum!

#ZDF: Es kommt nicht oft vor, dass ich mit geballter Faust vor dem TV stehe. Danke Lanz für dieses Paradebeispiel von Volkserziehung. Tenor: Flüchtlinge gut, Freital und Kandel alles böse Nazis. Normalerweise gehe ich bei Ärger mit meinem Pitbull noch ne Runde, aber gestern hab ich mir einen Baseballschläger bestellt. Keine Portokosten, hab nämlich Amazon Crime.

Feddich

Elmi (Heil Bicus Dickus)

10. März 2018

#Berlin: Promikoch Attila parkt seinen Porsche falsch und legt sich mit der Polizei an! Bei Festnahme brüllt er: „Ich werde dieses Land mal regieren!" Klingt wie ein ganz normaler, größenwahnsinniger Türke, der im Lotto gewonnen hat! Übrigens: Porsch kann park wo will, Alde!

#Washington : Donald Trump zieht durch. Strafzölle für Europa! Das muss Politiker weltweit beunruhigen. Ein Gewählter, der seine Wahlversprechen einlöst. Wo kämen wir denn dahin?

#Stockholm: Schweden kapituliert vor den Migranten. Täglich mindestens eine Schießerei! Bereits vierzig Tote. Integration von Muslimen gescheitert. Menschen in Großstädten in Dauerangst.

Übrigens, No-Go wie Neukölln heißen in Schweden „Sozial exponiert!" Sozialisten halt!

#Berlin: Da wir gerade davon reden. 14-Jährige erstochen. Beziehungstat! Täter flüchtig! Jetzt beginnt wieder das ethnische Suchquiz! Woher kommt der Täter? Aus Mordanien? Aus Messerchusetts oder war es ein Fan von Bayern Lynchen oder ein Bärtiger aus dem Töteburger Wald?

Nur ernstgemeinte Zuschriften bitte!

Feddich

Elmi

11. März 2018

#Berlin: Endlich steht sie, die heißersehnte GROKO. Für die, die es vergessen haben, wir hatten diesen Schweineladen im September abgewählt. Egal, nun sind se halt da! 10 Männer, 6 Frauen (Rautenlilly zählt als Mann! Basta!). Eigentlich nur 9 and a half Man. Der Zwischengrößenzwerg aus dem Saarland kriegt keine volle Punktzahl.

Innenminister Seeotter hat Masterplan für Abschiebungen von Flüchtlingen! Machen wir's kurz: WIRD SCHEITERN!

(Meine Frau ruft gerade, ich soll den Müll rausbringen ... Moment ... so, wieder da.)

#Sigmaringen: Polizei plant verdeckte Ermittlungen gegen kriminelle Ausländer! CDU Minister plaudert das aus. Wie viel Scheiße muss man im Hirn haben, um der eigenen Polizei in den Rücken zu fallen und damit ihr Leben zu gefährden? Polizei wird abgezogen und Ali und das halbe Kosovo lachen. Mit Recht.

#Frankfurt: Postbank und Deutsche Bank streichen 6.000 Stellen! Ein Land, in dem man gut und gerne lebt.

#Hannover: Mann wird an Endhaltestelle niedergestochen! Lebensgefahr. Täter auf der Flucht. Ach so, fast vergessen, südeuropäisches Aussehen ... alles andere hätte mich auch gewundert.

#Sibirien: 54 abgetrennte Hände sind dort in einem Sack gefunden worden. Das ist ja dann wohl ein sogenannter Second Hand Sack.

Feddich

Elmi (Maulwurf der GROKO)

12. März 2018

#Berlin: Jens Spahn neuer Wuppdich Minister der GROKO sagt: „Hartz IV bedeutet nicht Armut!“ Dieser Spruch könnte auch von

Dagobert Duck aus Entenhausen sein! Auf solche Ideen kommt man doch nur im Darkroom! Meine Fresse!

#Arsenal: Per Mertesacker spricht über hohen Druck im Fußballgeschäft. Vor jedem großen Spiel drehte sich ihm der Magen um! Hallo?? Bei 20 Millionen Einkommen im Jahr sollten die alle würgen, das sagt mir schon mein deutscher Neidfaktor. Weiterhin frohes Brechen! Mir kommen gleich die Tränen.

#Hamburg: Bittere Zeit für die Kicker vom HSV. Abstieg steht an, Fanwut entlädt sich. Siehe oben, Würgen und Brechen. Jetzt wurden beim Training schwarze Holzkreuze aufgestellt! Tröstet Euch Jungs, schlimmer als der Tod ist nur der Abstieg in die Zweite Liga!

#St. Tropez: Brigitte Bardot (83) Sexmythos der 1960-er und feuchter Traum meiner Pubertät bringt ihre dritte Biografie auf den Markt! Tenor: „Tiere haben mein Leben gerettet, vor der arroganten Spezies Mensch habe ich immer Angst gehabt.“ Recht hat se!!!

Brigitte, ich liebe Dich noch immer.

#Peking: Chinas Staatschef Xi kann jetzt so lange regieren wie er will. Man nennt ihn jetzt nicht nur in Schlitzowenien: LANGLAUF Xi.

Feddich

Elmi (Mitglied der 14K-Trida)

13. März 2018

#Justiz: SS Mann Oskar Gröning stirbt im Alter von 96 Jahren. Kurz vor seinem Haftantritt wegen Beihilfe zum Mord im ehemaligen KZ. Passt: Deutsche Justiz hat ihr Gewissen beruhigt, der Zentralrat hat seine Genugtuung, Oskar jetzt seine Ruhe. So was nennt man eine dreifach Win-Win-Win Situation!

☼◆♒♏ ♓■ ☞❒♓♏♎♏■

#Win Win: Könnte sich der HSV mal ne Scheibe abschneiden!

#Flug: Sitze gerade am Flughafen Frankfurt beim Kaffee. 4,70 Euro!! Da wär bei Hartz 4 schon Schicht im Schacht!

#Wien: Vor 80 Jahren Anschluss Österreichs an das Großdeutsche Reich! Der Führer spricht, ein Volk im Freudenrausch.

#Berlin: Merkel wird morgen wohl wiedergewählt. Ich würde mich lieber Österreich anschließen!

Elmi (Leiter des Seehofer Heimatmuseums)

14. März 2018

#Berlin: Die Raute des Grauens, die Wuchtbrumme der Uckermark, das Lagerfeld Model für Sackmode ist wieder am Ruder.

Glückwunsch Deutschland!!! Vier Jahre weiter so!

In Fluchtanistan knallen die Sektkorken! Pässe weg und auf die Reise! Nicht meine Kanzlerin!

#Hamburg: Zwei Leuten ins Bein geschossen! Täter auf der Flucht! Beschreibung wie immer. Südländisches Aussehen mit Ölaugen.

Ich bin jedoch sehr erleichtert, dass es diesmal kein Messer war. Variation belebt den Alltag.

#USA: Stormy Daniels, Donald Trumps temporäre Feuchtunterlage will 130.000 Dollar Schweigegeld zurückzahlen! Ihre Story bringt mehr Cash! Im richtigen Leben heißt sie Stephanie Tittford! Titelvorschlag für ihr neues Buch: „WHO NEED BRAIN WHEN YOU HAVE TITS?"

#Mexico: Im Sommer stehen Wahlen an! Mindestens 30 Kandidaten wurden schon ermordet. So, liebe Leser, wird man ne GROKO los!

#TV TALK: Grünen-Vorschlag: Auf Autoreifen verzichten! Wahnsinn, Deutschland dengelt auf der Felge von Osnabrück nach Venlo! Geil!

Elmi (Modeberater der Bundeshenne)

15. März 2018

#Oer-Erkenschwick (wo auch sonst): Und täglich grüßt das Brülläffchen. Stadt will Recht auf Muezzin-Gesang durchsetzen! Irgendwann in naher Zukunft werden wir fünf Mal pro Tag daran erinnert, dass wir zu doof waren, um die Zeichen der Zeit richtig zu deuten. Aber es wird uns nicht mehr stören, denn mit abber Rübe hört man nicht mal mehr seinen eigenen Tinnitus!

#Flensburg: 17-Jährige erstochen! Täter: Jung, muslimisch, Afghane! Wird das nicht langsam langweilig immer mit dem Messer? Vielleicht mal was Neues probieren? Ehrenmord mit Kettensäge von Obi? Das hätte STIHL!

#RTL: Jetzt auch endlich „Me Too“ bei GZSZ! Schwächelt die Quote? Na dann!

#Berlin: Die Krätze breitet sich dramatisch aus! Aber immerhin weiß man ihren Namen und woher sie kommt! Göring-Eckhardt fordert Umbenennung des Gesundheitsministeriums! In Zukunft heißt das:

GEH EINFACH STERBEN APP

Feddich

Elmi (Der Nervengiftberater von Putin)

16. März 2018

#NRW: Razzia an siebzig Orten! Polizei kassiert Luxuskarossen von kriminellen Familienclans! Ist das bitter. Wie sollen denn jetzt diese armen, traumatisierten Menschen zur Tafel fahren oder ihr Hartz IV kassieren? Etwa mit der Straßenbahn??

#Köln: Apropos, da sind doch gestern glatt zwei Straßenbahnen zusammengestoßen. Einer der Zugführer hatte jede Menge Allool. Vierzig Verletzte, aber Gott sei Dank keine Mitglieder der Familienclans, denn die waren ja noch in ihrem Lamborghini.

Et hätt noch immer joot jejange! Aalaaaf!

#Berlin: Seehofer bringt es auf den Punkt: „Der Islam gehört NICHT zu Deutschland!" Zu spät, lieber Herr Seeopfer! Das wird den Zentralrat der ominösen Strickkäppchen nicht beeindrucken. Oder es mit den Worten der DDR Hofschranze zu formulieren: Jetzt sind se halt mal da! Basta! Fresse halten!

#Beliiin: Berliner Senat plant Antiterror-zentrum! Klasse! Am besten den Hauptsitz an den neuen Flughafen (BER) verlegen. Sie müssen nur neue Monitore mitbringen.

17. März 2018

#Berlin: Islam und kein Ende! Was jetzt? Gehört der Islam jetzt zu Deutschland oder nicht? Der Eine sagt Hü der andere Hott! Wenn ich die DDR-Tröte so posaunen höre, dann sollten wir froh sein, wenn wir Christen in ein paar Jahren noch zu Deutschland gehören!

Die Rechtsprechung scheint auch schon einzuschwenken. Trotz verweigertem Handschlag gegenüber einer Kollegin darf ein Muslim weiter Polizist bleiben! Was kommt als Nächstes? Er darf sie straffrei ins Koma prügeln? Warten wirs ab!

#Madrid: Tumulte nach Polizeirazzia. Ein Senegalese starb beim Flüchten. Der Rest der Straßenhändler Bande ging zum Angriff über. Es wäre Mord! Wer dealt sollte auch rennen können!

#Berlin: Neues von unserem Linksaußen. O-Ton: „Wegen Auschwitz bin ich in die Politik." OK, jeder wie er will. Aber andersrum wärs ja blöd für ihn!

#Köln: Ach ja, wieder Einzelfallproblematik! Rentner wird in Köln geschubst. Schwer verletzt. Täter auf der Flucht. 1,80 groß, südländisches Erscheinungsbild. Im Westen nichts Neues!

#Deutschland: Der "kalte Irenäus" hat uns fest im Griff! Da müssen wir durch. Na, dann warten wir halt auf den "warmen Jens".

Elmi (Bachelor der Aufrechten)

18. März 2018

#Oberbayern: Spontane Erscheinung! Maria, die Mutter Gottes, kommt um genau 16.30 in Unterflossing!! Kein Witz. Mich irritiert nicht die Uhrzeit, eher die Frage, dürfen Jungfrauen überhaupt kommen? Kirche distanziert sich! Amen!

#Politik: Gesundheitsminister Spahn nennt zwei Maßnahmen, um Durchbruch gegen Demenz zu erreichen. Ich kenne noch eine: Neuwahlen!

#Berlin: AFD Antrag zur Grenzkontrolle wird im Bundestag abgelehnt. Aktien der Messerhersteller schnellen nach oben.

#Bundesliga: Hey Profifußballer, wenn ihr geniale Spielzüge präsentiert ... klasse! Wenn ihr eure Spielerfrauen schwängert ... noch klasser! Aber wenn ihr ein Tor schießt, hört um Gottes Willen auf, den Ball unters Trikot zu schieben und am Daumen zu lutschen! Macht euch lieber ein neues Tattoo ins Genick!

Zum Beispiel: „Kevin gebohrt in Mai."

#Urbach: Im Rems-Murr-Kreis zündet Asylbewerber vorsätzlich Unterkunft an! Da fackelt der Sozialtourist nicht lange. Keine Sorge, das neue Reihenhaus ist schon bezugsfertig, wir schlafen so lange im Zelt. Soll ja wärmer werden!

Feddich

Elmi (Skilift-Techniker für ganz Georgien)

19. März 2018

#Baden-Württemberg: 7-jähriger verhaltensauffälliger Schüler (früher hieß das Rotzlöffel) sticht mit Messer auf Lehrerin ein!

Ich könnte wetten, diesmal war's Harald.

#Dessau: Junger Mann kriegt zehn Monate Haft für Hitlergruß!! Hätte er mal lieber zugestochen (siehe oben)! Ausgestrecktes Messer gibt maximal drei Monate auf Bewährung! Weggetreten!

#CSU: Markus Blume will AFD radikal bekämpfen, aber sich intensiv um die AFD-Wähler bemühen. Das ist so, als ob man unter Tage arbeiten will, ohne sich die Hände schmutzig zu machen.

#Berlin: Lufthansa-Vorstand glaubt, dass der neue Flughafen BER wieder abgerissen wird! Wär das Beste! Vorher vielleicht Wowereit und seine Kumpels noch in den Knast und dann Ärmel hoch. Pack mers!

#USA: Kim Kardashian's letzter Wille: Fingernägel lackieren und ihr Po soll in einer Halle neben dem Friedhof gelagert werden!

Elmi (Putins Wahlfälscher)

20. März 2018

#Spiegel.de: Ich wusste es, es war ein Fake!

Fakefinderprofis von Bento liefern den Beweis! Doch keine Muslima im Mercedes zum Tafelbesuch in Landau! Gott sei Dank bin ich nicht drauf reingefallen!

Ich dachte mir spontan, wenn das mal nicht ein paar Romas sind, auf dem Weg in die Fugäzo zum gemeinsamen „Musizieren“ in einem kurzfristig „geliehenen“ Auto! Hey, Fake Dicks von Bento, ich lag doch richtig, oder??

#Pozzallo: Italienische Justiz hat Flüchtlings Rettungsschiff „Open Arms“ wegen Begünstigung illegaler Einwanderung beschlagnahmt! Großer Aufschrei! Tja, wenn man die Flüchtlingsgelddruckmaschine stoppt, weinen viele! Schiff wird spontan umbenannt in „Closed Knast“.

#Hamburg: Deniz Yücel, deutsch-türkischer Poet, ist zurück im „Newsroom“ der WELT! Freudentaumel und schon wieder Tränen. Die hocken jetzt sicher zusammen und beraten, wem sie als nächsten einen Schlaganfall wünschen, wahrscheinlich dem Gauland!

#Afrin: OK, seit 1945 dürfen wir nie irgend-wo mehr einmarschieren. Männo. Das macht laut Presse jetzt die türkische Miliz für uns, die im Schutz deutscher Panzer plündernd durch die Stadt ziehen und Hunderttausende vertreiben! Das muss doch unserer Panzerfaust Barbie im Bauchnabel prickeln!

Elmi (Facebooks genialster Fakedoktor)

22. März 2018

#Köln: Akif Pirinçi verliert Berufungsprozess! Das Wort „Umvolkung" scheint dem Richter nicht gefallen zu haben. Sehr zur Freude der anwesenden Journalistin des Kölner Express, die ihre Begeisterung und Genugtuung unverhohlen zum Ausdruck brachte! „Der Richter zerlegte ihn ...", „Mit hängenden Schultern saß Akif ..." Man konnte ihren Milcheinschuss förmlich hören. So geht faire Berichterstattung! Chapeau! Egal, bald hängen nicht nur ihre Schultern!

#Sankt Petersburg: Neo Nazi treibt Prostituierte nackt durch die Stadt! Drei Jahre Haft! Geht ok. Bei der Kälte hätte er ihr wenigstens eine Mütze aufsetzen können. Krass!

#London: Ex Beatle Ringo Starr wurde von Prinz William zum Sir ernannt! Well done Richie! Yeah, yeah, yeah!

#Frankfurt: Es bedarf 83 Beamte, um 22 Abschiebehäftlinge abzuschieben! Beispiel aus Bühl gefällig? Fünf Afghanen, Intensivstraftäter, werden nach Frankfurt auf den Flieger gebracht. Dort müssen alle noch mal auf Klo. Fünf Minuten später kommen alle raus mit ihren Fäkalien beschmiert. Pilot verweigert Mitnahme! Mit Recht! Bundesgrenzschutz fährt fünf stinkende Männer zurück in den Schwarzwald. Noch Fragen??

Da fällt mir doch zum Abschluss ein Kinderlied ein:

Drei Afghane mit dem Kontra Schiss saßen uff de Straße und beschmierten sich, Da kam die Polizei und sagt: was ist denn dis? Drei Afghane mit dem Kontra Schiss.

Feddich

Elmi (Yoga Meister)

23. März 2018

#Justiz: Trotz allabendlicher Messerstecherei unserer Kulturbereicherer ist das definitiv die Woche der Gerichtsurteile.

Akif verliert Berufung, zwei karamellfarbene Totraser (Firat & Erkan) müssen jetzt doch in den Knast, und in Freiburg gewinnt unser Goldstück des Monats Lebenslänglich, nach Erwachsenenstrafrecht, obwohl er erst zehn war. Er geht in Berufung. Koscht ja nix! Vielleicht kommt Freispruch, wär ja noch döner.

#Essen: Zwei libanesische Großfamilien gehen mit Waffen aufeinander los. Polizei geht dazwischen! Finde den Fehler! Statt einzugreifen einfach mal zur Seite treten und der Entfaltung von Kulturen beiwohnen. Kann durchaus eine Bereicherung sein. „Und jedem Anfang wohnt ein Zauber inne"(Hermann Hesse). Und sollte es dennoch aus dem Ruder laufen kurz mal die Tatortreiniger rufen, wenn NRW so was überhaupt hat!

#SAT1: Neue Sendung! Bachelor für Senioren über 60! Single Show heißt „Hotel Herzklopfen".

„Hotel Herzkasper" wäre lustiger gewesen, aber was will man von SAT1 erwarten. Warte nur darauf, dass RTL nachzieht und DSDB bringt! Deutschland sucht den Bypass!

"Drum prüf, wer sich im Alter bindet Ob sich nicht doch ne Windel findet" (E.H.)

Feddich

Elmi (Asylberater der Bundesregierung)

24. März 2018

#Trèbes: Islamist tötet vier Menschen in Supermarkt! Einsatz Sonderkommando! Terrorist tot - zack - im Jenseits - Ende der Veranstaltung. SUPER Ü!

Gleiche Szene bei uns: Bundestag bildet 153 Arbeitskreise unter Leitung von Kathrin Flöte Leckhart und beschließt erstmal zu warten, weil man nicht weiß, ob das Jenseits ein sicheres Herkunftsland ist. Mittlerweile wird der Supermarkt abgerissen, weil er von derselben Firma gebaut wurde, die den Berliner Flughafen verbockt hat. Täter hat sich nach Schweden abgesetzt und da wo der Supermarkt war kommt jetzt eine Moschee hin. Germany 2018!

#BAWÜ: Landwirtschaftsminister für Kuhscheiße (CDU) glaubt, es gehe die Bevölkerung nichts an, welche Menge Insektizide, Herbizide, Fungizide von Bauern eingesetzt werden. Man sollte ihm einen Einlauf mit Gülliziden verpassen.

#Flensburg: Polizei erklärt Teile der Innenstadt zum "gefährlichen Ort"! Jugendliche vorwiegend mit Karamellhintergrund rasten aus! Ausgerechnet Flensburg! Normalerweise nur Punkte und Bier in Ploppflaschen. Jetzt wohl Ausrichter der Migrationsfestspiele Nord!

#RTL: Motsi Mabuse (RTL) ist schwanger. Das ist mir völlig Nigeria.

Feddich

Elmi (Master of Tiki-Taka)

25. März 2018

#MEZ: Sommerzeit! Mal wieder! Uhren vor! In sechs Monaten Uhren zurück! Bundestag lehnt Antrag auf Abschaffung ab. Kein Wunder, bei den meisten, die abgestimmt haben, ist im Kopf eh Dauerherbst.

Es wäre so einfach! Sommerzeit lassen, auch im Winter, und gut is!

#Kandel: Wieder heftige Proteste. Nun marschiert auch Malu Dreyer (SPD) mit! Natürlich auf der Seite der Aufrechten gegen die Bösen, sprich Nazis, Besorgte und AFD!

Liebe Frau Dreyer, darf ich so lange Ihren Heiligenschein halten, während linke Chaoten Flaschen und Steine auf Polizisten werfen? Immer zu Diensten.

#Buntland: 24.500 Waffen in Deutschland gestohlen! Wenn demnächst hier der Bürgerkrieg ausbricht, werden wir sehen, wer sie auf uns richtet. Ich drück uns länger hier Lebenden schon mal die Daumen. Inschallah!

Was hab ich da kürzlich gelesen?

Optimisten lernen Chinesisch
Pessimisten lernen Arabisch
Realisten lernen Schießen.

Da könnte was dran sein.

Euch einen guten Start in den Sommer

Elmi (Waffenschein Linksträger)

26. März 2018

#USA: Die haben doch alle einen an der Waffe

#USA: Hunderttausende protestieren beim „Marsch für unser Leben". Sollen sich nicht so anstellen! Ihr Präsident hat ungeschützten Sex! Das nenne ich „Eier".

Spaß beiseite! Kompromissvorschlag: Wir nehmen ihnen die Hälfte der Waffen ab, denn wir werden sie bald brauchen. Sonst fürchte ich, werden die neuen Fachkräfte uns den „Marsch blasen".

#Lübeck: A 226 durch feiernde Türken blockiert! Wilder Westen on the road. Autos quergestellt und dann wird geschossen. Tja, wenn osmanische Testosteron-Zäpfchen trunken vor Glück Hochzeit feiern, gibts kein Halten mehr. Wer die Waffe hat, hat Vorfahrt! Alte Mercedes Regel.

Frage: „Was macht eigentlich so eine Kebabnase, wenn er in der Hochzeitsnacht erfährt, dass seine Aische gar keine Jungfrau mehr ist? Gibts dann Weltkrieg???"

Ihr wisst ja, die Steigerung von Messer ist: MESSER - MACHETE – MG!

#Hannover: Sorry, schon wieder Messer. Diesmal Kategorie A. Jugendliche Ali Babas (13/14/17) stechen Frau ab. Jugendstrafrecht, da bin ich erleichtert.

Man kommt mit dem Schreiben zurzeit nicht mehr nach ...

Komm, einer geht noch!

Was ist der Unterschied zwischen U.S.A. und der Pfalz??

DONALD TRUMP MACHT KRIEG IM HANDEL!

IN DER PFALZ IST KRIEG IN KANDEL!

Feddich

Elmi (messerscharfer Analysator😁)

27. März 2018

#Neumünster: Pokemon sitzt im Knast! Warum? Wahrscheinlich, weil Buntland ein Hot Spot ist!

Man langt sich an den Kopf! Wir lassen jeden gestörten, schielenden Halbirren aus Bananien hier ungeprüft einreisen und jetzt lochen wir einen katalanischen Politiker ein! Man hätte ihn locker bis in die Schweiz durchwinken können.

Jetzt sind unsere Politprofis in der Klemme. Die Trötenkröte von Berlin lässt die Backen hängen und wird es als "alternativlos" verkaufen. Jede Wette! Wir sind so blöd.

#Essen: Fauler Geruch besorgte gestern die Anwohner. Keine Sorge folks! Das war nur der Rauch vom Reifenabrieb der türkischen Hochzeiten am Wochenende. Die Formel ist einfach: Minderwertigkeitskomplex ist „Erektile Dysfunktion minus Reifenabrieb“, evet!

#Berlin: 65.000 Abschiebungen sind blockiert! Grund: Es fehlen Papiere!

Ich glaubs einfach nicht mehr. Man muss das pragmatisch sehen. Es ist wie Yin und Yang, man kommt ohne Papiere, dann geht man auch ohne Papiere. Scheißegal wohin. Nur weg!

#Berlin: Ersatzjesus für Billignägel der Grünen fordert Merkel zur Abspaltung von der CSU auf. Mir persönlich wär da ne Kernspaltung lieber.

Feddich

Elmi (Kernspaltungsfetischist)

28. März 2018

#Freiburg: Unbekannter prügelt im ICE auf Jutta Ditfurth ein! Wer sie nicht kennt: Sie ist die Jeanne d'Arc der völlig Verpeilten. Sie dachte, der Täter wäre ein Behinderter. War aber nur Tarnung.

Merke: Nicht jeder, der drei Punkte hat, spielt Erste Liga. Er sprach aber Deutsch. Das erleichtert die Berichterstattung!

Wie buchstabiert man noch mal KARMA???

#Deutschland: Der Versand-Gigant Amazon bietet Bomben-Bausätze im Netz an! Wie geil ist das denn?? Nur was für Nerds oder Sprenggläubige!

Ich hab Prime, ich bau mir ne Sexbombe ... da wir gerade beim Thema sind....

#Arizona: Lehrerin (27) hat Oralsex mit Schüler (13) im Klassenzimmer! Gabs bei uns auch schon in der Untertertia. Nannte sich Französisch mündlich.

#Berlin: Schülerin wird mit dem Tode bedroht, weil sie keine Muslima ist! Sogar Außenminister ist entsetzt.

Ich dachte zuerst: Wie? War was im Tee? Der interessiert sich für deutsche Kinder? Ich glaube ich ruf mal Amazon an.

Feddich

Elmi (Zündexperte)

29. März 2018

#Berlin: Neues von Heiko! Er sei nicht wegen der Deutschen in die Politik, sondern wegen Ausschwitz! So isser halt, unser Zwergenprinz aus dem schönen Saarland! Soll froh sein, dass er nicht Politiker in Litauen wurde! Die hätten den Maas ganz sicher schon in die Memel geworfen!!

#U.S.A: Twitterking Donald Trump stellt neue Presse-Assistentin aus Disneyland ein! Caroline Sunshine (Scharfe Schnitte)! Der Name ist Programm. Wenn er jetzt noch Daisy, Pluto und

Goofy ins Team holt wird Entenhausen wieder „Great again“.

#Duisburg: Migrationsfestspiele Teil 2! Sechzig Hohlraumluschen mit Halalhintergrund wollten sich mit Eisenstangen und Macheten auf die Birne hauen! Könnte Volkssport werden. So ne Art Bundesjugendspiele für Endzeit-Amöben.

Duisburg gegen Herne Halbfinale.
Bottrop gegen Essen.
Sieger gegen Marxloh.

Wir wünschen frohes Metzeln.

Peking: Wie nennt man das, wenn ein Koreaner zum Chinesen geht? Ganz einfach: Kim Yong-un bei Xi Jing Ping!

Wenns nicht hinhaut, dann machts Peng.

Feddich

Elmi (ich nehm die 175 Hund süß-sauer)

30. März 2018

#Ostern: Gestern Gründonnerstag! Ich dachte es heißt so, weil alles an Ostern grün wird. Falsch! Es kommt vom Wort "grînen" und das bedeutet "weinen". Jetzt ist mir auch klar, wieso ich immer weinen muss, wenn ich einen Grünen sehe.

#Buntland: Zum ersten Mal seit 1973 steigt die Geburtenrate in Deutschland wieder auf 1.59 Kinder pro Frau. Hoffen wir, dass wenigsten ein Drittel davon Ungläubige sind, sonst sind wir verratzt!

#Essen: Wieder Familienkloppe mit Waffen! Diesmal in Essen-Horst! Aber Horst war, wie immer, nicht dabei! Grund: Eine Beziehung zwischen Tochter einer Familie mit dem Sohn der anderen. Kennen wir doch von Shakespeare! Damals hieß die Familie Capulet, diesmal wahrscheinlich Ümmeltük! Hoffentlich fällt keiner vom Balkon (Insider)!

Bei Shakespeare sind am Ende alle tot. Beruhigt auf den ersten Blick, würde sich aber eher negativ auf die Geburtenrate auswirken. Man wird sehen. Für zwanzig Familienmitglieder brauchte es zwanzig Einsatzwagen der Polizei! Da sind Aufwand und Effizienz im harmonischen Einklang. Shakespeare würde trotzdem kotzen!

Feddich

Elmi (Der sich auf einen Traditionshasen zum Frühlingsfest freut wie Bolle!

31. März 2018

#Berlin: Wirtschaftsminister Altmaier O-Ton: „Flüchtlinge tragen zum wirtschaftlichen Erfolg unseres Landes bei.“ Mir ist beim Lachen beinahe die Oberlippe geplatzt.

#NRW: Muslima Aygül wirbt mit Hidschāb auf Plakaten für FDP! Slogan: Klarer Kurs - Zukunft gestalten! Wenn das unsere Zukunft ist, dann will ich sofort die 1980-er wieder. Ende!

#Berlin: Grüne will mit Kochkurs Flüchtlings-Kriminalität eindämmen! Diese Knallerbse! Könnte sie doch wissen, dass das mit dem Kochen schon bei „Breaking Bad“ schief ging.

#Bayern: Vielleicht ein Gerücht! Der Latten Anton der Grünen soll bei den Passionsfestspielen die Hauptrolle übernehmen.

#TV: „Heidi in den Bergen“ und Monty Phython's „Life of Brian (Das Leben des Brian, Anm. d. Ü.)“ dürfen an Karfreitag im TV nicht gezeigt werden!

„Werft die pösen Purschen auf den Poden!!“

Und jetzt alle: „ Always look on the bright side of life ... di did ... di did di did di did …

Feddich

Elmi

(An Ostern lammfromm)

✋♍♒ ■♋♑♏● ♋■ ⚐⬧⧫♏❒■

April 2018

☜●❍♓⬧ ❍□♓■♌❒♓♐■

Elmis moinbrifn

3. April 2018

#BERLIN: Joschka Fischer (Ex Politiker) würde gerne die AFD in einer Zeitmaschine in die 50-er zurückschicken und dort lassen, als Strafe!?

Wieso? Die 50-er waren ein friedliches Jahrzehnt, in dem Polizisten noch Schutzmänner hießen, und danach kamen die wundervollen 60-er und während ich auf dem Bau in den Ferien malocht habe, um für eine Gitarre zu sparen, haben Fischer und seine behämmerten linken Arschgeigen Steine auf Polizisten geworfen und Hò Chí Minh und Vietnam gebrüllt, obwohl viele von den Deppen nicht mal wussten, wo das Land überhaupt lag. Also lieber heute als morgen würde ich wieder zurück in die 50-er!

#AMSTERDAM: Jetzt hat endlich auch die Fa. Heineken ihren Rassismus Skandal! Ein kühles Bier zischt über den Tresen an lauter Schwarzen vorbei, aber sie kriegen es nicht, denn es bleibt vor einer nicht ganz so dunklen Frau stehen! Slogan: „HELLER IST BESSER." 😉

Bezog sich natürlich aufs Bier!

Bin gespannt, wann jetzt in Südafrika Heiniken Filialen brennen! Obwohl, für den Fall hätte ich dann auch schon einen Slogan:

BRENNT EINER VON DEN DEINIGEN
LÖSCHE IHN MIT HEINEKEN

#U.S.A.: Tesla Aktie schmiert nach Aprilscherz ab! Fazit: Anleger sind gierige, humorlose Einzeller!! Geschieht ihnen recht!

#BERLIN: Jens Dingens soll gesagt haben: „Wer an Karfreitag tanzen und feiern will, hängt auch Menschen ans Kreuz!"

Könnte Gerücht sein, also nagelt mich jetzt da nicht fest!!

Feddich

Elmi (Und plötzlich steht das Leben Kopf) DAK … da alle krank

4. April 2018

#Berlin: Neues von unserem Verkehrsminister: „Es gibt jetzt eine App, da können Bürger ein Signal geben, wenn sie in ein Funkloch geraten!"

Macht nix, er kennt halt die Grundformel der Fernmeldetechnik noch nicht: F = V - S (Funkloch ist gleich Vollidiot minus Sendemast)!

#Essen: Gute Nachrichten vonne Tafel. Es dürfen auch wieder Ausländer hin! Immer nach dem Motto: Wer aggressiver drängelt, hungert später!!

#Großbritannien: London hat ein gigantisches Messerproblem. Im Februar und März mehr Menschen getötet als in New York!

Tja, wer jahrelang immer wegschaut, läuft zwangsläufig halt mal ins Messer. Elton John hat auch schon den Hit dafür geschrieben: LIKE A „KANDEL" IN THE WIND!

#Schweringen: Unbekannte haben Hakenkreuz von Nazi Glocke weggeflext! Aktion Frühjahrsputz!

Mal abgesehen davon, dass es Sachbeschädigung ist, sollte man den Tätern mit der gleichen Flex ans Geläut gehen. Wer will kriegt auch noch ein Runen-Tattoo! Ehrensache!

#Berlin: Wir bedanken uns aufrichtig bei der Schwitzflecken-Raute für "keine" Ostergrüße für die, die schon länger hier leben! Ostern wird eh überbewertet und wir wollen doch keine Minderheiten erzürnen. Alaaaaugba!

Feddich

Elmi

P.S: (Wenn sich der Ethik-Beirat mit Elmis moinbrifn beschäftigt, bring ich es als Buch raus! Doppelschwör!)

5. April 2018

#Köln: Haus am See. Persisches Neujahrsfest eskaliert. Schlägereien, Schüsse, Lärm, Müll! Das war die Kurzfassung! Anwohner restlos genervt. So langsam aber sicher verbalkanisieren gesamte Erholungsgebiete. Wir müllen das!! Wetten?

#Berlin: Auch Schäuble mischt sich in die Islamdebatte ein: „Bürger müssen akzeptieren, dass es immer mehr Muslime gibt!"

Einen Scheiß müssen wir! Jemand sollte ihm die Luft aus den Reifen lassen!

#Hamburg: Große Aufregung um ein Pixi Buch. Die Broschüre enthält nur weiße Menschen, der Vorname Ali kommt nicht vor und Frauen werden Schulleiter genannt! Folge: Linke, Grüne und Türkenverband im Halbkoma.

Liebe unterbelichtete Genderfetischisten/innen, und natürlich solche, die noch unentschieden sind, ruhig Blut! In spätestens zehn Jahren gibts hier nur noch politisch voll korrekte genderübergreifende Voll-Alis. Von weiß ganz zu schweigen! Einfach zurücklehnen und abwarten!

#Presse: Laut Handelsblatt ist Deutschland das Paradies für Geldwäsche, weil Fahnder beim Zoll noch keine Computer haben und alles auf Zettel schreiben! IT Lösung erst Ende 2018!

Na immerhin! Für ein Drittland ned schlecht!

#Israel: Netanyahu schickt jetzt doch nicht tausende afrikanische Flüchtlinge nach Deutschland! Macht Hoffnung! Da möchte man laut rufen: "Netanjuchuuu"

Feddich

Elmi (Nato-Stricher)

6. April 2018

#Köln: Die Stadt Köln zahlt für eine achtköpfige Flüchtlingsfamilie aus dem Irak 6800 Euro Miete - monatlich!

Jetzt ist mir auch endlich klar, wieso manche begeistert Teddybären in die Luft werfen, wenn D'r Balkan Zoch kütt!

#Österreich: Rauchen und Kind im Auto gibt in Zukunft 1.000 Euro Knöllchen! Endlich! Bravo!

Deutschland ist noch nicht so weit. Bei uns ist man ja schon froh, wenn Türken nicht bei jeder verschissenen Hochzeit rumballern, Reifen rauchen lassen und die Autobahn sperren! Mit oder ohne Kippe!

#Hessen: Da wir gerade bei „verschissen" sind: Der Kotleger von Heuchelheim ist entlarvt. Über ein Jahr hat sich ein Vollhorst auf der Straße erleichtert.

Manche brauchen das. Hatten wir damals im Südwestfunk auch. Der Typ wurde aber nie gefasst, wahrscheinlich wurde er später Intendant.

#Essen: Gängsta Räppa Sinan der Schreckliche hatte Besuch! SEK stürmte seine Wohnung. Grund: Spacken Johnny hatte krass Foto gemacht mit Gängsta-Spacke-Kumpel und voll eschte Knarre! Jetzt kommts: Polizei findet keine Waffe!!! Mann, waren die verwirrt!

Ne bessere Werbung für die neue CD kann man nicht haben! Scheiß Frisur, aber ned blöd!

#Berlin: Die gute Nachricht des Tages: SPD verliert 6.000 Mitglieder!

Feddich

Elmi (Pitbull Trainer)

7. April 2018

#Chemnitz: Syrer (19, unbegleitet) verdrischt seine Erzieherin (31). Schwerste Körperverletzung! Jetzt wollen sie heiraten.

Da wünschen wir viel Glück! Möge Allah ihre Nase richten! Und wenn nicht … Burka drüber!

#Berlin: Schüler einer Brennpunktschule (Assi-Treff für Sinnsuchende) bestehen darauf, dass Allah die Welt erschaffen hat. Und ich hätte schwören können, dass es OBI war!

#Köln: CDU Politikerin beherbergt 31 Transfer-Optimierer. Hotel zum Bahnhof. Sie kassiert dafür 32.500 Euro!!

Sie macht es aber nicht des Geldes wegen! Pfffffgg!

#Barcelona: Neues aus dem Fußball Dschungel! Barca verzweifelt an Dembélé! Er hängt nur vor der Spielekonsole und frisst Fastfood! Was zahlen die dem? 12 Millionen Grundgehalt?

Hätten Barca mal lieber Cheeta verpflichtet! Zwei Bananen und fertig.

#ARD und ZDF: Den Flaggschiffen der Systemunterhaltung fehlt Geld für tausende von Pensionen! Eigentlich zum Totlachen! Aber gemach, sie werden es sich holen … von uns!

#Bunt Land: Immer mehr qualifizierte Fachkräfte wandern aus Deutschland aus! Und was kommt rein? Siehe oben! Aber dann freuen sich wenigstens die Hotelbesitzer in Köln!

Feddich

Elmi (Ponyhofbesitzer)

9. April 2018

#Münster: Schreckliches Ereignis! Es scheint, als ob man heutzutage nirgendwo mehr sicher ist, nicht mal beim Käffchen in der Sonne!

Früher haben sich Psychos oder Depressive einfach erschossen oder aufgehängt. Schlimm genug! Aber jetzt scheint es Mode zu sein, immer noch ein paar völlig Unschuldige mitzureißen. Angefangen hats mit diesem Torwart damals, der sich vor den Zug geworfen hat! Und 70.000 dackelten auf seine Beerdigung. Psycho Deutschland bräuchte mehr Poller!

#AFD: In diesem Zusammenhang sei erwähnt, dass Abwarten manchmal sinnvoll sein könnte, bevor man einen dämlichen Tweet absetzt, Frau Storch! Schadet dem Image!

#Berlin: Raute wie immer, tief erschüttert!
USA: Trump kondoliert
Moskau: Putin kondoliert
Istanbul: Der osmanische Nasenbohrer lästert!
Böhmermann, auf gehts! Neues Gedicht muss her!

#Buntland: Sechs Bundesländer wollen das Schulfach „GLÜCK" einführen! Was soll da unterrichtet werden? 6 aus 49, oder wie knackt man den Jackpot, bevor man zu DSDS darf?

Wie wärs mit dem Schulfach „ETHIK" oder „Benimm dich mal, Du Spacko"?

Die gute Nachricht zum Start in die Woche:

Pitbull „Chico" darf weiterleben!

Feddich (wuff)

Elmi (Leiter des Ankerzentrums Süd)

10. April 2018

#Essen: Schon wieder Klopperei zwischen zwei Familien. 14 Polizeiwagen im Einsatz. Polizei wird angegriffen und verletzt! Ab zehn Einsatzwagen kann man davon ausgehen, dass Jens wohl diesmal wieder nicht dabei war.

#ARD: Hart aber fair! Thema: Kann man Muslime integrieren? Blöde Frage (siehe oben)! Bei mir wär das ne kurze Sendung geworden: „Liebe Muslime, geht wieder in Eure Heimat zu euren singenden Männern in Türmen, wir gehen in Ruhe grillen. Danach flexen wir Hakenkreuze von alten Glocken. Wir beenden unsere Talkshow früher als geplant und senden den Disney Klassiker : Fuck a duck!

#Australien: Hollywood Star Russel Crowe versteigert seine Filmschätze aus „Gladiator". Tja, so'ne Scheidung geht ins Geld. Sein Brustpanzer brachte übrigens 125.000 Dollar.

#Berlin: Kriminelle Araber Clans lachen die Behörden und Polizei aus. O-Ton: „Wir können euch berauben und ihr guckt nur zu!"

"Bätschi!"

Wäre da nicht unser Innenminister zuständig? „Seehofer, übernehmen Sie! Und wenn Sie Schiss vor den Clans haben, leihen Sie sich den Brustpanzer von Russel Crowe!"

Elmi (Der Carolina Reaper vong Facebook)

11. April 2018

#Frankfurt: 9213 Abschiebungen werden in letzter Sekunde gestoppt. Gründe: Durchfall, Zahnweh, Heimweh, Verschlafen, Wecker war kaputt, Ali hat null Bock! Lachplatte!

#Stuttgart-Möhringen: Der internationale Chor hatte Flüchtlinge eingeladen, um Kontakte zu knüpfen! Keine Flüchtlinge erschienen.

Die sind ja ned blöd! Die dachten das wäre ne Abschiebefalle (siehe oben). Vielleicht wars ja auch zu früh. Unsere Gäste kommen immer erst ein wenig später in die Gänge als ihre Versorger. Oder sie konnten ihren Pass nicht finden. Vielleicht hätte man statt „Singen" lieber „Vögeln" anbieten sollen. Also „Singen" hatten wir, jetzt fehlt noch „Klatschen" und den „Namen auf arabisch tanzen"! Dann simmer durch! Der internationale Chor überlegt sich, ob sie ihre Teddybären zurückhaben wollen!

#Karlsruhe: Bundesverfassungsgericht kippt Grundsteuer! Hört sich zuerst mal gut an! Ist aber nichts anderes als eine weitere Abzocke!

#Smartphone City: Es gibt jetzt einen Kamelrechner für Reisen ins Morgenland! Da kann Mann errechnen, wie viele Kamele man für seine Frau im Urlaub bekäme.

Ich habs mit meiner Frau probiert! Alter, Haarfarbe, Gewicht eingegeben. Ergebnis: Ich müsste dreieinhalb Kamele drauflegen! Seitdem hängt der Haussegen schief!

Feddich

Elmi (Dirigent der Zischer Chöre)

12. April 2018

#Deutschland: Dieses Land scheint unter der dem Rautenrettungssyndrom zu leiden!

Zuerst retteten wir den Euro
Dann retteten wir Griechenland
Danach retteten wir alle Flüchtlinge

Und jetzt will Altenpfleger Macron, dass wir Europa retten! Wenn das so weiter geht, wird es irgendwann mal heißen: RETTE SICH, WER KANN!

Hoffentlich nimmt die Wuchtbrumme aus der Uckermark bei ihrer Rettung dann den volltrunkenen Faltenbalg aus Luxemburg auch gleich mit!

#Fußball: Dummbélé hat fertig bei Barcelona! Messi-Barca ist raus! Am leeren Tor vorbei kann auch nicht jeder. Er hat ja noch seine Spielkonsole und jede Menge Fastfood.

#Münster: Der Amokfahrer am Wochenende hat laut BILD einen 92 Seiten langen Abschiedsbrief im Auto geschrieben !!??

92 Seiten? Alles im Auto? Kein Wunder ist er von der Straße abgekommen.

#Facebook: Sach mal, habt ihr diesen Sänger von den Prinzen auch gesehen? Er fährt mit dem Bike durch den Wald und macht Werbung für den Geburtstag des Führers! Hat der noch volles Profil auf den Reifen oder müssen wir uns Sorgen machen?

#TV: Hätte da eine Idee für das nächste Thema bei Hart aber Fair. „FIFTY SHADES OF ISLAM"!

Irgend so eine verschleierte Comedy Dumpfbolzen-Ische wird sich doch noch finden lassen, die uns erklärt was wir gut finden sollten! Isch drügg Daume, Alde!

#NRW: Die A57 bei Köln ist abgesackt! Ich glaube da bereiten sich schon alle langsam auf den Abstieg vor!

Feddich

Elmi

P.S.: Bei diesem schönen Wetter macht so mancher Rentner mal gern ein Bein auf

13. April 2018

#U.S.A.: Man wacht auf und denkt, hat Trump schon scharf geschossen, oder twittert er noch?

#Deutschland: Wir werden aber im Falle eines Krieges nicht mitmachen, denn das könnte hässliche Bilder geben, und wenn die fleischgewordene Deutsch-Verachterin eines nicht mag, sind es hässliche Bilder!

Diese gabs aber gestern wieder zuhauf: Moers-Messer-Massaker: Ein 13-Jähriger schwer verletzt. Täter? Na wer schon!

#Hamburg: Doppelmord am Jungfernstieg! Kleinkind und Mutter werden dahingemetzelt! Ich wettete bei Tipp24 auf Kenia! Lag aber falsch! Er kommt aus dem Niger! Kein Scheiß! Immerhin lag ich beim Teint richtig!

#Echo Verleihung: Campino, der Schutzheilige der Verstrahlten, hat wieder einen rausgehauen: „Rap muss Grenzen haben!" Wenn Rap Grenzen hätte, wärs kein Rap, du Jockel, dann wärs Helene Fischer!

#Berlin: CDU-Politiker fordert: Ausländer sollten Recht auf deutschen Namen haben! Pfffff. „Wie heißen Sie??" „Achmet, Abdhulla, Inch Allah Pieselbrink."

Elmi (Facharzt für Freies Menstruieren)

14. April 2018

Freunde, langsam kommt man nicht mehr hinterher! Der Reihe nach:

#Gostenhof: Serbe ersticht Grieche! Schwer verletzt! Danach Frühstück!

#Fulda: Afghane stürmt Bäckerei gegen vier Uhr morgens. Fahrer schwer verletzt! Greift auch danach die Polizei an! Es folgt die 9 mm Lösung! Problem entsorgt! Gut so!

Aber ich kenn das von meinem Bäcker. Da ist einmal im Monat Nußeckentag! Man kauft zwei und kriegt vier, solange der Vorrat reicht. Da bin ich oft schon barfuß nachts um die Bäckerei geschlichen!

#Hamburg: Der Doppelmörder vom Jungfernstieg war übrigens illegal hier. Er hatte Kirchenasyl in St. Pauli. Halleluja!

Hoffen wir mal, dass der Pfarrer nicht am Jüngsten Tag vor Gott seht und der ist zufällig Bäcker und er sagt: „Lieber Vollhorst, ich hab heute leider keine Nussecke für Dich! Fahr zur Hölle!!"

#Buntland: Rautenlilly erhält Preis der Franziskaner in Assisi! „Die Lampe des Friedens!"

Die „Tranfunzel der offenen Grenzen" wäre passender gewesen!

16. April 2018

HURRA WIR LEBEN NOCH!!

Sie haben Trump den Atomknopf versteckt. Hätte er ihn gefunden, würde es in Marxloh jetzt so aussehen wie in Aleppo!

Obwohl, wenn man genau hinschaut ...!

#Schwerin: SPD Abgeordneter kassiert mit Flüchtlingsheim 125.000 Euro monatlich. Nur, es steht seit Monaten leer und die Kohle fließt trotzdem. Ich schätze mal, dass bei jedem vollen Schlauchboot, das in Lampedusa ankommt, der Typ ne Erektion kriegt. Langsam überlege ich mir, ob ich mir nicht doch ein paar Teddybären zulege.

#München: Mehrere Tuberkulosefälle an Schule. Flüchtlingskinder brachten sie als Gastgeschenk mit!

Man muss das positiv sehen, die Lehrerin hats nämlich auch! Und was bedeutet das??? Klar! Freistunde .... juchuuuu!

#Buntland: Nach den Ereignissen der Gewaltorgien-Woche fordern Politiker: Die Zuwanderungsgesellschaft braucht dringend schärfere Regeln! Die Zuwanderungs-Gesellschaft wird uns was husten (siehe oben)!

#Essen: Raub auf offener Straße! Täterbeschreibung: Gelbe Gesichtsfarbe und blaues Fahrrad!

Entweder es war Ling Ching, Mahatma Hepatitis oder Christian Lindner vonne FDP auf Wahltour!

Feddich

Elmi (Tuberkulator)

17. April 2018

#U.S.A.: Jetzt wirds eng, sagte das Mädchen zum Matrosen! Stormy, die temporäre Ex-Bordsteinschwalbe des amtierenden US Präsidenten, will vor Gericht auspacken! Also mündlich! Das wird so eine Affäre wie bei Bill Clintons kleinem Blasebalg Monica Lewinsky. Wenns dumm läuft, könnte Stormy Daniels Trumps Frisur endgültig urinieren!

#Köln: Oliver Welke hat wieder mal eine Klage am Hals! In der vorletzten Heute Show zeigte er einen Hasen am Kreuz! War halt Ostern! Habs zufällig gesehen! War kurz und witzig! Gefällt aber nicht jedem. Anzeige wegen Blasphemie. Womit wir wieder bei Monica Lewinsky wären (Muha). Welke ist, wie ich, Atheist, aber wir können nix dafür, so hat uns Gott eben geschaffen! Spaß beiseite. Anzeige wird niedergeschlagen, jede Wette. Läuft unter Satire, mit Recht.

Anregung: Vielleicht beim nächsten Ramadan mal ein Foto vom Propheten am Kreuz zeigen. Gibt sicher keine Anzeige, aber das Studio wär ruck zuck abgefackelt. Nur Mut!

#Essen: Städte in NRW sind zunehmend im Griff der Libanesen-Clans. Mord, Körperverletzung, Schutzgelderpressung. Das übliche Programm von Unterbelichteten halt. Wobei die Libanesen gar keine Libanesen sind. Das sind Kurden aus Südostanatolien die sich in den 80-ern nach Deutschland gelogen haben. Wer kann, der kann. Vermutlich alles Diplomphysiker!

#Köln: Fitnessmesse FIBO! Kollegha und 50 seiner Kumpels sind zu Gast. Also der IQ von zehn Salatgurken und 2.000 Kilogramm Muskeln!

#DFB: Jetzt gibt's schon Elfmeter in der Halbzeit! Videobeweis kann manchmal richtig scheiße sein! Ich war schon auf Klo, wie die meisten Spieler auch.

Feddich

Elmi (Inklusionsforscher in Deppendorf)

18. April 2018

#Passau: Zwanzig Personen schauen zu, als ein Schüler totgeschlagen wird! Tatverdächtige zuerst auf der Flucht, dann gefasst! Diesmal wars ein internationales Potpourri bestehend aus einem Polen, einem Tunesier und drei Passdeutschen mit Zusatzstempel! Ruck zuck erscheint sofort ein System-Kriminologe und erklärt uns, dass laut Statistik die Jugendkriminalität stark zurückgegangen ist. Wieso müssen wir uns von solchen Experten-Flachzangen eigentlich immer verarschen lassen?

Laut Statistik sollte der schon lange im betreuten Heim sein!

#Berlin: Klaus Vormann gibt seinen Echo-Preis zurück! Marius Müller-Westernhagen fällt auch noch spontan ein, dass er sieben Stück davon hat und die gehen auch postwendend: „Return to sender!" Und alles wegen ein paar Scheiß Rappern die Antisemitismus nicht mal buchstabieren können. Tja, ein Echo kommt eben zurück! War schon früher so: „Wie heißt der Bürgermeister von Wesel? Richtig: Esel."

Ich würde den Preis in Zukunft umbenennen in: BOOMERANG!

#Halberstadt: Skandal um Chefarzt! Der Mediziner verabreichte heimlich vier Frauen Kokain beim einvernehmlichen Oralsex! Nennt sich, glaube ich, Koks von der Stange! Eine der Frauen hat das kreislauftechnisch nicht ganz gepackt!

#Berlin: Flüchtlinge verkaufen im Internet ihre Ausweise und Krankenkassenkarten. Leuchtet mir ein. Wenn man schon illegal einreist, sollte man mindestens krankenversichert sein.

#Berlin schon wieder: Vater sticht auf Tochter ein! Schwer verletzt! Einkaufcenter in Neukölln.

Noch Fragen??? Ich nicht!

Elmi (brauch jemand meinen Pass?? Ei mäk gut Preis)

19. April 2018

#Berlin: Alles Kippa oder was?? Der Reihe nach: Ein junger Mann aus Israel besucht Berlin und zieht eine Kippa auf. Das ist weniger ein Hut als ein buntes Käppchen. Er will sehen, ob er damit auf den Straßen Berlins Antisemitismus begegnet. Das ist so, als ob man ein Glas Honig neben ein Wespennest stellt. Es dauert nicht lange da kommt ein südländischer Typ mit geöltem Haar, beleidigt ihn und verdrischt ihn mit seinem Gürtel. Statt sich zu wehren und dem Typen auf die Glocke zu hauen, filmt er das Ereignis lieber. „I'm filming you" ... was so viel heißen soll wie: „Hey du Dungportionierer von Paarhufern, es besteht rein theoretisch die Möglichkeit, dass du deine Buckelnase bei Youtube wiedersiehst."

Genau das passiert! Und jetzt kommen die Systemmedien ins Rotieren. Tagesthemen, Heute Journal, Tagesschau etc. ergießen sich in kollektiver Schnappatmung. Klaus Kleber macht ein Gesicht, als ob er jetzt gerne selbst eine Kippa hätte, aber Gundula Gause hat keinen Gürtel. Deshalb zeigt das ZDF das Gürtel Video in voller Länge! Großes Kino! Am Ende der sehr umfangreichen Dokumentation stellt sich heraus, dass der junge Mann gar kein Jude ist, eher ein Transgender! Ich bin fast von der Couch gekippat!

Doch oh, es ist zu spät! Campino und Westernhagen haben bereits spontan ihre Gürtel zurückgeschickt! Harald Glöökler würde auch gerne, aber seine Gürtel sind bei Conchita Wurst! Nur der Sänger von den Prinzen ist so geschockt, dass der Täter diesmal kein Nazi war, dass er seinen Gürtel zweckentfremdet! Wir lesen ihm nachträglich das Kaddisch! Und das alles einen Tag vor Hitlers Geburtstag. Das soll uns erst mal einer nachmachen!

Elmi (Facebock Gürtellinien-Definierer)

20. April 2018

#Hamburg: War jemand heute Morgen um 6 Uhr 33 zufällig wach? Da hat doch ein „Besucher“ aus Kamerun, also ein Kameruner oder Kamerrero mit einem Messer die ersten Berufstätigen bedroht! Sachen gibts in Deutschland! Man hat ihm dann ins Bein geschossen! Ende Teil 1!

#Tübingen: Teil 2! Mordversuch an einem Polizisten. Nachdem sie gedroht hatte, ihre Kinder vor den Augen der Polizei umzubringen, stach die Asylbewerberin aus Nigeria auf den Polizisten ein! Überwältigt! Ende Teil 2 !

#Südafrika: Teil 3! Letze Woche warf ein Mann im Township sein Kind vom Dach! Kann natürlich jeder so machen wie er will, aber Geburtenkontrolle geht in meinen Augen anders! Festgenommen! Ende Teil 3 !

#Berlin: Deutschland nimmt laut Flüchtlingskommissar über 10.000 Flüchtlinge aus Nordafrika auf. Das nennt sich nicht mehr Flüchtlinge, sondern „Umsiedler“! Leuchtet mir ein, denn wir brauchen ja noch Teil 4 bis 4.000! Vorsichtig geschätzt!

#Bremen: Verdacht auf Korruption im Bundesamt für Migration (BAMF)! 1200 Asylbescheide wurden wohl positiv beschieden gegen Bezahlung! Clever! Da kann ich nur sagen: MEIN BAMF! (Der musste jetzt raus)

Feddich, Elmi

P.S. Danke Deutsche Bank für die 28 Millionen Überweisung! Ich kauf Kollegah und Farid Bäng aus ihrem Vertrag! 😁😁

21 April 2018

#Samstag Rap!!

„Wochenende, hoch die Hände!
Black'n Decker
Mein Körper definierter
als der Gluteus Maximus
von Schwoozenegger!"

#Frankreich: Algerischer Muslima wurde die Einbürgerung verweigert, weil sie Männern nicht die Hand geben wollte!

Chapeau, mes amis. Schlag das mal in Deutschland vor! Nur so als Gag! Da wären fünfzig Grüne und Linke aus dem Bundestag in der Notfallaufnahme! Justiz Froschauge eingeschlossen!

#Bielefeld: Der Integrationsrat fordert die Polizei auf, bei Fahndungen den Begriff "südländisch" zu unterlassen! Rassismus!

Jetzt ist natürlich Phantasie gefragt! Wie könnte das rassentechnisch politisch korrekt formuliert werden???

Zum Beispiel Täterbeschreibung: Ein Wikinger wars nicht!

Hauttyp: Sein Schatten war heller!

Religionszugehörigkeit: Dreimal dürft ihr raten, er hasst Schweinebraten.

Bei deutschen Tätern: Hurra, hurra, es ist ein Hans!

#Hamburg: Studie beweist: Europäer überschätzen den Bevölkerungsanteil von Migranten drastisch!

Ich verlass mich da lieber auf meine eigenen Studien. Gestern in Bühl im Café. Sechzig Prozent gefühlte Kopftücher und lustige Sprachen! Aber immerhin hat die Bedienung meine Bestellung verstanden! Von der Studie in Hamburg will ich besser erst gar nicht reden.

Feddich

Elmi (Träger des Halal-Siegels in Bronze)

23 April 2018

#Berlin Balla Balla: Bambule im Bundestag und bei den Behindertenverbänden. Anfrage der AFD sorgt für Eklat! Die Partei stellt einen Zusammenhang zwischen Inzucht, Behinderung und Migration her. Grund: Signifikanter Anstieg von behinderten Kleinkindern bei Migranten.

Man muss das entspannt sehen. In den an uns vorbeilebenden Parallelkulturen ist es oft Brauch, junge Frauen mit dem Onkel oder dem Cousin zwangszuvermählen! Da kann rein gentechnisch ab und an schon mal was aus dem Ruder laufen.

Kennsch Du Mendelsche Gesetz, Alde? Nein? ... Ok! Immer dran denken, Inklusion kann nicht alles regeln! Aber es gibt Hoffnung! Auch Behinderte können es weit bringen. Zum Beispiel 50 Prozent schwerbehindert und trotzdem 66,35 Prozent bei der SPD Wahl. Respekt! Und immer einen Parkplatz!

#Balla Balla die Zweite: Es werden Stimmen laut, dem Gürtelpeitscher vom Kudamm das Aufenthaltsrecht zu entziehen. Wir rekapitulieren: Araber schlägt jungen Mann, der eine Kippa trägt, weil er ihn für einen Juden hält!

Aber Potz Blitz, er war gar keiner. Es war ne Art Pawlowsches Experiment als Lackmustest für Inklusionsaraber. Das reicht aber einigen Politikern schon, in diesem Fall das Aufenthaltsrecht zu entziehen. Frei nach dem Motto: „Auf deutschem Boden darf nie wieder eine Kippa ausgehen!"

Wie heuchlerisch ist das denn? Wenn Deutsche vor Supermärkten mit Messern gemeuchelt werden wie in Kandel, Essen oder Hamburg, wo ist der Aufschrei der Politiker nach sofortiger Ausweisung denn dann? Aber was reg ich mich auf! Abgeschoben wird eh nicht!

#Essen: Zwei maskierte Männer überfallen einen Discounter mit Waffen. Weil aber so viele Angestellten da sind, kriegen sie es mit der Angst und suchen das Weite. Täterbeschreibung: Südlich!! Siehe oben, Mendelsche Gesetze!

#Hamburg: U-Bahn Horner Rennbahn! Messerangriff, Opfer schwer verletzt! Siehe oben: Südlich und Mendelsche!

#St. Pauli: Nachts 1.30 Uhr! Kubanerin (26) abgestochen! Lag verblutend auf der Straße. Sowie die Himmelsrichtung bekannt ist, werde ich berichten!

#Schottland: Ich brauch jetzt mal ne nette Meldung, sonst werd „ich" hier Balla Balla! Ein junger Schotte hat den Mops seiner Freundin dazu gebracht, den Hitlergruß zu zeigen, wenn er die Worte „SIEG HEIL“ sagt.

Haha, meine Frau sagt, das geht schon von der Gravitation her technisch gar nicht.

O.k. dann hör ich mir jetzt was von Mendelssohn an!

Feddich

Elmi (Freshen up your punani) 😍😍

24. April 2018

#London: Es ist ein Kind, es ist ein Kind. Kate kann Kronprinz. Es ist ein Junge, es ist ein Junge! Und wenn's das Ungeheuer von Loch Ness wäre, wärs mir auch schnuppe!

#Hamburg: Kriminalität in Deutschland sinkt um sagenhafte zehn Prozent! Sensationell! Wir sollten unser Land umbenennen in: „DAS BERMUDADREIECK DER GLÜCKSELIGEN.“

In vielen Polizeistationen dieser Republik war das der Schenkelklopfer des Wochenendes.

#Berlin: Wie viele Kerzen will die Raute des Grauens denn jetzt noch anzünden wegen Antisemitismus in unserem Land, in dem man gut und gerne lebt? Mir schwant Böses! Spätestens wenn sie demnächst eine Kippa trägt, kauf ich mir einen Gürtel!

#Hamburg: Neuer Musikpreis! DER KRUPPSTAHL DILDO! Wird nur verliehen bei gewaltverherrlichenden, antisemitischen, homophoben und frauenverachtenden Texten! Ha, ha, Pech gehabt, Helene!!!!

#Porsche: Dicke Diesel Luft in Zuffenhausen! Hat Porsche auch getrickst? Im Prozess um Dieselabgase beim „Macan" soll Chef des Kraftfahr-Bundesamts als Zeuge vernommen werden. Verkehrsminister Scheurer (CSU) genehmigt das aber nicht! Bätschi! So geht guter Lobbyismus, Freunde!

Motorenchef von Porsche verhaftet. Fluchtgefahr! Wär er mal im Porsche geflüchtet und nicht zu Fuß! Vielleicht wollte er auch die Umwelt nicht belasten!

#Frankfurt: Stadt mit der höchsten Kriminalitätsrate gefolgt von Hannover und Berlin. Bitte weiträumig umfahren, am besten mit dem neuen Porsche „FAKE".

#Solingen: Türkischer Außenminister will am 25. Jahrestag des Brandanschlags in Solingen eine Rede halten. Zufällig mitten im Wahlkampf. Doof sind sie nicht, die osmanischen Halmaspieler. Und wenn wir es untersagen, aus bekannten Gründen, kommt die Nazikeule, jede Wette.

25. April 2018

#Köln: Zwei Männer im weißen Lamborghini auf offener Straße angeschossen. Schwer verletzt! Zeuge beschreibt die Beteiligten als „Rocker"!

Hallloooo? Das waren doch keine Rocker, jede Wette! Wahrscheinlich waren es Crack-dealende Muslim-Brüder auf Koranentzug! Echte Rocker fahren eine Harley und lösen das Problem mit der Faust! Ende!

#München: In Bayern beginnen die Kreuzzüge wieder!

Mal schaun ob wir diesmal gewinnen! Bitte jeder nur ein Kreuz!

#Hamburg: Es sieht so aus, als ob Polizei und Staatsanwalt alles versucht haben, um zu verhindern, dass die Öffentlichkeit erfährt, dass der afrikanische Doppelmörder vom Jungfernstieg seinem Kind den Kopf abgetrennt hat! Wer so was unter den Tisch kehrt muss sich nicht wundern, wenn Vertrauen in Justiz und Polizei flöten geht!

Apropos flöten: Hamburger Staatsoper feuert Opernsängerin aus der Zauberflöte, weil sie schwanger ist! Sie hat das mit der Flöte wohl zu wörtlich genommen!

Nicht die feine englische Art! Mozart hätte das charmanter gelöst. Der hätte noch schnell eine Vögelarie reingeschrieben oder ne Furz-Polka (je nachdem, wie er drauf war)! Mit Unterwassergeburt ... in D-Moll gegurgelt!

#Sigmaringen: Jede zweite aufgeklärte Straftat wird von Flüchtlingen begangen. Viele nennen die Stadt deshalb auch Siffmaringen! Intensivstraftäter ohne günstige Prognose! Einwohner restlos genervt! Jetzt werden Stimmen laut : "Gebt ihnen Arbeit, dann werden sie nicht klauen!"

Ich sage: „Schiebt sie von dannen, bis dahin, wo kein Pfeffer mehr wächst, dann is endlich Ruhe!"

Feddich

Elmi

P.S. Übrigens habe ich noch eine Bringschuld. St. Pauli Messerstecher stellt sich! Natürlich mit Anwalt! Beschreibung: Südlich bis Balkan!

25. April 2018

Mein Beitrag zu ESC! GANGSTA RAPPA SNOOP ROFL singt für Buntland:

UZ UZ UZ UZ UZ

Isch hau wem die Kappa vonne Fresse
Bin isch morge voll inn Presse
Alle rufe Antisemit, Antisemit
Shiit Shiit
Schbrauch Street Credibility
Schkomm von Parallel-Community

Und treff isch diese Westernhagen
Wird Echo aus sein Hintern ragen. (schwör)
Denn isch bin Neo Gangster
Muslim Rapper
So wie Old Shatterhand
Der alte Trapper
Und die Heuschler Joko, Heufer, Böhmermann
Die sind übermorge dran.
Yo, Yalla, alla halla
Foog ju Schweineschnitzel

SNoop ROFL wurde leider nach diesem Rap in seine weißen Lambo erschossen!

Wir bitte von Beileid Abstand halte! Armlänge! Reschpekt!

26. April 2018

#England: London steht Kopf! Kate hat entbunden! 100 Salven plus 30 für die Nachgeburt! Presse dreht kollektiv durch! Dann im schicken Kleid nach draußen! Farbe: Post Office Red! „Look Kate! People! Let´s greet the buggers."

Immerhin diesmal kein Suizid im Umfeld!

#Wiesbaden: Statistisches Bundesamt gibt bekannt: Zahl der Menschen mit Migrationshintergrund in Buntland auf 18,6 Millionen gestiegen! Sind die etwa zwei Millionen Illegalen da schon mitgezählt oder versaut das die Statistik? Das sind knapp 25

Prozent!! Den Zug halten wir nicht mehr! Aber wir Älteren hatten mal die geilste Zeit. Sehr dankbar!

#Leipzig: Nach einer Beleidigung seiner Sippe im Internet hat ein 17-Jähriger zusammen mit seinen sieben Kumpels oder Cousins den Verursacher der Nachricht „aufgesucht", um die Sache sachlich zu diskutieren.

Da sich die Polizei mit Fakten sehr bedeckt hält, mutmaße ich mal! Wie könnte die Beleidigung gewesen sein? „Hey ihr osmanischen Lappen, auffe Fresse?" Da kann man schon mal kollektiv ausrasten. Also Rundruf und nix wie hin! Das Problem, dort warteten schon zwanzig Mann und es gab mächtig was auf die Zwölf! Karma is a bitch!

Lektion 1: Das nächste Mal mehr Cousins mitnehmen!

#ZDF: Anzeige gegen Oliver Welke wegen gekreuzigtem katholischem Osterhasen wurde vom Staatsanwalt niedergeschlagen! Hatte ich ja letzte Woche schon geschrieben. Jetzt der gleiche Gag gegen den Koran und die Luft brennt in good old Germany.

Gemach, gemach, das traun die sich nicht! Ich kippa noch mal ins Bett!

27. April 2018

#Hamburg: ECHO hat fertig! Zwei Rapper lachen sich jetzt irgendwo schlapp! Mit Recht!

#Köln Genmüllheim: Nach den Schüssen auf sogenannte Rocker droht ein blutiger Krieg! Irgendwie hat sich die Grenze zwischen Rocker und Schwerverbrecher leicht verwischt!

#Bochum: Der Leibwächter von Bin Laden kann nicht abgeschoben werden, weil ihm in Tunesien Folter droht!

Man lacht sich kaputt. Er bezieht über 1.100 Euro Sozialleistungen monatlich. Da wären viele Rentner sehr froh!

Übrigens, wie nennt man den Leibwächter von Bin Laden???? Na, na … Natürlich Ladenhüter!!

HAHAHAHAHAHAHAH wattn Witz!

#Zwickau: Algerischer Intensivtäter bettelt vor Gericht um mildere Strafe (kein Witz). Und er fand einen Richter, der ihn erhörte mit der unfassbaren Erklärung: „Als Ausländer leiden sie unter erhöhter Haftempfindlichkeit!" Unter welchem Krankheitsbild der Richter leidet, ließ sich bis Redaktionsschluss nicht ermitteln!

#ZDF: Dunja Hayali moderiert zukünftig das „Sportstudio" Für sie geht damit ein Traum in Erfüllung! Da kann man mal sehen, wie nah Traum und Albtraum beieinander liegen!

Hey ZDF, ich leide schon seit Jahren am Albtraum „Béla Réthty-Haftempfindlichkeit“. Und jetzt das!

#Berlin: AFD Politikerin Beatrix von Storch ist mit dem Negativ-Preis „Haselnuss des Monats“ ausgezeichnet worden. Kriegt man für hetzerische Kommentare, beispielsweise in Facebook!

Frage: Was für einen Preis kriegen eigentlich die Schwanznasen, die über 10.000 Afrikaner wegen Nix und wieder Nix in diesem Jahr nach Deutschland holen? „Die goldene Kokosnuss“???

Feddich

Elmi (Motivationstrainer des HSV)

28. April 2018

#Washington: Den Trip zu Donald Trump hätte sich Rautenlilly tief in ihren Darkroom schieben können! Kein Staatsempfang, nur ein popeliges Essen! Das zeigt die Wertschätzung, die unsere derzeitige Regierung weltweit genießt.

Das nenne ich Scheitern auf höchster Ebene! Aber immerhin, es gab einen Kuss von Trump! Der war aber nicht halb so erotisch wie der Kuss mit Macron! Ich als bisexueller Transgender kann das beurteilen!

#Berlin: Hetze gegen Deutsche fällt auch weiterhin nicht unter Volksverhetzung! Bundestag schmettert Antrag der AFD ab! Beschimpfungen wie „Drecks-Köterrasse, Kuffas, Kartoffelfresser" sind nicht justiziabel! Begründung: „Das wäre zu völkisch!" Für mich als jahrelang schuldkultkonditionierten deutschen Michel kein Problem!

#Tel Aviv: Antisemitismus-Debatte! Israelischer Politiker rät Juden in Berlin zu „Kippa und Knüppel". Hey, das klingt interessant. Wär ein Grund, mal wieder nach Berlin zu fahren.

Statt Love Parade die „Spandau Kappa-lympics"! Muha!

#Buntland: In vielen Teilen dieser Republik kann man ARD und ZDF mit Antenne nicht mehr empfangen! Keine Panik, die wenigsten werden es vermissen!

#Islingtion: Wenn die Gunners, also Arsenal spielen, kommen seit Neuestem von den gegnerischen Rängen Brot oder Brezeln geflogen. Immer dann, wenn Özil eine Ecke schießt. Der hebt die Brezel auf, küsst sie und flankt dann! Muss er als Muslim machen! Das nenne ich Wertschätzung! Obwohl ich Nussecken vorziehen würde! Tja, Fußball-Hooligans, die schönen Tage mit Bananen sind vorbei! Wo wir gerade dabei sind:

#Tarifa: Flüchtlinge können jetzt mit dem Jetski von Afrika in dreißig Minuten nach Spanien cruisen! Kostenpunkt: 4.000 Euro! Schnäppchen! Vor allem wenn man bedenkt, dass sie die Summe in spätestens 3 Monaten in Deutschland wieder beim Sozialamt abgegriffen haben.

„Schön ist es, auf der Welt zu sein, sagt Metoomba zu dem Schleuserlein!"

30. April 2018

#U.S.A.: Medien in den Vereinigten Staaten schreiben Merkel ab! Zitat: "EUROPAS SCHWÄCHSTES GLIED"! Und ich wusste nicht mal, dass sie eines hat!

Aber da ist ja noch „Elder Statesman" und Alt-Revoluzzer Joschka „Steinewerfer" Fischer. O-Ton: „Merkel ist ein Glück für das Land!" Fragt sich für welches! Namibia? Kenia? Bullebambamachalla?

#Berlin: Beauftragter der Bundesregierung meint, dass seit der AFD der Antisemitismus unverhohlener geworden ist! Was für ein Bullshit! Vielmehr ist es doch so, dass in dem dauernden Versuch, die Vergangenheit zu bewältigen, die Gegenwart verbogen und die Zukunft Deutschlands zerstört wird! Ende!

#Köln: Das OLG hat entschieden: Die Aussage: „Durch Multikulti-Politik haben Leute wie Claudia Roth (CR0) in der Silvesternacht in Köln im übertragenen Sinne „mitvergewaltigt" ist keine unzulässige Schmähkritik!

Wie geil ist das denn? Köln darf von mir aus gerne wieder aufsteigen!

#Bundesliga: Das wird noch mal spannend im Abstiegskampf! HSV, Mainz, Wolfsburg. Alles kann, nichts muss! Hab 1000 Euro auf den HSV gesetzt! Schon vor zwei Wochen!

#Berlin: Da hat man sich doch glatt mal um 250.000 Euro verzählt! Nicht die Deutsche Bank, sondern die Ausländerbehörde! Es leben viel mehr Ausländer in Berlin, als man denkt!

Hätten die mal nur Sarrazins Buch genauer gelesen! Deckt sich mit meinen Beobachtungen. Selbst in den kleinsten Käffern seh ich nur kinderwagenschiebende Pinguine oder schwangere Jungle Queens! Es wird uns gehen wie dem alten Rom! Wir verschwinden!

Ich verschwinde jetzt in die Schweiz zu LIDL! Die verkaufen Cannabis! Legal! Yo, man!

Feddich

Elmi (Der Hutmacher von Melania)

Mai 2018

☜●❍♓⧫ ❍□♓■♌❒♓♐■

Elmis moinbrifn

2. Mai 2018

#Madrid: Wenn die Bayern Gondeln tragen … äh sorry, ... wenn die Gondeln Trauer … Wie auch immer, mir san raus!! Schade! Blöd fand ich die Interviews. „Wieso haben Sie verloren und wie fühlt man sich dabei?" Ich würde antworten: „Weil wir nicht gewonnen haben und ich fühl mich beschissen! Ich geh jetzt duschen Du Lappen!"

Unbezahlbar der Blick von Heynckes zu Kahn im Studio! Die werden keine Freunde mehr!

#Berlin: Claudia Roth kritisiert Wahlkampfverbot für Erdogan! Das sei kein Ausdruck starker Demokratie! Nicht zu fassen! Eine Demokratie soll also einem üblen Diktator unter die Arme greifen. Ich glaube, meine Kaffeemaschine hat mehr Demokratieverständnis als diese talkshowschwadronierende Studienabbrecherin!

Letztes Jahr unterhielt ich mich mit meinem türkischen Fensterreiniger. O-Ton in reinstem Badisch: „Mir Türke hier sin die gröschte Deppe!" Ich wollte spontan antworten: „Sag ich ja schon immer!“ Aber da Diplomatie mein zweiter Vorname ist, entgegnete ich höflich: „Da möchte ich Ihnen jetzt nicht widersprechen, Herr Üzgür!“

#Essen: Polizei nimmt AFD Politiker in Gewahrsam! Grund: Einer seiner Bodyguards hatte Reizgas am Körper! Absoluter Witz! Aber so ist das halt mit einer starken Demokratie in NRW (siehe oben).

#Lesbos: Frontex berichtet über drastische Zunahme von Flüchtlingen nach Griechenland! Aktion: „Er hat ein knallrotes Gummiboot!“ Tja, die einen gehen schwimmen, die andern badens aus. Aber nicht verzagen! Am nächsten Sonntag ist Welt-Lach-Tag! Alles wird gut! Ha ha ha, hi hi hi-Hilfe!

Feddich

Elmi (Rückpassberater von Sven Ulreich)

P.S. Dieses moinbrifin wurde gesponsert von Flowtex Schlauchboot Seahawk, 58,87 Euro plus Versand.

3. Mai 2018

#Ellwangen: Über 150 sogenannte Flüchtlinge (Afrikaner) verhindern Abschiebung gewaltsam. Polizei machtlos! Abschiebung abgebrochen!

Neues aus Schlappschwanzland!! Der Rest der Welt lacht sich gerade kaputt, dass es uns Idioten nicht gelingt, ein für alle Mal klarzustellen, wer hier das Sagen hat! Und allen verpeilten Links Grünen Utopisten möchte ich ans Herz legen, mal bei Goethes Zauberlehrling nachzulesen:

HERR DIE NOT IST GROSS!
DIE ICH RIEF, DIE GEISTER
WERD ICH NICHT MEHR LOS!

Tagesschau ARD (20.00 Uhr) berichtet natürlich nicht darüber! Bravo ihr System-Speichellecker!

#Indien: Der einst weiße Marmor des Taj Mahal verfärbt sich rotgrün und braun! Grund: Luftverschmutzung!

Hüstel … kronk … ächz … three … four … SMOKE ON THE TEMPEL, DIESEL IN THE SKY!

#Polen: Ausschwitz-Komitee lädt Rapper Kollegah und Bang in Gedenkstätte ein! Was sollen die zwei da? Ledergürtel verkaufen?

#U.S.A.: Da ist der Rapper und Grammy Gewinner Kanye West schon einen Schritt weiter. Klare Rapper Ansage:" „400 Jahre Sklaverei, das klingt für mich nach eigener Wahl!" Blankes Entsetzen überall!

Das, Freunde, ist Rapper-Poesie! Kann man verstehen, muss man nicht! Den Satz hätte ich gerne im Bundestag gehört und danach die

Farbveränderung in Anton Hofreiters Gesicht! Unbezahlbar! Noch rotgrüner als der Taj Mahal!

#Deutschland: Jeder Vierte ist mit der Arbeit der AFD im Bundestag zufrieden .Die andern drei haben Schiss, ihren Job zu verlieren und geben es nicht zu, oder arbeiten bei den Öffentlich-Rechtlichen! Na dann!

#Forschung: DNA-Test soll jetzt beweisen, ob Hitler einen Sohn hatte! Also, die ewigen Mutmaßungen über meinen Vater gehen mir mächtig auf das eine Ei!

Feddich

Elmi (Eurofighter Pilot)

6. Mai 2018

(Lachedition)

#ELLWANGEN RELOADED: INTERVIEW

Yussif: „I don kno wai se wan to put me Italy! Look, Italy throu people out! I mäk no trouble!"

Interviewer: „You are 23????"

Yussif: „Äh ... I forrgod me ädsch! I don´t know! Me here to work for my sweat! (Muha) I don wan to be a homeless in Italy. They don´t give you nothing!"

ELLWANGEN ÜBERSETZUNG:

„Hey man, ich nix weiß wieso ich muss nach Italy. Guck, in Italy werfen sie die Leute einfach raus! Ich hab gemacht nix!“ Interviewer: „Sie sind 23?“ „Ähm … Ich hab vergessen meine Alter! Ich bin hier, um arbeite in Angesicht von Schweiß! (Seit wann schwitzt man beim Dealen? Anm. d. Verf.). Italien zahlt nix, (ei gugge da) da will nix hin!“ (Anm.d.Verf.: sein Anwalt lieber auch nicht).

Hier hab ich vor Lachen abgebrochen und das ist gut so am Weltlachtag!

HAHAHA HIHIHI HOHOH HUHUHU HÄHÄHÄ HARRRRR

Nicht vergessen! Um 14 Uhr heute Lachen für den Weltfrieden!

Feddich

Elmi (Lach Yoga Guru für die Hoffnungslosen)

7. Mai 2018

#BERLIN: Grüner schlägt vor: Prostituierte sollen künftig nachts in Möbelhäusern aufs Klo! Damit würde die Pisserei und Vermüllung in den Parks aufhören!

Wie alle Vorschläge von Grünen, brillant! Die Bordsteinschwalben könnten dabei auch gleich Matratzen testen. Leggins-Lola aus Litauen: „Nach fünf Nummere hab isch Rücken. Dat

Matratz nix tauge!" Und zudem hat sie aufgeschürfte Knie!

#HAMBURG: Bundespolitikerin Jelpke (Linke) zu den Ereignissen in Ellwangen: „Martialische Großeinsätze der Polizei versetzen „Schutzsuchende" in Angst und Schrecken"!

Dazu zwei Anmerkungen: Die einzigen die „schutzsuchend" waren, hatten Polizeiuniformen an, und zweitens: Meine Oma sagte immer: „Gottes dritter Garnitur muss man ab und zu beibringen, wo der Frosch die Locken hat!" Da hattse verdammt noch mal recht!

#VERDEN: Ursula Haverbeck - Holocaust Leugnerin - ist nicht zu ihrem Hafttermin erschienen! Eine 89-jährige Frau soll also jetzt für 2 Jahre in den Knast! Großes Tennis!

Vielleicht sollte ich mal meine Freunde aus Togo mobilisieren, um eine Verhaftung zu verhindern. Die sollen da Erfahrung haben! Wenn sie eh nicht schon wieder gerade ne Hundertschaft aufmischen! Armes Deutschland!

#Deutschland: Im „200 Jahre Marx"-Fieber: Karl Marx war ein überbewerteter, kettenrauchender, kommunistischer Schwaller, der auf Kosten von anderen und deren Kapital lebte! Und was sein Kapital betrifft, lag er so was von daneben, dass es schon wieder was „Rührseliges" hatte. Was ein Tamtam!

Sein bestes Werk war eh: WINNETOU EINS!

Elmi (Laut Spiegel vom 05.05.2018: Der „Zotenkönig")

9. Mai 2018

#GIESSEN: Fünf „Bereicherer" griffen in den frühen Morgenstunden einen Streifenwagen der Polizei mehrfach an. Und schon eine Stunde und sieben weiteren Streifenwagen später konnte die Situation bereinigt werden!

#ESSEN: Ein 25-Jähriger greift einen Beamten am Hauptbahnhof an. Eine große Gruppe solidarisiert sich mit dem Täter. Nach sieben weiteren Streifenwagen … siehe oben!

Ich glaube, die Kriminalität geht in Deppland tatsächlich stark zurück! Wie hieß der Typ noch mal, der den Trommelrevolver erfunden hat? Wir sollten uns umbenennen in: „Rosa Watteland"! Toi, toi, toi!

#BERLIN: Karrenbauer (nicht Porsche, sondern CDU-Fregatte) stellt sich gegen Dobrindt! Sie wirft ihm „Aggressive Anti-Abschiebeindustrie" vor.

Vielleicht klärt jemand, der die Nerven dazu hat, sie mal auf, dass es nur „eine" Industrie gibt, nämlich die „Aggressive Flüchtlings-Industrie" (AFI), bei der gerade viele von ihren Kollegen/innen sich seit Jahren die Taschen voll machen! So siehts aus, Frau Knallerbse!

#WDR: Neue Belästigungsvorwürfe gegen WDR-Fernsehfilmchef! Auch die „Schriftstellerin" Charlotte Roche erinnert sich jetzt plötzlich wieder: „Er gab mir die rechte Hand und legte mir die linke auf den Po!"

Ui … jemand, der einen Roman wie Feuchtgebiete schrieb, sollte froh sein, dass die Hand nur „am" Po war!

#SCHWEDEN: In diesem Jahr wird wegen Hand am Po die Akademie keinen Literaturnobelpreis verleihen.

Mist, und ich hatte geraden so einen gigantischen Lauf!

Ich hoffe, ihr kauft mein Buch trotzdem!

10. Mai 2018

#GRIECHENLAND: Neues von der Flüchtlingsfront! „Die Menschen von Lesbos sind erschöpft" sagt der Bürgermeister! „Aus Güte wird Wut!" Tja, die Lesbonesier haben die Lektion gelernt, die wir noch lernen werden. Handel, Tourismus und Investitionen sind restlos zum Erliegen gekommen! Und es kommen immer mehr Glücksritter! Dagegen waren die Heuschrecken im alten Ägypten ein Ponyhof!

#ATHEN: Das sieht schon besser aus! Für lausige 5.000 Euro kann jeder der

„Flüchtenden" einen deutschen „Original-Pass" erwerben! Und uns wurde erzählt, diese Pässe seien unfälschbar! Aber was rege ich mich auf, uns wurde ja auch erzählt, die Renten seien sicher, die Kriminalitätsrate gehe zurück, wir hätten weniger Arbeitslose, der Diesel sei sauber und Conchita Wurst rasiere sich die Beine!

#BERLIN: Kriminelle „Kindergeldbanden" erfinden Nachwuchs und erbeuten seit zwei Jahren Kindergeld im dreistelligen Millionenbereich. Wir zahlen! Der nicht vorhandene „Nachwuchs" lebt wahrscheinlich in Transsilvanien in der Burg von Dracula. (Dies war ein zarter Hinweis auf die Ethnie der Trickser und Verbrecher! Man will ja nicht gleich mit dem Akkordeon auf den Tanzbären fallen).

#KÖLN: CDU Politikerin Horitzky tritt zurück (Heidewitzka)! Sie wird vermutlich den Rest ihres Lebens damit verbringen, Geld zu zählen, welches sie durch Flüchtlinge verdient hat, da bleibt für Politik eh keine Zeit!

#ESSEN: Libanesischer Clan-Chef verurteilt die Razzien der Polizei auf seine Organisation! O-Ton: „Es gibt keine Clans, die deutsche Polizei ist rassistisch!"

Ach ja, und der Papst hat ne Mumu!

Feddich

ELMI (Marketing Muttertagsberater von LIDL)

11. Mai 2018

#LOOKING FOR CHEETA: Es gibt Neuigkeiten von unserem Freund Yussif aus Togo! Der Troubleshooter aus Ellwangen („I forgot my ädsch" etc.). Er soll ja nach Italien abgeschoben werden. Sollte das passieren, darf King Louis aber sofort wieder in die Bundesrepublik einreisen! So ist die geltende Gesetzeslage!

Bitte fragt nicht wieso, ich krieg selber hier Pickel, während ich das schreibe. Und als ob es noch nicht reichen würde, jetzt fällt unserem Mr. Boombastic auch noch ein, dass eine andere „Schutzsuchende" von ihm geschwängert wurde. Wo die genau ist, hat er nicht so präzise auf dem Schirm! Aber die Suche läuft intensiv!

Wir drücken die Daumen und wundern uns nicht mehr! Spätestens, wenn er Alimente abdrücken muss, wird er sagen: „It wasn´t me" und: „I forget!"

Ach so, ich vergaß, die zahlen ja dann auch wir! Ich Dummie!

#PARIS: Karl Lagerfeld, Modeschöpfer, „hasst" Angela Merkel. Er droht sogar, seine deutsche Staatsbürgerschaft zurückzugeben! So stehts wenigstens im Focus (semiseriös) und in der Zeitschrift „Le Point" (merveillmös). Die Entscheidung Merkels, mehr als eine Million Zuwanderer in Deutschland aufzunehmen, wäre eine Katastrophe!

Neiiiiin ... ehrlich jetzt??? Damit wäre der Weg für die Nazis der AFD geebnet worden! Oh, wenn der wüsste, was ich gewählt habe, würde er mich nicht mehr als Callboy buchen!

#TEL AVIV: Die Armee Israels beschießt nahezu die gesamte Infrastruktur Irans in Syrien. Die Botschaft lautet: „Wir hoffen, dass jeder verstanden hat!"

Ganz schön knallhart für Leute, die lustige Käppchen tragen und den Deutschen seit Jahrzehnten den Schuldkult pimpen! Es ist sicher eine Sache des Blickwinkels! Und weil ich vorbildlich konditioniert bin sag ich spontan: „Masel tov!"

#GERMANY: Die gute Nachricht zum Schluss! Die Staatsanwaltschaft entscheidet: ARD und ZDF dürfen ein Videospiel mit Hakenkreuz-Symbol verbreiten!

Na, wer sagts denn? Geht doch! Wenn jetzt noch das Horst Wessel Lied beim ESC am Samstag in Lissabon den ersten Platz macht, hol ich Opas Stahlhelm aus dem Keller!

ELMI (Mossad Beauftragter der BRD)

12. Mai 2018

#Lieber HSV. Es muss 1958 oder 1959 gewesen sein, als mich mein Vater zum ersten Mal ins Volksparkstadion mitgenommen hat. Zum

Proletensport, wie er meinte! Ich aber war restlos begeistert von der ersten Minute an. Diese Wahnsinnsstimmung und dieses begnadete Fußballteam rund um Uwe Seeler!

Von diesem Augenblick an war ich Fan! Da mein Taschengeld nicht für ein Ticket reichte, sind wir Kids immer hinter einem Busch gelegen und haben an Spieltagen gewartet, bis der Polizist auf seinem Pferd vorbeigeritten war. Dann musste es schnell gehen. Zack aufstehen, rennen und fix unterm Zaun durch. Dicke Kinder blieben meistens hängen, aber so viele gabs damals noch nicht. Die Knie oder die Hosen waren dreckig, aber war uns wurscht!

Ich hab sie alle gesehen: Seeler, Dörfel, Schnoor, Werner, Meinke und Klaus Stürmer! Ich hab Spiele gesehen, da würde man heute nur davon träumen. Euer Freundschaftsspiel gegen Benfica Lissabon mit Eusebio, der schwarzen Perle, endete, glaube ich, 4:3 für Lissabon! Ich hab noch nie ein Stadion so beben sehen!

Unvergessen das Spiel gegen Burnley. Nach Auswärtsniederlage (1:3) im Rück-Heimspiel alles wieder wettgemacht und verdient gewonnen (4:1). Die Fans und die Mannschaft sind schier ausgerastet!

Apropos verdienen, ich hab nach den Spielen die leeren Bierflaschen eingesammelt. Soviel ich halt tragen konnte und für jede Flasche gabs Pfand. Ich hatte also meine Idole gesehen und weit mehr verdient als ich Taschengeld bekam

(50 Pfennig die Woche). Einmal wäre ich um ein Haar dabei erdrückt worden auf der Treppe. Ich ließ die Flaschen fallen und bin in die Böschung gesprungen. Viele wurden an diesem Abend schwer verletzt!

Und dann kam der 31.8.1963. Euer erstes Heimspiel in der Bundesliga! Der 1. FC Saarbrücken führte zur Halbzeit 1:2, aber ich wusste, es lag was in der Luft. Am Ende stands dann 4:2 für den HSV! Wie geil! Ich musste an diesem Abend Hamburg für immer verlassen, weil ich ins Internat kam. Aber einmal Fan, immer Fan!

In den letzten Jahren bin ich vier bis fünf Mal im Jahr nach Hamburg geflogen, um ein paar Heimspiele live zu schauen, aber der Funke wollte nicht springen. Mein Herz war immer noch HSV, aber euer Spiel leider nicht! So werde ich also heute zu eurem vermutlich letzten Heimspiel gehen. Wer das erste Spiel sieht, sollte auch das letzte sehen! Vielleicht klappt es ja doch noch, aus nahezu auswegloser Situation. Ich würde mich riesig freuen!

Ich drück euch als „immer noch Fan" von ganzem Herzen die Daumen, das bin ich schon meiner Jugend schuldig. Und sollte ich keine Karten mehr kriegen, denn es ist restlos ausverkauft, dann geh ich wieder unterm Zaun durch! Versprochen!

ELMI (NUR DER HSV) - (Die Uhr läuft noch)

13. Mai 2018

Wat ein Wochenende! Gestern Mittag noch Bengalos aufs Spielfeld in Hamburg geworfen! Abends dann in den Flieger nach Lissabon! Gut gefallen hat mir die blonde Moderatorin mit dem tiefen Ausschnitt! Geile Schnitte! Bei den anderen beiden „Frauen“ war ich mir nicht sicher, ob es überhaupt Frauen waren! Beim ESC wird man ja da oft derbe überrascht! Bei der/dem/es hatte ich das Gefühl: „Nie in einem Zimmer alleine, die/der/das beißt Dir das Gemächt ab!

Schnell auf die Bühne, der weißen Frau das Mikrofon entrissen! Laut ins Mikrofon gebrüllt: „Ihr seid alles Nazis und der HSV ist abgestiegen! Ihr seid schuld!!“ Verhaftung!

Gewonnen hat übrigens Israel! Das war eigentlich kein Song, das war ne Drohung an den Iran. „Wenn ihr Mullahs weiter Faxen macht, werfen wir die Dicke über Teheran ab !“

Gestern nach dem Spiel bin ich in Hamburg zu Fuß zum Auto gelaufen! Pure Nostalgie, denn den gleichen Weg hab ich als Kind immer gemacht. Ich parke bei Heimspielen immer vor dem ehemaligen Haus meiner Eltern in Hamburg-Osdorf.

Ca. 2,5 Kilometer vorbei am Hauptfriedhof (passend zum Abstieg) und dann durch eine Grünanlage, in der wir als Teenager jeden Tag gebolzt haben. 60 Jahre hatte sich da nichts geändert, nur die Bäume waren höher. Eine ideale Wiese auch für Hunde! Gestern die große Überraschung. Dort steht jetzt ein Flüchtlingsheim. Entspannte Menschen liegen da auf den Bänken und rauchen, während eine verhüllte Mutter zwei Kids bändigt, ein drittes in Vorbereitung unterm Kaftan. Spontan kam mir der Gedanke: „In spätestens zehn Jahren müssen wir uns keine Sorgen mehr über Abstieg oder den ESC machen!“

Als ich dann abends mit meiner Frau im „Witthüs“ im Hirschpark ein Glas Wein getrunken habe, wusste ich, dass meine Kindheit endgültig zu Ende war!

Schönen Muttertag

ELMI

14. Mai 2018

DIE BIER-POSSE AUS MONNEM! Wenn man wissen möchte, wie es um die psychische Verfassung dieses Landes bestellt ist, dann sollte man Bierkenner sein! Die Privatbrauerei Eichbaum startete eine Aktion zur Fußball WM mit den Flaggen aller Teilnehmer auf den Kronenkorken. Darunter auch die arabische! Hübsche Idee, wie ich finde!

Unsere öligen Freunde vom Sandhaufen mit den rot-weiß karierten Marmeladenglashauben mit Dichtungsring, auch Scheichabdeckung genannt, waren dennoch entzürnt. Alkohol und Islam ginge ja gar nicht! Und wenn, nur heimlich! Der gemeine Muslim ist da drehzahltechnisch schnell am Limit!

Und jetzt kommt der typisch deutsche Schuldkultimpuls. Tiefe Eichbaum-Verbeugung, Entschuldigung, das ganze Demutsprogramm in Farbe. So weit, so gut! Dann aber „Zack“ völlig unerwartet ein Aufwärtshaken der deutschen Bierkonsumenten von rechts. Eichbaum sei ein „Unterwerfungsbier“ und die Plörre sollte nicht mehr getrunken werden! Ergebnis: Rien ne va plus!!! Nix geht mehr! Aktion eingestellt! Da kann einem schon mal ein Brechen aus dem Kronenkorken zacken!

Saudi Arabien „12“ points / Germany „0“ points!

Tja, liebe Eichbaums, wenn man keine Eier hat gibts auch keine Pfannkuchen! Geschieht euch mehr als recht, ihr Deppen! Darauf ein „Rothaus“!!

Dieses war der erste Streich, doch der zweite kommt zuscheich!!

NEUES VON TARZANS SEITENSPRUNG:

Unser Lieblings-Limbotänzer und Vorzeigebefruchter „Yussif“ aus Ellwangen geht in die Vollen! Er klagt vor dem Verfassungsgericht auf Bleiberecht! Und obwohl wir das alle bezahlen müssen, wird er Recht bekommen, jede Wette!

Währenddessen machen seine Ellwanger Polizeiprügler-Kumpels eine Demo gegen die Polizeigewalt in Deutschland, (no Scherz) unterstützt von vorwiegend weiblichen deutschen Mitläuferinnen! Komisch, die Söhne Kongos können alle kein Deutsch aber die Transparente und Formulare sind blitzsauber und korrekt ausgefüllt! Da soll noch einer draus schlau werden! Vielleicht Voodoo! Oder Schwanzi longi!!

😁

Ich brauch jetzt ein „Unterwerfungsbier“! Egal welches!

JEVER DAS SEINE!

Feddich

ELMI (Kolonialismus Experte der Europäischen Union)

16. Mai 2018

YUSSIF DIE DRITTE ... KLAPPE: Gestern ab 4.45 Uhr wurde zurückgeschoben!

Unser AIRBNB Deluxe-Experte für kostenlose Unterbringung mit Vollpension hat Freiflug nach Italien gewonnen! Unsere Wanderperle aus Togo (my balls are bigger than my brain) testet jetzt die Angebote in Italien. Bella Italia, Lasagne, Vitello Tonnato und natürlich die Musik der Capri Fischer: „Wenn bei Capri die schwarze Tonne im Meer versinkt“!

Wenn ich die Situation richtig einschätze, ist unser G-Punkt Spezialist jetzt schon wieder im Nachtzug auf dem Weg ins gelobte Land! Jede Wette!

#DEGGENDORF: Jahrelang kümmerte sich ein Arzt in Niederbayern um Flüchtlinge. Kostenlos, weil guter Mensch! Jetzt wirft der Mediziner hin. Die Ansprüche der „Zugereisten“ haben sich drastisch verändert! Wo früher Menschen waren, die sich wirklich in einer Notsituation befanden, kommen jetzt immer mehr „Glücksritter“ auf der Suche nach neuen Zähnen, einer künstlichen Hüfte oder einfach nur Viagra! Nach der „Flüchtlingsindustrie“ folgt nun die zweite Stufe „Medizintourismus“! Bevor also jemand einem „Glücksritter“ wieder aufs Maul hauen will, Obacht!! Die Zähne könnten von dir finanziert sein!

#Berlin: Jetzt wirft sich auch Claudia Roth (Grün) für die beiden Türken Kicker und Erdogan Fans in die Bresche! Jemand, der Festzelte von Roncalli trägt, sollte sich aus Politik und Fußball komplett raushalten! Özil muss die deutsche Nationalhymne nicht singen, wenn er es mental nicht auf die Reihe bringt! Wenns nach mir ginge, kann er auch gerne nächstes Jahr für die Türkei spielen! Dort wird er singen, weil er sonst sein Aufwärmprogramm im Knast macht! Das ist es, was mich an einem großen Teil der Türken hier stört. Sie verachten uns und leben trotzdem lieber hier! Ich weiß nicht, wie Jogi Löw das nennt, ich nenne es schizophren! WM für mich gestrichen!

Feddich

Elmi

17. Mai 2018

#BERLIN: AFD-Rede von Alice Weidel erhöht Blutdruck von Hofreiter (grün, dann rot) und Kauder (CDU, dann doof))! Das Jesus-Double für umweltfreundliche Billignägel und der Heiligenschein-Schnitzer der CDU waren beide nah am kardiovaskulären Ereignis! Als Kauder dann die christlichen Werte bemühte, O-Ton: „Jeder Mensch ist Gottes Ebenbild!", war ich sehr ergriffen und dachte so bei mir: „Gott würde nie eine pinkfarbene Krawatte tragen!" und ich glaube, er wollte auch nicht deren Ebenbild sein! Gott hätte beide vermutlich aus dem Plenarsaal gepeitscht! AMEN!

#RAVENSBURG: Der Adelige Friedrich Herzog von Württemberg starb letzte Woche bei einem Überholmanöver in seinem Porsche! Ich finde, beim Kauf eines Porsche sollte der Gegenverkehr automatisch vorher verboten werden. Obwohl, der Herzog hätte es besser wissen müssen. James Dean und Paul Walker haben ja auch die Kurve nicht schnell genug gepackt. Speed hat eben seinen Preis!

Wie sungen einst die Eagles?

TOO FAST TO LIVE, TOO YOUNG TO DIE, BYE BYE!

#FREIBURG: Ich bin da jetzt in einem Dilemma. Auf der Suche nach einer Bundesliga-Dauerkarte kommt ja nun der HSV vorübergehend leider nicht mehr in Frage. Der SC Freiburg käme gelegen, vor allem, weil ich dort studiert habe und 25 Jahre meinen Wohnsitz hatte. Es stellen sich jedoch für mich zwei Probleme.

1. Freiburg verkauft keine Dauerkarten an AFD Mitglieder.
2. Ich habe leichte Schwierigkeiten den Trainer zu verstehen. Aussagen wie: „Isch gange wiesisch! Mer hänns gschafft und wenned hättmer halt nägscht Woch gäge Kiel gekiggt!" sind rein linguistisch eine enorme Herausforderung!

Vielleicht warte ich einfach, bis der HSV wieder aufsteigt, wenn ich es denn noch erlebe! Bis dahin bin ich eh Bundeskanzler!

ELMI (Der Zuhälter von Stormy Daniels)

18. Mai 2018

#DSCHUNGELBUCH DIE VIERTE YUSSIF ACTION! Jetzt wird's langsam unübersichtlich. Aber ich versuchs mal! Also: Ein Togolese gelangt illegal über Italien ins Schlaraffenland für Transferzocker. Als man ihn abschieben will, wird das von seinen Kumpels mit Gewalt verhindert. Ging in die Geschichte als Ellwangen-Bingo ein! Nach langem Hick Hack endlich wieder in Italien, kommt raus, dass Bongo gar nicht aus Togo kommt sondern aus Ghana! Da die Papiere, die er überraschenderweise verloren hatte, vermutlich gefälscht waren, hat er jetzt eine Woche Zeit, Italien zu verlassen. Und jetzt die 250.000 Euro Frage: „In welches Land könnte er wohl optimal ausreisen?"

Lasst Euch ruhig Zeit! Alle Joker schon bei der BAMF! Da fällt mir in diesem Zusammenhang ein Zitat von Shakespeare ein: „DER MOHR VON VENEDIG", Szene 3, Akt 4):

„Der Togonese aus Blankenese
isst weißes Eis nur von Langnese!
Kommt er dann nach Timbuk Two,
gibts aufs Maul und dann is Ruh!"

#NRW: Agrarministerin Schulze Föcking (CDU) tritt zurück! Mitleid hält sich in Grenzen. Es gab wohl unzumutbare Tierquälerei auf ihrer Schweinefarm! Da helfen jetzt auch keine Krokodilstränen. Und CDU, Kopf hoch, der nächste Schweinequäler-Lobbyist, dem es scheißegal ist, wenn Tiere leiden und weinen, ist sicher schon auf Eurer Gehaltsliste, jede Wette!

#FUSSBALL-WM: Der Kader für die Nationalmannschaft steht! Erdogan hat zugestimmt! Seine beiden Lieblings Datteldreher sind weiterhin nominiert! Sandro Wagner und Max Kruse sind leider nicht dabei! Die sind beide wohl nicht „devot“ genug für unseren Bundes- „PFLEGEDUSCHE NIVEA MAN“. Dafür darf Torjäger Nils Peterson mit! Das ist O.k., der ist ja ein ganz Hübscher!

#ÜZELBRÜZ: Der Ramadan hat begonnen! Noch bis zum 14. Juni. Wer schon mal mit seinen Kindern üben will für die Zukunft! Von Sonnenaufgang bis Untergang nichts essen, nichts trinken! Wir wünschen „Frohes Verdursten“!

Feddich

ELMI (Panikberater der Süddeutschen)

19. Mai 2018

#GREAT BRITAIN (Royal Edition): England steht wieder mal Kopf! King Heinrich der VIII köpft seine vierte Frau! Sorry sorry, falsches Jahrhundert!

Im Juli 1980 verliebt, im Februar 1981 verlobt, Mai 1981 Heirat, Scheidung August 1996! Excuse me, falsches Paar!

Man kann leicht den royalen Überblick verlieren. Kaum hat Kate entbunden, kommt das nächste gigantomanische Großereignis. Die Queen verliert ihren Schlüpfer. Brexit!

Nein, geliebte Untertanen, Prinz Harry ehelicht Angela Merkel ... äh, ooops, ich schau gerade Tagesschau nebenher. Da überrascht der Bachelor Putin mit einem weißen, fliederfarbenen Rosenstrauß die Bundeswumme! „Angela, warum bist Du so errötet, hat Putin dir was in die Raute getrötet??"

So, jetzt aber, Konzentration! Also, 2011 waren Kate und Prinz William dran. Und schon drei Camebridge-Geburten später trauen sich Harry und Meghan Markle!

Das Volk ist happy, obwohl es günstiger hätte laufen können. Meghan ist Amerikanerin, geschieden und multiethnisch, wie die höflichen Briten das bezeichnen! Der klassische Royal-Fan hätte lieber „An English Rose"! Ist halt so, nennt sich Tradition!

Theoretisch könnte also irgendwann ein schwarzer König auf dem englischen Thron sitzen!, zum Beispiel KING KONG der ERSTE. Wie gesagt, rein theoretisch! Tut auch nix zur Sache! Wichtig ist, dass sie sich lieben und dass Sir Elton John bei der Hochzeit singt! Eventuell „BLUE EYES" oder vielleicht „THE BITCH IS BACK" oder „BROWN SUGAR"?

Es ist übrigens die 16. Royale Hochzeit seit der Eiszeit! Die Zitronen-Holunderblüten-Torte kostet schlaffe 56.000 Euro. Acht Millionen Rosenblätter werden verteilt, natürlich handverlesen von Sklaven aus Übersee (Schwarzer Humor)! Champagner aus 17.000 Gläsern. Das entspricht dem Alkoholverbrauch von zwei britischen Touristenfamilien auf Gran Canaria mit einer Woche „all inclusive"!

Und wer rettete die ganze Chose in letzter Minute? Natürlich Prinz Charles, der Schwiegervater und Tamponfetischist! Der Papa von Meghan bekam kurz vor knapp noch Herzflattern und konnte also nicht den Brautvater liefern. Das macht jetzt Schlappohr Prinz Charles. Vielleicht erinnert er sich ja dann an seine eigene gigantische, romantische Hochzeit mit Lady DI im Jahr 1981. An seiner Seite eine echte „Rose of England"!

Und schon drei Nächte später bestieg er außerehelich „The Horse of England" (Camilla Parker Balls), otherwise known as „The Rottweiler"!

Vielleicht machen das Harry und Meghan ja eleganter! Wünschen wir ihnen Glück!

GOD SHAVE THE QUEEN

Feddich

Elmi (Royal Rittmeister aus Windsor)

20. Mai 2018

#POKAL-ENDSPIEL: Die Bayern können alles, nur nicht verlieren! Schade für Jupp Heynkes, aber vom Triple ist nur noch „Deutscher Meister“ übrig. Den hätte ich mit meiner B-Trainerlizenz in Vollnarkose geschafft, bei dem Spielerpotential. Jupp hat die mimosen Ego-Shooter wie Lewandowski grandios unterschätzt. Frankfurt verdient Pokalsieger. Schade, dass Bayern dem Sieger nicht den nötigen Respekt entgegengebracht hat (Ausnahmen: Neuer und Starke). Jupp lebt, und freut sich auf seinen Hund! Angenehmer Mensch!

#BERLIN: Fußball! Die WM-Soap-Opera geht in die zweite Runde. Termin bei Bundespräsident. Es besteht wohl Handlungsbedarf bei unseren beiden Aushilfstürken Özil und Gündogan! Auf eigenen Wunsch (muha) Treffen mit Steinmeier. Der tröstet die beiden anatolischen Balleinfetter mit den Worten: „HEIMAT GIBT ES AUCH IM PLURAL“! Stimmt! Hab ich gestern getestet! Bin zu Ali, um Oliven zu kaufen und hab ihm gesagt: „Ali, Präsident sagt, es gibt Heimat auch im Plural!“ Ali antwortet: „Alde, weißisch, hab auch zwei Heimats, aber weiß nix wo liegt Plural?“

#HAMBURG: Spiegel-Kolumnist wundert sich: „Woher kommt die Wut des Volkes?“ „Es gibt nicht viele Länder, in denen es noch unwahrscheinlicher ist, Opfer von Kriminalität zu werden, als Deutschland!"

Ach ja? Er soll einfach mal mit Käppi in Neukölln eine Weile auf und ab laufen. Wenn er Glück hat, schieben sie ihm erst bei Dämmerung die Kauleiste bis hinter die Medulla Oblongata.

Hoffentlich geht der Spiegel bald pleite! Sie arbeiten dran!

#PARIS: Neues vom Führer! Es hat französischen Forschern keine Ruhe gelassen. DANN-Proben seiner Zähne haben eindeutig ergeben, dass der GRÖFAZ 1945 tatsächlich in Berlin gestorben ist. Er floh also nicht nach Argentinien, hat sich nicht in der Antarktis versteckt und lebt auch nicht auf der Schattenseite des Mondes!

Und ich hätte schwören können, dass ich ihn letzte Woche in Buxtehude an einer Tanke an der Kasse gesehen habe, zusammen mit Elvis!

Feddich

ELMI (Kieferorthopäde der NSDAP)

21. Mai 2018

#Royale Nachlese: Was für ein gigantisches Ereignis im TV. Allein beim Seniorenzentrum in Mainz (ZDF) gab es eine Einschaltquote von fast sechs Millionen Zuschauern! Vier Stunden habe ich jede Sekunde genossen, als Harry, der eigentlich Henry heißt, seiner Meghan, die eigentlich die uneheliche Tochter von Aretha Franklin ist, sein „JA"-Wort gab! YES, I WILL! „Ja, ich bin Willi!"

Bissel genervt war ich von den Berichterstattern und den sogenannten „Society Experten"! Noch nie ne Kronjuwele von innen gesehen, aber so tun, als ob sie im Schlafzimmer des Prinzenpaares unterm Bett wohnen! Und dieses enorme Wissen professionell moderiert!

Zum Beispiel Julia Melchior: „Meghan ist so alt wie Diana, als sie starb!" Hätte von mir sein können! 😁

Auch blöd fand ich den dauernden Hinweis auf Meghans afro-amerikanische Wurzeln. Hätten sie sich sparen können, hat man ja dauernd unter die Nase gerieben bekommen.

Meghans Mutter, getarnt mit weißem Hut! Wahnsinnsrede von schwarzem Bischof: „Mit Liebe sind wir in der Lage, aus dieser alten Welt eine neue zu machen! Liebe ist der einzige Weg!" Stimmt! Oder mit Zurückhaltung bei der Fortpflanzung!

Ich wartete jede Sekunde darauf, dass er nach diesen Worten auf den Altar springen würde und dann kreischen „I WANNA GET INTO IT MAN LIKE A, LIKE A SEX MACHINE" Dann ist mir aber eingefallen, dass James Brown schon tot ist!

Ich hatte gerade die afro-amerikanischen Wurzeln vergessen, da kam der schwarze Gospel Chor mit „STAND BY ME“! Vorher, glaube ich, hatte ich Harry Belafonte am Cello gesehen und ganz sicher Ophra Winfrey entdeckt! Für Bewohner im Tal der Ahnungslosen, das ist die Frau, die in der Schweiz keine Handtasche gezeigt bekam, weil man Angst hatte, Schwarze könnten sich das nicht leisten! Sie hätte können!

Dann kam wieder so eine Society Expertin aus Dummland : „Vielleicht gibt es ja aus dieser Beziehung mal eines Tages einen afro-amerikanischen König von England!“ Bullshit! Da hat Queen Elisabeth schon vorgesorgt. Die Kinder von Harry und Meghan werden keine Prinzen! Das heißt im Klartext: „Kein Prinz – kein König!“ Die Queen ist ja nicht blöd! Das ist wie in diesem lausigen Witz aus den 80-ern: „Keine Arme, keine Kekse!“ Aber vielleicht kriegen wir ja zwei oder drei großartige Reggae Musiker wie einst Bob Marley, die verdammt gut reiten können!

Gerade schreibt mir mein Royal Society Experte, der unterm Bett von Harry und Meghan zwei Tage ausgeharrt hat, was die Worte der Hochzeitsnacht waren! Wollt Ihr sie wissen?? O.k:

„MEGHAN, HARRY UP! I WANNA GET INTO IT MAN!“ So jetzt!

Elmi (Thronfolger)

22. Mai 2018

#AALEN: Kaum hat man ein beschauliches und romantisches langes Märchen-Wochenende hinter sich gelassen mit sonnigen Bildern von Hochzeitsschleiern und strammen Prinzen, holt uns die graue Gegenwart wieder ein. Wie kriegt man den Bogen von: „Harry küsst Miss Marple“ zu: „Pfarrer predigt mit Kopftuch gegen die AFD“?? Die Menschenwürde der Kopftuchmädchen sei in Gefahr. Die einzige Gefahr, die ich sehe, ist die langsame Verblödung in Bayern und BaWü!

#BERLIN: Ob Margot Käßmann, Seehofer oder Claudia Roth und die Bundesregierung, alle überschlagen sich mit guten Wünschen zum Ramadan! Kein einziges „Frohes Pfingstfest.“ Deutsche Christen scheinen nicht mehr ins Gewicht zu fallen. Immerhin ist Pfingsten eines der wichtigsten katholischen Kirchenfeste, aber wenn man da jetzt schon Kopftuch trägt, dauert es nicht mehr lange, bis die erste Predigt mit Sprengstoffgürtel gehalten wird. Ich schwörs euch!

#MEIN BAMF: Über 1.200 Asylanträge wurden alleine in Bremen durchgewunken, und das ohne die vermutlich weitaus höhere Dunkelziffer. Da floss ne Menge Schwarzkohle, schätze ich! Aber Horst Seehofer, der Chuck Norris der mutlosen Schwätzer, will jetzt Tabula Rasa machen! Oder wie sagte einst dieser CDU Volldepp-Minister? „Brutalstmögliche Aufklärung“ Mir verrutscht vor Ärger gleich das Kopftuch!

#ALLGEMEINES: Was sonst noch passiert ist? O.k.: NRW: Türken feiern Fußballsieg mit Autokorso, zünden Bengalos und bedrängen die Polizei. Niedersachsen: 80 vermummte Vollidioten belagern das Haus eines Polizisten bei Hitzacker und verängstigen seine Familie!

#EX-PLAYMATE Cathy Lugner beteuert: „Mein Pferd gibt mir mehr als ein Mann!“ Wow, immerhin eine kam am Wochenende vermutlich auf ihre Kosten! Hoffentlich ist ihr dabei das Kopftuch nicht am Sattel hängen geblieben! Howdy!

ELMI (Pferdepimmel Experte)

23. Mai 2018

#SÜSSES AUS DEM SCHOKOLAND: Werbe Gag von Dickmann´s zur Hochzeitsfeier in Windsor! „Ein Schaum von Weiß“ zeigt einen „Schokokuss“ im Brautkleid! Shitstorm soweit das Auge reicht! „Rassisten“ war noch die harmloseste Beschimpfung! Werbeteam, wie üblich mittlerweile in Buntland, unterwirft sich und bittet um Entschuldigung! Fehler! Ich hätte geschrieben: „Einen Scheiß werden wir machen! Das Ding bleibt! Und so humorlose Spacken wie ihr seid, nennen wir „Absoluten Alpschaum!“ Mit freundlichem Gruß, Ihr Marketingleiter Obama!“

#ALLES MÜLLER: Noch schlechter liefs für Drogeriemarkt „Müller“! Die hatten einer angestellten Muslima gekündigt wegen Kopftuch! Dieser Entscheidung konnte das Arbeitsgericht Nürnberg leider nicht folgen! Instanz verloren! Nun wird aus Solidarität zu Muslimen aufgerufen, Müller Geschäfte zu boykottieren! Von Deutschen, wohlgemerkt!

Ich bemerke ein leichtes Anschwellen der Arteria Carotis, andererseits hats ja auch was Gutes! Mann kann da wieder ungestört hin! Jetzt warte ich nur noch darauf, dass die Stadt „Essen“ umbenannt wird in „Fasten“.

Da lob ich mir ALDI! Die verkaufen zurzeit ein Öl mit dem Namen „Leinöl Richie“. Kann nur eine Frage von Stunden sein bis zum nächsten Shitstorm! Spätestens wenn die letzte Links-Amöbe gerafft hat, dass der auch schwarz ist!

#U.S.A. Präsident Trump kennt den Unterschied zwischen HIV und HPV nicht! Ist auch kompliziert! Also, wenn ich wählen könnte zwischen HIV und HPV dann würde ich HSV nehmen, denn den juckt in der nächsten Zeit nix mehr!

Feddich

ELMI

P.S. Von was schäumt ihr nachts ??

24. Mai 2018

#FOCUS ONLINE: Autorin Brigitte Rohm wünscht Schulschwänzer-Luxus-Eltern in Bayern Reiseübelkeit! Wir erinnern uns, Polizei macht kurz vor den Pfingstferien Kontrollen an Flughäfen, um Eltern zu finden, die aus Kostengründen zwei Tage eher fliegen. Schulschwänzen sei kein Kavaliersdelikt!

Mir wärs lieber, die Polizei würde libanesischen Familienclans mächtig auf die Füße treten und Frau Rohm wünschen wir weiter fröhliches Neidkotzen!

#NRW: Anwältin und „Kopftuch-trägerin“ Yülze Ützelmütz stellt Strafanzeige gegen Alice Weidel (AFD) wegen Volksverhetzung und Diskriminierung von Muslimen. Einer meiner Leser hatte gestern recht mit seiner Aussage: „Islam und Kopftuch haben schon lange keinen religiösen Hintergrund mehr, es sind Waffen!“

#FRANKFURT: Daniela Cappelluti (GRÜNE) hat bei der Pokalsiegesfeier Alexander Gauland und eine Frau (gehbehindert) öffentlich verspottet und ihn aufgefordert unter „Nazis raus“-Rufen Frankfurt sofort zu verlassen! Danach lässt sie sich feiern! Wenn ihr genau wissen wollt, was „Faschismus“ tatsächlich ist, dann empfehle ich dieses Video. Ich kenne leider den lateinischen Namen des Krankheits-bildes der Grünen nicht, sonst hätte ich ihn hier genannt! Vermutlich "Clappsus Mühlus" oder "Morbus Roth"

#BERLIN: Gesundbrunnen: Zwei serbische Familien verkloppen sich auf Kinderspielplatz brutal! Acht Männer und eine Frau verfolgen ein verletztes Opfer und schlagen und treten vor der Klinik weiter auf ihn ein! Polizei greift ein! Hey, und ich dachte, die Bullen sind am Flughafen und kontrollieren Schulschwänzer! RESPEKT!

#STUTTGART: Pakistanischer Asylbewerber schlägt mit vernagelter Dachlatte auf CDU Mann ein! Also Dachpappe mit Dachlatte auf Kopfplatte!! Aber HALT, jetzt kommt die Rettung! Nur noch jeder dritte Bewerber erhält Asyl in Deutschland! Der Rest geht freiwillig wieder nach Hause!

Pffff ... ich muss mich wieder kurz hinlegen, mein Blutdruck!

Feddich
ELMI (Lohnschreiber von Angela Merkel)

25. Mai 2018

#FRANKFURT: Ex-Grünen-Chefin Jutta Ditfurtz, die Mutter Courage der geistig Sinnentleerten, leistet sich hässlichen Tweet über Weltkriegbombe in Dresden! „Die Bombe weiß, wo sie ist!“

Sehn wir gelassen drüber weg! Vielleicht müssen ja nur ihre Medikamente neu eingestellt werden!

#BERLIN: Claudia Roth hat wieder mimimimi! Sie wird mit Nazis verglichen! Beim heiligen Deichmann! Und alles nur, weil sie bei einer Rede von Alice Weigel ihren Stuhl nach hinten gedreht hatte! Das mit dem Stuhl macht der Grüne an sich täglich mehrfach! Jetzt ist unser bunt lackierter Paradiesvogel in Erklärungsnöten! Wir hätten da einen klasse Titel für ihr neues Buch:

„MIT DEM RÜCKEN ZUR DEMOKRATIE!"

Bestseller! Reinerlös geht an die Stiftung: „Desigual für Blinde"

#NEUE ALTSTADT: Könnte ein gerichtliches Nachspiel für die Kreisvorsitzende und hysterisch menschenvertreibende Grünen-Lola aus Frankfurt geben, nachdem sie AFD Politiker schreiend belästigt hat. Hoffentlich! Soll sie doch auch ein Buch schreiben, um die Gerichtskosten wieder reinzufahren! Mein Titelvorschlag: „TOURETTE AM RÖMER"!

#AALEN: Bischof missbilligt Kopftuchaktion von Priester bei Predigt! Wieso das denn? Jetzt, wenn sich endlich mal jemand outet! Wir sind alle heiß auf die nächste Rede! Ich hab aus Solidarität schon Strapse und BH an! „Gell, Bub, du sagsch nix dehoim!"

#DÜSSELDORF: Die Modefirma Peek und Cloppenburg wirbt mit dem Slogan: "JEDEM DAS SEINE!" Jesses ... das ist ganz schön peecloppt! Warum nicht gleich: "WOLLE MACHT FREI!"??

#ISTANBUL: Die gute Nachricht, wie immer zuletzt! Die türkische Lira kackt massiv ab!

Ich döner mir gleich einen!

Feddich

ELMI (Quallentrainer auf Mallorca)

26. Mai 2018

#GÖTTINGEN: Über einhundert Linke blockieren Abschiebung von Afrikaner aus Simbabwe! Zwei Beamte werden verletzt! So langsam aber sicher bröselt sich dieser Rechtsstaat dem Ende entgegen! Und was ist los mit den Linken Vollidioten?? War irgendwas damals in der Muttermilch, was euch das Gehirn verödet hat??

#BEBRA: Ein SPD Politiker leistet sich eine derbe verbale Entgleisung! Er beleidigt die beiden türkischstämmigen Spieler der „La Mannschaft"! Zitat: „Das vorläufige Aufgebot zur Fußball WM: 25 Deutsche und zwei ... sagen wir mal so, wenns ein Kreuzworträtsel wäre, würde die Frage wohl lauten: gewohnheitsbedürftige, gängige, anatolische Paarung mit einem Vierhufer – 12 waagrecht?" Jetzt könnt ihr knobeln! Hätts jemand von der AFD gesagt, wär heute Halbmast in Germany!

#EUROPA: Seit gestern gibt es ein neues Datenschutzgesetz in der EU! Nennt sich GNTM, äh sorry, DSGVO! Ich weiß nicht viel darüber, nur so viel, dass, wenn ich ein Foto von meiner Katze mache, ich sie vorher fragen muss, ob sie einverstanden ist, und dass es ein El Dorado für Tausende von arbeitslosen Anwälten ist, die Tag und Nacht Abmahnungen schreiben werden bis die Finger bluten! EU STINKT!

#HOLLYWOOD: Jetzt auch Morgan Freeman! „ME TOO!" Mindestens acht Frauen werfen ihm vor, sie sexuell belästigt zu haben! Er hob den Rock einer Frau an und fragte, ob sie Unterwäsche trüge! Mann wird ja wohl noch fragen dürfen!

In Deutschland hätte er gar nicht fragen müssen! Sophia Thomalla spielt nämlich nackt Schach! Schlüpfer schlägt Bauer! 😁 Matt in zwei Zügen!

Feddich

Elmi (Blondinen-Schäferzug Experte)

28. Mai 2018

#KIEW: DAS FINALE DER TRÄNEN! Welch ein dramatisches Champions League Finale!

Zuerst weint ein Spieler von Liverpool, dann weint ein Spieler von Real, am Ende weint der Torwart! Dann weinen alle in Rot! Der Einzige, der nicht weinte war Olli Kahn, der alte Haudegen. Alte Schule halt! Ein Indianer weint nicht! Aber wenn, dann holt er sich vorher noch den Skalp von diesem unsäglich tätowierten Vollassi Ramos! Den Griff lernt man im Judo als erstes. Damit schaltet man Gegner völlig aus. Ich behaupte, das war geübt, einstudiert und geplant! Verachtung!

#ITALIEN: Da braut sich was zusammen! Italien plant Zweitwährung! Das könnte für den Euro gefährlich werden. Aber Deutschland ist ja bekannt als großer Retter! Wir zahlen auch das, jede Wette! Nicht weinen! Und wenn, dann nur mit Olli Kahn in der Kabine, zum Beispiel bei der nächsten Wahl!

#MALLORCA: Boris Beckers Finca auf der Putzfraueninsel wurde besetzt! Von einem Deutschen! Nennt sich „Jesus Bruder Bauchi"! Höhere Mächte hätten ihn beauftragt, „brachliegenden" Wohnraum nutzbar zu machen! O-Ton: „Wir wollen einen liebenswerten Ort erschaffen!" So was geht tatsächlich in Spanien! (Stierkämpfende Sozis halt) Da „Jesus Bruder Bauchi" aber nicht zum fahrenden Volk der Akkordeon- und Hütchenspieler aus Transsylvanien gehört, wird die Guardia Civil eingreifen! Dann ist er ganz schnell „Jesus Bruder am Arschi"!!

#RUST: Großfeuer im Freizeitpark! „Smoke in the Funpark, fire in the sky" Sieben Feuerwehrmänner verletzt! Die gute Nachricht: Die Live-Sendung mit Stefan Mross konnte dennoch gestern bei der ARD stattfinden! Wie schön! Dann jetzt bitte alle:

„IMMER WIEDER SONNTAGS BRENNT DER EUROPA PARK ... diddel didl did did bumm bumm!"

Feddich

Elmi (Brandsatz-Beschleuniger)

29. Mai 2018

#BERLIN HASST DIE AFD: Wenn man den Angaben von Tagesschau und Huff Post (hahahaha) vom Wochenende glauben darf, waren 2.000 aggressive AFD-Fans mit Deutschlandfahnen unterwegs! Und ca. 250.000 den Weltfrieden anbetende Aufrechte! Es werden von Beitrag zu Beitrag mehr! Alle jung, links, bunt, arbeitslos! Nein, Aggression gabs natürlich nicht gegen die AFD. Ein paar beschädigte Busse und Beutel mit Teer, abgefackelte Autos und Angriffe auf Polizei gehören ja bei euch zum Standardprogramm! Sorry, nicht alle waren jung! Ich hab, glaube ich, Katja Göhring Eckzahn und Renate Kuhmist von den Grünen entdeckt, bevor mich ein Teebeutel traf! Sorry, Teerbeutel! Da kann man nicht mehr von jung sprechen, bestenfalls eher von Klimakterium im Endstadium!

Alles hatte einen Hauch von „LOVE PARADE"! Nur ohne enge Treppe!

„Nazis raus! Nazis raus!" Es war Freude pur, diesem schreienden Kindergarten zuzuschauen! Was ist eigentlich ein Nazi heutzutage? Ist er ein Mensch, der einen Sprung in der Nuss hat, oder ein Mensch der sieht, wie dieses Land langsam den Bach runtergeht, oder einfach ein Typ, der auf Missstände hinweist, bei denen den Linken die Gegenargumente fehlen? Oder kann es sein, dass ihr tatsächlich den Medien glaubt, die Flüchtlinge würden Deutschland retten und die Kriminalität würde sinken? So blöd könnt ihr nicht sein, trotz vergeigtem Hauptschulabschluss! Wie dem auch sei, ihr habt gewonnen! Glückwunsch!

Eine Frage hätte ich noch:" Was hat eigentlich bei eurer „Young Generation" diese gnadenlose Sehnsucht nach Niedergang ausgelöst? Dieses schleimige Anbiedern an den Islam und illegale BAMF Zuwanderung? Oder liegt es in den „deutschen Genen" die ein wunderbar funktionierendes System einfach zerstören müssen? Wenn das der Grund ist, dann möchte ich feststellen, dass die „echten" Nazis vor 90 Jahren aber besser drauf waren! Die hatten auch diese finale Zerstörungswut, aber wenigstens zwölf geile Jahre und dann … Bumm!! Und sie haben besser gesungen!

Oder wolltet ihr mit eurem überschwänglichen Naivhymnengejohle nur dem Wunsch Ausdruck verleihen, wieder einmal im Jahr euren Tiergarten vollgepinkelt zu kriegen? Dann sagts doch! Love-Parade reloaded? Redet einfach mit den neuen Besitzern, den Drogendealern, die euch so Nafri am Herzen liegen! Und vergesst die Teerbeutel nicht! Det wars!

#RUST: Mann, hab ich gelacht! Bester Post gestern auf meinen „Brand im Europapark"-Beitrag kam von einem Fan: „Das war kein Brand, das war der neue Themenpark „IRAK"!! Muha! Danke! Vielleicht gibts ja demnächst den Themenpark „Aleppo"! Sollte man sich anschauen!

Feddich

Elmi (Teebeutel Weitwerfer)

30. Mai 2018

#BOSNIEN: Weitersagen! Die Balkanroute ist wieder offen. Die Zahl der Glücksritter hat sich seit 2017 verzwölffacht! Da kann man doch mal klatschen! Vorwiegend Männer, alle hochqualifiziert! Nostradamus hatte wohl recht: „Sie werden kommen wie die Heuschrecken, aber es werden keine Tiere sein."

#BERLIN: Ausländerbehörde hat nach Recherchen des rbb vermutlich illegale

Schleusungen von Nigerianern gedeckt! Trotz Urkundenfälschung und Betrug! Dabei sollen 200 Nigerianer mit Hilfe von Schein-Ehefrauen und gefälschten Dokumenten EU-Aufenthaltskarten in der Behörde erhalten haben! Das muss man den Niegos ja lassen, ein IQ von einer Renndattel, aber doof sind sie nicht!

#BAMF: Neues von unserer Lieblingsbehörde! Rechtsanwältin für Ausländerrecht erhebt schwere Vorwürfe gegen Anwälte und Mediziner! Atteste im Schnellverfahren oft ohne Anwesenheit von Dolmetschern! „Ich Post Trauma!" „Du Briefmarke???!"

#BERLIN: Dazu der SPD Politiker Buschkowsky: „Am Anfang stand der Satz: ‚Wir schaffen das!' Jetzt ist es mittlerweile organisierte Kriminalität!" Kann man wohl nur schwer entkräften!

#CHEMNITZ: Syrer (18) vergewaltigt Mädchen (15). Jugendstrafrecht: Drei Tage bei EDEKA den Hof fegen und gut is!

#DRESDEN: Es scheint sich eine neue Sportart in Flüchtlingsheimen durchzusetzen! Vorrunde Ellwangen, jetzt fünfzig Wandervögel in Dresden! Zwischenrunde: Polizei wird mit Eisenstangen angegriffen und verletzt! Diesmal wars ein sportlicher Beitrag von Georgiern! Übers Halbfinale berichten wir wieder an dieser Stelle!

#NRW: Bericht: Bundesland sucht nach 17 Terrorverdächtigen und 4512 Straftätern! Da wünschen wir viel Glück!

Feddich

ELMI (gibt's bei Tinder eigentlich auch Schein-Frauen??)

31. Mai 2018

#BREMEN: BAMF und kein Ende! So wie es aussieht, hat wohl die Leiterin des Bundesamtes für Mief und Flucht nach Berichten des Focus Asylpolitik auf eigene Faust gemacht! Zitat. „Dann wäre die BAMF Außenstelle Bremen eine kleine Bananenrepublik!" Ersetze „wäre" mit „ist" und „Bremen" mit „Deutschland", dann kommts hin! #Chiquita!

#BERLIN: Es gibt mehr und mehr Stimmen, dass Rautenlilly die Untersuchungen zum Flüchtlingsskandal selbst leiten soll! Davon würde ich als Politologe abraten! Das wäre so, wie wenn man einen pädophilen Betreuer im Kinderheim fragen würde, ob es in der Nacht irgendwelche Vorkommnisse gab!

#FAKE: Nein, Claudia Roth (Grüne) hat nicht gesagt, dass während des Ramadans in Deutschland kein Alkohol verkauft werden darf! Das war eine Satiremeldung! Das Problem mit Satire in Deutschland ist aber mittlerweile, dass sie von der Realität locker überholt wird!

#LIEBESGRÜSSE AUS LÜTTICH: Ja, ihr Hanswürste der öffentlichen Medien, es war ein IS-Sympathisant, der vier Personen getötet hat. Dann sagt es auch, ihr eierlosen Penner und druckst nicht rum! Ich weiß, es wäre euch lieber gewesen, wenn es ein echter Belgier gewesen wäre, am besten mit heller Hautfarbe, aber das Leben ist eher Chuck Norris!

Eine Frage bewegt mich aber! Wie kann ein Typ mit einem Messer zwei Polizistinnen die Dienstwaffe entreißen und sie erschießen? Der hätte das Messer noch nicht in der Hand, hätte er ein Date mit seinem Schöpfer, von mir aus auch mit diesem Allah! Aber vielleicht stimmt ja was in der Polizeiausbildung in Belgien nicht!

#GÖPPINGEN: Asylbewerber zündet sich nach Ablehnungsbescheid im Landratsamt an! Tja, wenn's nicht so läuft wie gewünscht, da fackelt der Asylbewerber nicht lange! Siehe auch #Schokopudding.

#EUROPA: Die EU will Strohhalme verbieten! Was? Und wie sollen wir dann den Eimer Sangria am Ballermann trinken, etwa mit Gartenschläuchen?? Mädels, fangt schon mal an zu saugen!

Feddich

ELMI (Der Gag-Schreiber von Günther Öttinger)

☜☹💣✋💧 💣⚐✋☠👌☼✋☞☠

Juni 2018

☜●❍♓⬧ ❍□♓■♌□♓♐■

Elmis moinbrifn

1. Juni 2018

#KOPENHAGEN: Dänemark verbietet das Tragen von Burka und Nikab in der Öffentlichkeit. Dachte, ich fang mal mit einer guten Nachricht an!

#FRANKFURT: Stadt räumt illegales Hüttenlager von fünfzehn obdachlosen Roma. Unbeschreibliche hygienische Zustände. Fast alle haben keine Ansprüche auf Sozialleistungen, aber „jetzt sind se halt mal da", um mal eine „alternativlose" Zustandsbeschreibung zu benutzen! Die Stadt bietet für die, die nicht bleiben dürfen, eine Rückfahrkarte nach Rumänien an! Sehr gelacht!

#FLENSBURG: Messerattacke im IC! Zwei Verletzte! Täter wurde von Polizistin erschossen! Flüchtling aus Eritrea! Aber, alles gut, er war nicht illegal hier! Befristetes Aufenthaltsrecht aus „humanitären" Gründen geduldet! Vermutlich hatte er sogar Bahncard! Die braucht er wohl jetzt nicht mehr!

#LÜTTICH: In diesem Zusammenhang sollte ich erwähnen, dass ich im gestrigen brifn wohl zu schnell geurteilt hatte! Die beiden getöteten Polizistinnen wurden von hinten erstochen und dann erschossen! Sie hatten keine Chance! Gelobe Besserung! Ich konnte mir einfach nicht vorstellen, dass man so was Krankes überhaupt ins Auge fassen kann! Wie auch immer, der Vogel braucht auch keine Bahncard mehr!

#MEDIEN: „Jeder vierte Flüchtling hat jetzt einen Job! Leuchtet mir ein! Die restlichen drei sind seine Kunden!

Sag mal, was zahlen die den Systemschreiberlingen von der Presse eigentlich?? 500.000 Jobs?? Wo denn bitte??? Was ziehen die sich eigentlich bei der Journaille ins Hirn???

#VIP-GEFLÜSTER: Diane Kruger soll schwanger sein! Society Expertin vermutet unter Kleid Krugerrand! Wen juckts?

Zidane tritt zurück! Besser als mit dem Kopf nach vorne!

Boris und Lilly Becker lassen sich scheiden! Für Boris der Klassiker: Job weg, Geld weg, Finca weg, Frau weg! Jetzt kanns nur noch aufwärts gehen Bobbele! Mach die Becker Faust und zeigs ihnen!

Feddich

ELMI (Jogis Streichkandidat)

2. Juni 2018

#BAYERN: Kreuzzüge kommen wieder in Mode! Die CSU auf der Suche nach dem Heiligen Gral. Die sollen lieber mehr Oktoberfeste machen. Lederhosen klatschen und auf fesche Dirndl kotzen! Bringt mehr als vier Hallelujahs! Und im Suff sind auch die Frauen schöner!

#CSU DIE ZWEITE: Markus Söder, der Babbo der rechtslastigen Kreuzaufhänger kriegt, wegen Pauschalaussage über Flüchtlinge Stress mit ZDF Lanz! In der Sache aber richtig! Ich denke schon immer, dass Länder wie Afrika und der nahe Osten ihre Gefängnisse und psychiatrischen Anstalten systematisch leeren und wenn die dann hier aufschlagen, dann gibt's halt Messer, Axt, Dachlatte oder einen an die Klatsche! Meine Oma würde sagen: „Gehopst wie gesprungen!" Aber Lanz wäre nicht Lanz, wenn er nicht dazwischen ginge, wenns um das Gute im Menschen geht! Man sollte ein Kreuz in seiner Sendung aufhängen, am besten noch vor der Heiligsprechung!

#ESSEN: Jugendliche sticht 16-jähriger mit einem Kuli ins Auge! Früher haben wir uns mit Kuli was ins Poesiealbum geschrieben, heute direkt auf die Pupille! So ändern sich die Zeiten! So was nennt man Aggro-Tinder! Weiß jemand, welcher ethnischen Bezugsgruppe man die Täterin zuordnen kann? Dann kurze Notiz an mich, notfalls mit Kuli!

#BRAUNSCHWEIG: Polizei schießt in Notwehr einen 32-jährigen nieder. Er hatte sie zuvor mit einem Messer angegriffen. Glück gehabt, hätt auch ein Kuli sein können!

#HANNOVER: Massenschlägerei, Messer, Pistolen, Schreie, Blut, Verletzte! 15 Männer kamen sich näher! Vermutlich Klassentreffen zwischen Kurden und Türken! Waffen wurden von der Polizei nicht gefunden! Logisch! Diese Klientel verschluckt die Beweismittel vor der Razzia. Alter Drogendealertrick! (Sonst alles friedlich, wie immer)

#BERLIN: Die gute Nachricht zum Schluss! Bundeswumme will in den nächsten vier Jahren für 1,5 Millionen Wohnungen und Eigenheime sorgen. Schade, dass da keine Deutschen einziehen werden. Aber: NOBODY IS PERFECT! YOU CAN´T WIN EM` ALL

Feddich

ELMI (Ich habs im Kreuz)

4. Juni 2018

#GOSLAR: 600 Neonazis demonstrierten und 4.000 Gegendemonstranten auf der Matte!

War was im Sonnenöl?? Es wird vermutlich so kommen wie im Roman „Unterwerfung“ von Michel Houellebecq! Um den Vormarsch der Rechten zu verhindern, unterstützen die Linken lieber einen Muslim-Präsidenten und dessen Partei! So könnte es passieren, aber das böse Erwachen wird kommen, wenn wir dann nicht schon am Baukran hängen! So wie im Film! Übrigens Mittwoch inne ARD 20.15! Leider Regie nicht von Oliver Stone, der hätte das so gelöst wie im Film „Mitternachtsexpress“! Die Mokkanasen waren damals not amused!

#DARMSTADT: Musikfestival läuft aus dem Ruder! Polizisten mit Flaschen beworfen und 15 Beamte verletzt! Was ist denn bloß in dieses Land gefahren? Früher war man bei Festivals bekifft oder besoffen. Reicht den vermummten Muttersöhnchen wohl nicht mehr. Am besten, ihr nehmt Ecstasy und geht sterben, ihr Loser!

#BETRUG: Die BARMER soll bundesweit in großem Stil Abrechnungsbetrug begangen haben! Lief so: Diagnose von Ärzten wurden „aufgehübscht“! Zum Beispiel wurde aus depressiver Stimmung echte Depression, was enorm Kohle generiert! Allein in Berlin sollen so mindestens 20 Millionen erschwindelt worden sein. Bundesweit ca. 400 Millionen! Die Vollspacken sollten sich mit der BAMF kurzschließen!

#ITALIEN: Neue Regierung! Erste Aktion: Rom will halbe Million Migranten abschieben! Fand ich zuerst toll! Aber wenn ich ahne, wohin die geschoben werden, find ich’s nicht mehr so prickelnd!

#FUSSBALL: La Mannschaft hat verkackt! Habs nicht gesehen, wegen Özil-Gündogan Intoleranz! Aber Freunde haben mir gesteckt, dass das Aufregendste wohl der Wolkenbruch vor dem Spiel war und hinterher ein angepisster Jogi Löw! Wir sind alle gespannt, welche vier ab heute ihren Jogi nicht mehr mit Nivea Creme einreiben dürfen!

5. Juni 2018

#BERLIN: Jetzt Bamfts in allen Gassen! Alle wussten Bescheid! Sogar Madame Duck-und-Weg aus dem Uckerwald! Alle, außer einem, dem Fettstift der CDU, Altmaier! Der schiebt die Schuld weit von sich und belastet seine Kollegen. Der riskiert ne ganz schön dicke Lippe für das, dass er „Flüchtlingskoordinator" war! Was immer das auch ist! Versagen hat einen Namen: DEUTSCHE POLITIKER!

#BUNDESTAG: FDP verlangt Untersuchungsausschuss wegen der BAMF- Affäre! Grüne und SPD winken ab. Is mir klar! Das lief doch prächtig für die Genpoolfetischisten aus Doofistan! Nix wie rein! Die feixen sich doch eins!

#HAMBURG: Der Flughafen Fuhlsbüttel gibt bekannt: „Liebe Kunden, es ist uns gelungen, in nur 24 Stunden unseren Elektriker zu wecken, der die schadhafte 3-Ampere-Sicherung ausgetauscht hat! Bis auf die Klimaanlage und die

Toiletten funktioniert alles! Wir wünschen Gute Reise! Ihre Flughafen-Profis!"

#TV: Am Samstag mal kurz durchgezappt! Florian Silbereisen ruft „live" bei Bohlen an! Klappt wiederholt nicht! Kenn ich! Auch nach zwanzig Jahren ist es beruhigend zu wissen, dass „Öffentlich-Rechtliche" immer noch keine Schalte ordentlich hinkriegen!

#BERLIN: Geil fand ich auch den Sicherheitsrundgang der Berliner Senats-Dilettanten am Alex! (Grüne/SPD ... wer sonst). Just in diesem Augenblick klaut ein Dieb vor ihren Augen Schuhe! Entweder hatte Gott einen Clown verschluckt oder es war ne geile Werbekampagne von Zalando!

#BUNDESWEHR: Sollte Russland uns tatsächlich eines Tages angreifen, werfen wir ihnen einfach unsere Ersatzteile für die nicht funktionierenden Panzer und Hubschrauber in den Weg! Das sollte sie ein wenig aufhalten! Wir wünschen „Fröhlichen Endsieg!"

Feddich

ELMI (Harvey Weinstein von SAT1)

6. Juni 2018

#KÖLN: HART ABER FAIR-Moderator Plasberg will AFD Politiker Gauland nach dessen Vogelschiss-Äußerung nicht mehr als TV

Gast einladen! Oh, stehen gerade Vertragsverlängerungen bei der ARD an?? Wes Brot ich ess, des Lied ich sing!

Er hat ja sein journalistisches Fingerspitzengefühl schon damals beim Gladbeck-Drama aufblitzen lassen! Scheint seiner Karriere zu folgen. Gut, dann verzichten wir halt auf Gauland und laden Claudia Roth und Flitzpiepe Altmaier gleich zweimal ein. Ach so, Stegner vergessen! Sorry!

#HART ABER UNFAIR: Karius hatte Gehirnerschütterung! Ich habs mir an diesem Champions League Abend gedacht und auch gepostet, da stimmte was mit dem Torwart nicht! Nicht der Blackout direkt, das passiert jedem Ulreich auch, aber kurz hinterher! Er wankte ein wenig und ich dachte, hat der was intus? Den Ellenbogencheck von Ramos hatte ich gar nicht gesehen. Dieser Drecksack hat nicht nur den Spielmacher platt gemacht, sondern auch noch Karius! Vermutlich ist die Karriere des Sportlers nun zu Ende! Ramos, ich hoffe, dass sich das Universum diese Unsportlichkeit und grobe Körperverletzung merkt. Die Morddrohungen gegen den Torwart auch. Ist das einen Titel für die „Königlichen“ wert?? Hijo de la ****

#MORDDROHUNG: Claudia Roth erhält Morddrohungen! Uiiii! Bei der Gedenkfeier in Solingen sei sie heftig angepöbelt worden. Tja, wenn man in sozialen Netzwerken unterwegs ist und man erhält heutzutage „keine“ Morddrohungen, postet man entweder langweilig oder man zeigt nur Katzenbilder! Und sollte wider Erwarten doch was passieren, schreib ich den Nachruf: Claudia Roth – tot! Amen!

#BERLIN: Kramp-Karrenbauer (CDU) relativiert die BAMF Affäre! Zitat: „Viele hatten einfach Mitleid." Frage: „Seit wann ist Hirnerweichung eine Form von Mitleid?"

Apropos Kramp-Karrenbauer, kennt eigentlich noch jemand Fury? Oder den Film „Der Mann, den sie Pferd nannten"?

Feddich

ELMI (Der Lügenpresse-Detektor)

7. Juni 2018

#BUNDESTAG: Merkel wird gegrillt! Chefrhetoriker der AFD Gottfried Curio stellt die entscheidende Frage: „Wann treten Sie endlich zurück?" Die Antwort kennt nur der Wind. Eines steht fest, sie wird es nicht tun, es sei denn, Gott griffe ein! Aber es gibt Dinge, die traut sich nicht mal Gott! Wir gehen weiter unserem Waterloo entgegen! Wir sind bereits im Endbamf! Und das, was dann kommt, wird mehr als ein Fliegenschiss sein!

#FUSSBALL: Medientag der deutschen Mannschaft! Alle da, außer Özil, der lackiert sich die Haare und kniet dabei auf einem Teppich. Der

Rest druckst rum. Diese Geschichte wird uns im Turnier einholen, jede Wette! Die Türkei wird uns schlagen, obwohl die gar nicht dabei sind! Danke, osmanischer Obermufti!

#FUSSBALL II: Deutschlands WM Gegner Mexiko hatte auch Medientag. Alles waschechte Mexikaner! Die feierten eine 24-Stunden-Orgie mit dreißig Prostituierten! Egal wie das Spiel ausgehen wird, die Mexikaner wird man am breiten Grinsen erkennen!

#LONDON: Royal Experte ist sich sicher: „Wenn Meghan Markle, Duchess of Sussex, bis Februar nicht schwanger ist, hat sie ein Problem!“ Wenn nicht, sollte vielleicht wieder ein Reitlehrer ran! Wie sagte einst Oberinspektor Derrick: „Harry, fahr schon mal den Kolben vor!“

#MAINZ: ZDF sucht immer noch einen neuen „Traumschiff“ Kapitän! Kann doch nicht so schwer sein! Mir fällt da spontan dieser Italiener ein, der einst seinen Kreuzfahrt-Kahn elegant auf die Seite legte! Ich glaube Schettino hieß der, wenn ich mich nicht irre! Der ist zwar im Knast, aber nehmt doch mal Kontakt mit Kollegah auf! Der hat Erfahrung mit Kautionen für Verbrecher. Zahlt der aus der Portokasse! Ahoi!

#LIEBESGEFLÜSTER: Sarah Lombardi hat einen neuen Lover!!! Is mir so breit wie lang! Mein Kater hat Hunger! Nur das zählt!

ELMI (Egophatie-Trainer bei Real Madrid)

8. Juni 2018

#NACH MORD VERREIST! #WIESBADEN: Grauenhafter Mord an 14-Jähriger! Nach Vergewaltigung brutal ermordet. Der Täter (Flüchtling aus dem Irak) verschwindet mit gesamter Familie unter falschem Namen in einer Nacht- und Nebel-Aktion! Die Familie galt als schwierig (Diebstähle, Körperverletzung, etc.). 2015 als „sogenannte Flüchtlinge" aus Krisengebiet illegal eingereist, Asylantrag 2016 abgelehnt, 2017 Klage gegen Asylbescheid. Unabschiebbar! Dann Mord!

Frage: „Wie können acht Personen unter falschem Namen von einem deutschen Flughafen mit einer gigantischen Summe Bargeld über die Türkei ins ach so gefährliche Irak ausreisen, ohne dass sie irgendjemand stoppt?

O.k., der Flughafen Düsseldorf galt immer schon als nicht sehr effizient (siehe Brand vor zwanzig Jahren), aber jeder, der schon mal geflogen ist, weiß von was ich rede!

Etwas anderes beunruhigt mich! Bis gestern Nachmittag stand noch in BILD online, dass das ermordete Mädchen Jüdin war! Später wurde dieser Hinweis entfernt. Sollte hier vertuscht werden, dass ein Muslim eine Jüdin brutal ermordet hat? Denn dann hätte dieser Fall eine ganz andere Dimension. Vielleicht sickert ja was durch die ausländische Presse.

Wie dem auch sei, wäre heute Befragung im Bundestag, würde meine Frage lauten: „Frau Merkel, an ihren Händen klebt Blut! Wie viele junge Mädchen müssen denn noch grauenvoll sterben, bevor sie endlich zurücktreten??"

Feddich

Elmi

P.S. Sorry, nix Lustiges heute! Mir platzt jetzt so langsam der Kragen!

9. Juni 2018

#BERLIN: Altparteien und Vize-Claudia Roth unterbrechen und verhindern Schweigeminute im Bundestag für ermordetes Mädchen aus Wiesbaden! Allein die AFD Fraktion erhebt sich geschlossen! Bin sehr gespannt, wie das bei der jüdischen Gemeinde in Wiesbaden/Mainz aufgenommen wird! Immerhin sollte mittlerweile jeder gemerkt haben, wie scheißegal dem Großteil der Politiker die Opfer der verfehlten Flüchtlingspolitik sind! Motto: „MEHR TOTE, MEHR MACHT!"

#MAINZ: In diesem Zusammenhang sei erwähnt, dass Tupac Orellana, Linker und Antifa, in Facebook postet: „Wenn ihr Rechten versucht, #MAINZ zum neuen #KANDEL zu machen, machen wir Mainz zu eurem Vietnam!" Dazu sollte man dem Schwachkopf mal Vietnam erklären! Eine fremde Großmacht dringt völlig grundlos in ein Land ein, lässt eine Spur der Verwüstung hinter sich und wird von den Einheimischen nach heftigen Verlusten vernichtend geschlagen! Vielleicht hätte er lieber Stalingrad nehmen sollen, aber das wär ja dann wohl zu Nazi!

#IRAK: Mörder von Susanna, Ali, innerhalb von einem Tag im Irak festgenommen! Kann aber nur in Deutschland belangt werden! Ich hoffe, wir sind so schlau und lassen ihn und seine Sippe nie wieder auch nur in die Nähe von unserem Land.

#BERLIN: Drei Serben leisten sich nach Diebstahl eine Auto-Verfolgungsjagd mit der Polizei und töten dabei eine junge Frau (22, schwanger). Wert des Diebesgutes ca. 350 Euro!

#FUSSBALL: Jogi Löw-Foto macht in sozialen Netzwerken die Runde! T-Shirt mit dem Slogan: „IHR FÜR UNS, WIR FÜR EUCH!“ War schon bei Addi populär. Ich würds ergänzen: „IHR FÜR UNS, WIR FÜR EUCH UND ALLE FÜR ERDOGAN!“

#U.S.A.: US Botschafter in Deutschland deutet an, dass er Merkels Regierung absetzen würde! Das würden viele gerne, aber das ist wie mit der Pest, erst wenn alle tot sind, is Ruhe!

#LÄNDERSPIEL: Letzter Test vor der WM. Özil nicht dabei! Hatte er noch einen Tinnitus vom letzten Pfeifkonzert oder übt er die Nationalhymne?

11. Juni 2018

(Ich wusste es!)

#RUBRIK TIEF ERSCHÜTTERT: Ich wusste es, sie würde, wie immer, tief erschüttert sein und ihre Gedanken verweilten bei der trauernden Familie der bestialisch ermordeten Susanna!

Allein mir fehlt der Glaube. Ich wusste es, die Tatsache, dass das Opfer Jüdin ist, gibt diesem fürchterlichen Ereignis eine neue Dimension. Die Bundeswumme war gezwungen, zu reagieren. Während normalerweise von Zuwanderern vergewaltigte und getötete Frauen schon zur Tagesordnung gehören, unerwähnt und unbetrauert bleiben, funktioniert das jetzt in diesem Fall nicht mehr! Ich wusste es, sie würden alles in die Wege leiten, um dieses Stück Scheiße wieder nach Deutschland zurückzuholen, statt ihn da zu lassen, wo man Baukräne noch mit der Hand poliert. Hier wird er einen fairen, rechtsstaatlichen Prozess erhalten! O-Ton: „Das sind wir der Mutter schuldig!" Zynischer geht's nicht mehr. Man fragt sich, welcher Mutter? Der leidgeprüften leiblichen Mutter oder der „Mutter Theresa der Scheinheiligen Einfalt?"

#WIESBADEN: Ich wusste es, Wiesbaden-Erbenheim lebt in Angst, nicht dass so etwas noch mal passiert, sondern, dass aus Erbenheim ein neues Kandel wird! Davor haben sie Angst, die Duckmäuser einer völlig kranken, verfehlten Politik! Hier wäre eine Chance, dieses

Schmierentheater ein für alle Mal zu beenden. Aber nächste Woche ist Fußball WM! Dann ist das Schnee von gestern. Wir schließen die Augen und beten: „Herr, der Du da bist im Himmel, sorge dafür, dass genug Schoko-puddig für alle Transfersuchenden vorhanden ist, bevor Deutschland im Halbfinale ausscheidet! Und wenn selbst du es nicht verhindern kannst, dann bitte lass das Opfer nicht wieder jüdisch sein, denn dann wäre nämlich der Zapfen ab! Amen!"

Happy Mossad!

#FREIBURG: Colombi Park: 25-jährige Frau am Samstagmorgen vergewaltigt! Täter: ein 23-jähriger Syrer! Dass sich das Opfer heftig wehrte, hat ihr das vermutlich das Leben gerettet. Wie mir ein Freund aus Freiburg berichtet, passiert das wohl ständig, aber es dringt nichts davon nach außen! Das wusste ich nicht! Muss ich so stehen lassen!

#FUSSBALL: Spiegel.de hat den Nagel wieder auf den Kopf getroffen! Kommentar: „Gündogan wird ausgepfiffen! Der Kern des würdelosen Spektakels sei nichts als purer Rassismus!" Da möchte man den Systempresse-Schreiberlingen ganz locker zurufen:

„GEPFIFFEN DRAUF, IHR ARSCHGEIGEN!"

ELMI (Wutkultur Forscher! Abtl. Kandel Dir einen!)

12. Juni 2018

#VIERSEN: Hey, Nafris, Muftis, Mokkanasen etc. Gebt mir ne Chance auch mal Luft zu holen bis zu eurem nächsten Ausraster. 15-jähriges Mädchen in Park erstochen. Am helllichten Tag! Täterbeschreibung: Ca. 1,70, afrikanisches Aussehen und kurze, glatte Haare! Um es in den Worten von Rauten-Lilly zu formulieren: „Nu, isse halt tot!“ Einzelfall Nummer 154.876!!

#ALANYA: Eine deutsche Urlauberin ist tot im Wasser aufgefunden worden! Erwürgt! Täter: ein Musiker mit afrikanischen Wurzeln! Nette Umschreibung!

#ITALIEN: Rom verweigert Flüchtlingsschiff das Anlaufen eines italienischen Hafens! Wer die Zustände mit Flüchtlingen in Italien kennt, die in unserer Presse ja nicht erscheinen, muss sich eigentlich nicht wundern. Ein Zeichen für Europa? Weit gefehlt! Die 629 Flüchtlinge aus Afrika werden wohl von Spanien aufgenommen! Das sind ja nur knapp 800 Seemeilen bis Valencia. Wäre es nicht sinnvoller, das Schiff wieder dahin zu bringen, wo die Leute herkommen und auch hingehören, ins nahe Libyen? Offensichtlich nicht! Da zeigt sich das Grundproblem von Europa! Der eine sagt „Hü“, der andere „Hott“! Dieses Krankheitsbild nennt man wohl „Morbus Dachschaden“ und Europa wird eines Tages daran zerschreddern!

#DEUTSCHLAND: In sechs Bundesländern müssen ca. 73.000 Eier aus den Niederlanden mit dem Insektengift Fipronil aus den Regalen! Danke Holland, noch mal so ein Ding und ihr dürft nie mehr an einer Fußball WM teilnehmen!

#WIESBADEN: Mord an Susanna schürt Ängste! Nä, echt jetzt?? Experte verrät, was gegen die Furcht und Wahrnehmungsfehler am besten hilft! Und jetzt kommts: „Die Chance, selbst Opfer zu werden, sei sehr gering!“ Kein Scheiß! Aus welchem Heim ist der entflohen?? Ich wüsste genau, was gegen die Furcht hilft, aber dafür braucht man leider eine Lizenz!

#HAMBURG: EX-BEATLE Ringo Starr feiert einen gelungenen Auftritt mit All-Star Band auf der Stadtparkbühne. Da möchte man gerne eine kurze Zeit verweilen. In einer Zeit, als die Welt bei uns noch in Ordnung war!

Feddich

ELMI

13. Juni 2018

#HERNE: Wundervolle Meldung aus NRW! Gymnasium hat zwanzig Burkinis für den Schwimmunterricht mit muslimischen Schülerinnen angeschafft! Klasse! Die Integration läuft ja ausgezeichnet … leider nur bei uns! Der Zentralrat der Mokkatassen ist begeistert! Na denn! Ich als Sportlehrer der alten Schule hätte gesagt: „Ihr habt jetzt zwei Möglichkeiten Mädels, entweder duschen und dann rein ins Becken, oder ich werf euch nackt mit Schminke ins Wasser!" „Schwimm Schallah!"

#ITALIEN: Die italienischen Bürger schaffen zurzeit täglich ca. eine Milliarde Euro aus dem Land, um es in der restlichen EU anzulegen! Zuversicht und Vertrauen geht irgendwie anders!

#BUNTLAND: Über die Hälfte der Bevölkerung hat jetzt laut Umfragen die Faxen mit Flüchtlingen dicke! Und das war eine Umfrage, die den Fall Susanna noch gar nicht berücksichtigte! Die Frage ist: „Wenn der Normalbürger erkannt hat, dass die Kosten für Flüchtlinge aus dem Ruder laufen, die Unwilligkeit, sich an unsere Sitten und Gebräuche anzupassen zunimmt, dass der Bildungsstandard der Zuwanderer sich gegen Null bewegt, es sein kann, dass Politiker dies noch nicht bemerkt haben wollen?? Diese Schwanznasen sollten sich ein neues Volk basteln und sich dann schnell verdünnisieren! Vorzugsweise nach Anatolien!

#STUTTGART: IM RAMADAN ISSCHWENGEL LAHM! Die Polizei informiert: Ein unbekannter Täter hat in der Nacht zum Montag versucht eine 22 Jahre alte Prostituierte auszurauben und sie dabei zu schlagen! Grund: Der Tatverdächtige bekam seinen Zappadäus nicht hoch! Täterbeschreibung: Ca. 25 Jahre alt, 1,80 groß, dicklich, orientalisches Aussehen, schwarze Haare mit langem Zopf! Im Jargon auch Pferdeschwanz genannt, ich lach mich scheckig.

#HAMBURG: Da wir gerade davon reden: ALDI NORD ruft Nudeln zurück! Zu viel Gluten in glutenfreien Nudeln! Wenn die jetzt noch mit verseuchten Eiern aus Holland gemacht waren, gibt's sicher bald jede Menge freie Wohnungen!

Feddich

ELMI (Nudelexperte)

14. Juni 2018

#COTTBUS: Bambule in Flüchtlingsheim. Immer wieder gerieten Flüchtlingsgruppen aneinander. Hat was von „Einer flog übers Kuckucksnest." Erst der beherzte Einsatz der Polizei sorgte für Ruhe!

Unsinn! Das waren keine Schlägereien, das waren die neuen Bundes-Migrations-Spiele! Ab fünfzig Verletzten gibt's ne Ehrenurkunde von Steinmeier!

#BERLIN: GROKO-KRISE wegen Asylstreit! BILD fragt: „Was passiert, wenn Merkel und Seehofer stur bleiben?" Ich denke, da passiert gar nix! Weil wir Deutschen einfach zu doof sind! Wir werden in Empathie ertrinken! Und trotzdem die Stopfleber aus der Uckermark wiederwählen! Das is bei Sado-Maso halt so!

#LANDSHUT: Neues aus der Goldstück-Sammlung! Nigerianer greift drei Polizisten an, nachdem er abgeschoben werden sollte! Dabei riss er dem Beamten eine Pistole aus dem Holster, konnte aber keinen Schuss abgeben! Lag wahrscheinlich daran, dass die Bedienungsanleitung auf Deutsch war! Voll Nazi! Ich formuliere es mal vorsichtig: „In den U.S.A könnte er nach einer solchen Vorstellung seinen Nüssen einen Abschiedskuss geben!"

#POTSDAM: POTZBLITZ! Etwas günstiger für die Polizei liefs in einer Flüchtlingslaube in Brandenburg. Mutumba randaliert mit Messer! Vermutlich stimmte was mit dem Schokopudding nicht! Da kann man dann schon mal rum-Oetkern! Daraufhin feuerte ein Polizist und es ward Ruhe und Eintracht wie in einem Rosamunde Pilcher Film!

#AFRIKA: Beauftragter glaubt, dass Migrationsdruck auf dem schwarzen Erdteil bleiben wird, falls Deutschland keine klaren Signale sendet! Was wäre denn ein klares Signal?

A7 - A5?

Treffer – Aquarius versenkt?

Das macht uns auf Dauer aber ziemlich unbeliebt!

#VELBERT: Acht Jugendliche haben im April ein 13-jähriges Mädchen sexuell missbraucht und auch noch dabei gefilmt! Täter: bulgarischstämmig! Können die nicht lieber das machen, was dieses fahrende Volk immer macht? Akkordeon spielen? Oder Bären tanzen lassen?

Feddich

ELMI (Organisator für Scheinehen) Faire Preise

15. Juni 2018

#BERLIN: Was für abgekartetes, mieses Theater im Bundestag. Da unterbrechen diese Volksverdreher vier Stunden eine Sitzung, weil plötzlich Seehofer wieder einen Coitus eruptus vortäuscht. Auf gehts Buam, wir machen Asylstreit! Das Ganze wird als Showdown gegen Rauten-Rundel verkauft! Für wie blöd halten die uns eigentlich? Das war nichts weiter als ein erneutes sich in die „Hosen-Pullern" der CSU vor der AFD! Und während dieser Polit-Posse sind wieder Tausende illegal in unsere Heimat geströmt mit der Faust am Messer! Gsuffa!

#ROM: Bella Italia rockt! Der Spiegel hechelt: „Mit Getöse gegen Migranten hat sich Lega Chef Salvini zur starken Stimme für Europas Rechte gemacht! Ein echtes Problem!" Wenn sie sich da mal nicht irren, die Links-Drucker aus Hamburg! Es ist eher ein echter Schritt zu einer

Problemlösung! Aber gemach, der Leidensdruck ist noch nicht groß genug! Kommt noch, keine Sorge!

#BERLIN: Neues aus Alcatraz! Berliner Senat genehmigt über eine Million Euro für Tablets für Strafgefangene! Internetzugang und Nutzung für Mailkontakt! Nennt sich Resozialisierungsprojekt! Alter Scholli, wenn sie noch Youporn freischalten und für Zahnreinigung und Implantate aufkommen, bemühe ich mich um neun Jahre ohne Bewährung!

#ALANYA: Update von unserem libanesischen Würger! Weibliches Opfer wurde am Strand erwürgt! Grund scheint plausibel! Erektile Dysfunktion am kalten Wasser! Also sexuelle Bruchlandung, weil Dödel nicht auffindbar! Dadurch fühlte er sich in seiner Ehre gekränkt! Da liegt es natürlich nahe, dass man die Beute erdrosselt! Mach ich auch immer! Is Frage von Ärre!

#MOSKAU: Fußball WM eröffnet! Halbe Tribüne leer! Robbie Williams singt für Putin! Angel!! Pecunia non olet! Russische Mannschaft fiedelt Saudi-Arabien in Grund und Boden! Gute Nachrichten aus dem deutschen Trainingslager in Putingrad: „Özil hat die erste Strophe der Nationalhymne so gut wie drauf!"

Gündogan weint noch!

ELMI (Rizin Bevollmächtigter bei Amazon)

16. Juni 2018

#69: Mit Restalkohol schreibt man kein gutes moinbrifn! Deshalb heute nur herzlichen Dank für eure netten Geburtstagswünsche zu meinem 69. Wird man ja nicht alle Tage! Der Tag begann perfekt.

Meine Betreuerin weckte mich gegen zehn Uhr mit einem frischgepressten Glas Orangensaft und fragte, ob ich Lust auf Sex hätte! Ich sagte ja, obwohl ich vergessen hatte, was das überhaupt war. Nach dem Frühstück durfte ich die Kerzen auf dem Geburtstagskuchen ausblasen, was so ca. eine Stunde dauerte!

Danach hat mein Chauffeur mich zum Golfplatz gefahren und zum ersten Abschlag getragen!

Mit meinen Golfjungs vom „Wahren Kern“ auch anders bekannt unter dem Pseudonym „Prostataramblers“ gingen wir eine Runde zocken. Pro Schlag 50 Cent! Der Golfgott war mir gnädig und ich spielte eine für mich obergeile Runde. HCP 24 über Par. Wenn man bedenkt, dass einige Profis auf der PGA Tour HCP 10 und mehr hatten, ist es nur eine Frage der Zeit, bis ich die European Tour gewinne!

Gestern habe ich 33 Euro gewonnen und das ist nur der Anfang!

Abends gabs dann ein exquisites Menü in einem Restaurant unter Kastanien und bei Kerzenlicht! Hatte was von „The Great Gatsby“. Natürlich gabs auch Geschenke. Ernie Els ist übrigens mein großes Vorbild, nicht im Golf, aber im Saufen! Sonstige Geschenke: Eine Geflügelschere und ein Hähnchenbumser! Als ich versucht habe, mit der Geflügelschere die fünfte Flasche Ornellaia zu öffnen, war dann Schicht im Schacht! Wie ich nach Hause gekommen bin, weiß ich nicht mehr! Dort lag ein Geschenk von meinen Katzen: eine restlos zermanschte Maus! War ja lieb gemeint, aber hätte nicht unbedingt sein müssen! Als man mich in der Horizontalen weitgehend stabilisiert hatte, fragte mich meine Begleitung nochmals, ob ich Sex haben wolle, aber ich hatte mein Hörgerät schon aus! In diesem Sinne, dank an Euch alle! Das Leben ist schön!

Gerade merke ich, dass ich seit dreißig Minuten auf dem Hähnchenbumser sitze!

Feddich

Elmi (Ronaldo Fan)

18. Juni 2018

#MOSKAU WM: Na fein, wir haben verkackt gegen Mexico! Verdient! Ich habs gesagt: „Besorg deinen Spielern ein paar geile Hostessen und sie siegen! Was machen unsere? Sie treffen sich mit einem türkischen Stenz und vergeigen! Danke Erdogan!

#KANDEL: Heute beginnt der Prozess gegen den Mörder von Mia in Kandel! Er ist weit über 20, wird aber nach Jugendstrafrecht verhandelt unter Ausschluss der Öffentlichkeit! Dieses Land stinkt gewaltig!

#VALENCIA: Flüchtlinge der Aquarius erreichen spanisches Festland. Dort warten 2320 Helfer! Bei ca. 700 Bootsinsassen übern Daumen drei Helfer pro Mann! Respekt! Scheint ein einträgliches Geschäft zu sein, dieses „Travel to Paradise". Wie viele Altenpfleger haben wir pro Pflegefall bei uns? 0,04??? Läuft!

#BERLIN: Frau Roth hat wieder Not! Hassmails ohne Ende! Nix Neues also! Aber mal Hand auf die Warze, war ja auch ein wenig ungeschickt, die ungeplante Schweigeminute der AfD im Bundestag zu unterbrechen! Einfach warten, dann hinterher eine Rüge und fertig! Aber Sie gehen denen ja immer auf den Leim! Warum? Weil klassische Konditionierung bei Hunden und bei Grünen immer funktioniert! Desrum!

#HESSEN: Vertrauliche Berichte entlarven den früheren hessischen CDU Ministerpräsidenten Koch als Versager in der Rolle des Vorstandschefs beim Bilfinger Konzern (Spiegel online)! Als ich ihn vor zwanzig Jahren schon so genannt habe, gabs einen auf die Mütze. Ich irre mich eben selten! Iss so!

#DÜSSELDORF: Staatsanwaltschaft hat die umstrittenen Liedzeilen von „Kollegah" und

„Fahr zur Hölle Bang" geprüft! Keine Volksverhetzung, kein Sexismus, nur vulgär und menschenverachtend, aber nicht strafbar! Hatte ich so vorausgesagt! Alles andere wäre Links-Grünes Wunschdenken! Also so ne Art Weihnachten für Deppen!

Feddich

ELMI (Hassmail Koordinator)

19. Juni 2018

#BERLIN: Polizei geht bundesweit gegen Hasskommentare im Internet vor! Ich rechne stündlich mit einem Einsatzkommando in meiner Bude! Letzte Woche kam ich in eine Polizeikontrolle! Führerschein nicht dabei! TÜV überfällig! Ich hab schon mal Bußgeld durchgerechnet! Dann die Überraschung: „Gute Fahrt, nächstes Mal Papiere mitnehmen und TÜV nicht vergessen! Und danke für Ihr moinbrifn, lachen uns immer schlapp!" Mann, hab ich gegrinst! Jungs, danke für euer Verständnis und danke für die Sicherheit!

#BERLIN: Bundestagspräsident Schäuble hat den Versuch der AFD, eine Schweigeminute für die ermordete Susanna zu inszenieren, scharf verurteilt! Moment, war da nicht mal unlängst eine Schweigeminute im Bundestag für die Opfer des Anschlags in Solingen vor zwanzig Jahren?

Alle Schweigeminuten sind gleich, manche halt auch noch gleicher!

#KANADA: US Präsident Trump beim G-Punkt Gipfel in La Malbaie zum japanischen Regierungschef Shinzo Abe: „Shinzo, du hast dieses Problem nicht, aber ich kann dir 25 Millionen Mexikaner schicken, und du wirst sehr bald nicht mehr im Amt sein!" Genau auf den Punkt! Scheint aber bei uns noch keiner der Entscheidungsträger so richtig kapieren zu wollen!

#TV-NEWS: Kulturrat empfiehlt ARD und ZDF Talkshows aus dem Programm zu nehmen! Sie würden die Gesellschaft spalten und der AfD helfen!

Die spalten die Gesellschaft nur, weil die immer die gleichen Torfnasen einladen, die immer den gleichen Senf labern! Und zudem, was würde Rauten-Gundel ohne Steigbügelhalterin Anne Will denn machen? Selbstgespräche?

#GENIE: Reise-Tagebücher von Albert Einstein gefunden! Sie scheinen zu belegen, dass er wohl rassistische Tendenzen hatte. Vor allem die asiatischen Rassen kamen nicht so gut weg! Aber deshalb gleich Rassist? Vielleicht hat er nur genauer hingeschaut!

Feddich

ELMI (Facebook Antidepressivum)

20. Juni 2018

#MÜNCHEN: Es messert mal wieder! Ein schwarzer Blödel aus Sri Lanka musste von der Polizei am HBF überwältigt und festgenommen werden! Die Beamten versuchten zuerst, mit dem Mann zu sprechen! Pfffff ... Lernen die eigentlich nie?? Chuck Norris würde ihn platt machen und dann Frühstücken gehen! ENDE!

#ZDF: Es gibt mal wieder Zoff im Netz über die Sportmoderatoren der Mainzer Verwesungsanstalt! Vor allem Béla Rethy und die moderierende Holzfällerin machen Kummer! Wenn die moderiert, hab ich immer das Gefühl, jetzt hängen gleich zwei Hoden aus dem Bildschirm ... Und hey, Béla Rethy, einfach mal das Maul halten! Manchmal wäre Schweigen wirklich Gold!

#UNO: USA treten aus Menschenrechtsrat aus! Dieser Rat sei eine Jauchegrube der politischen Voreingenommenheit! Falsch, es müsste heißen: „Eine Jauchegrube der Verkommenheit!"

#KANDEL: NEUES AUS LYNCHHAUSEN! Die Gerichtsverhandlung gegen diesen Genmüllhaufen aus Massakrinien findet unter Ausschluss der Öffentlichkeit statt! Sogar die Fenster sind verhängt! Jetzt kommts: „Damit es für den Täter keine ‚Prangerwirkung' gibt und er ständig daran erinnert wird!"

Wenn die UNO eine Jauchegrube ist, dann ist dieses Schmierentheater in Kandel das Matterhorn der Hühnerkacke!

#GESUNDHEIT: STUDIE ZEIGT: Viele deutsche Kliniken halten sich nur über Wasser durch unnötige OPs! Dies Land hat definitiv feddich.

Feddich

Elmi (Der Hairstyle Berater von Neymar)

21. Juni 2018

#MERKEL KRIEGT ENDLICH DRUCK: Italien hat keinen Bock, Asylbewerber zurückzunehmen! Die Schutzheilige des Asyl-Tourismus kriegt endlich mal ne Ansage! „Behaltet gefälligst die Wandervögel vom schwarzen Kontinent!" Paletti, Spaghetti!

Italien hat die Faxen dicke mit den Perlen der Indolenz und unkontrollierten Vermehrung! Innenminister Salvini bleibt hart. Soll sich die Asyl-Angie doch ihre bilateralen Vereinbarungen in den Container schieben! Wir Deutsche baden diese Scheiße aus bis zum bitteren Ende! Wenn ich noch Haare hätte, würde ich raufen!

#USA: Trump stoppt nach heftigen Protesten „Zero tolerance!" Er trennte die Kinder der illegalen Eindringlinge von den Eltern! Heftig, aber in der Sache auf den Punkt! Das hat sich rumgesprochen! Man muss sich mal vorstellen, ein Politiker bei uns hätte das vorgeschlagen! Anja Reschke wär geplatzt und vielleicht die Grüne Rothaut auch. Zwei Nieten mit einer Klappe sozusagen!

Geht bei uns natürlich nicht! Weil Kinder kommen ja nicht, nur Männer! Von was könnten wir die denn trennen, damits richtig schmerzt? Vom Handy? Das ist doch alles hodenloser Wahnsinn.

#BERLIN-TIERGARTEN: Vater (aus Angola) lässt Sohn auf Küchentisch gewaltsam ohne Vollnarkose beschneiden! Klingt nach friedlicher Religion! Urteil: Zehn Monate auf Bewährung! Wie viel Mittelalter brauchen wir denn noch?? Ob das Frau Reschke wohl gefällt?

#KÖLN: Da gefällt mir der serbische Eurovisionsbeitrag zur Völkerverständigung am Kölner Hauptbahnhof doch wesentlich besser. Mit -zig geklauten Schuhen verlässt der Spacken seelenruhig ein Schuhgeschäft. Dann kommen ihm Zweifel und er macht den Lurchi. Verliert den Großteil seiner geklauten Ware und wird dann vor dem Bahnhof festgenommen! Ein Serbe ist halt kein Salamander! Der war nämlich immer schneller (Jugenderinnerungen)!

#BUDAPEST: Ungarn geht den Flüchtlingsrettern an die Gurgel! Wer Beihilfe zur illegalen Migration leistet, wandert in den Knast! Schlechte Zeiten für Aktivisten, Empathie-

Spinner und Asyl-Touristen Fans! Könnte auch sinnvoll im Mittelmeer Raum sein, aber ich hege da Zweifel! Wenn man gesehen hat, wie 700 Flüchtlinge, laut Presse dem Tode nahe, dann sambatanzend und singend in Alicante von Bord gingen, denke ich, der Drops ist bereits gelutscht! Sie hausen jetzt übrigens in Wohnheimen von Studenten, denen über Nacht gekündigt wurde! Wo schlafen die jetzt? Vielleicht im Park! Das nenne ich einfach nur noch Irrsinn hoch zwei!

Feddich

ELMI (Anti-Diskriminierungsbeobachter der FIFA)

22. Juni 2018

#ASYL ASYL: Früher gabs im Juni/Juli immer das „ Sommerloch"! Da gabs lustige Nichtigkeiten wie zum Beispiel: „Schnappi, das kleine Krokodil". Politiker waren auf Urlaub und wir hatten Ruhe vor diesen Idioten! Heutzutage gibt's jetzt den „High Noon Asyl Showdown" a la GROKO! "Masterplan Migration" nennt sich das jetzt! Und alle Beteiligten haben Eines: keine Ahnung! Als ob es den gemeinen Asyltouristen jucken würde, wenn Europa seine Grenzen schließt! Die kommen trotzdem, weil sich das Spiel mittlerweile schon verselbstständigt hat! Italien winkt ab, Osteuropäer boykottieren! Seehofer will Ankerzentren außerhalb der EU! Wird nicht funktionieren! Ankerzentren direkt im Mittelmeer würden vielleicht Sinn machen, aber das gäb hässliche Bilder, und wenn die Brandenburgische Prinzessin der Unterarmnässe eines nicht will, sind es hässliche Bilder! Also bleibt alles, wie es ist. Ihr Millionen seid umschlungen, Deutschland hat bald sein letztes Lied gesungen! Nehmt euch als letzte Rettung ein Beispiel an Australien! Aber hört ja keiner auf mich! Quod morituri te salutant!

#SPANIEN: Nun ist sie tot! Tramperin Sophias Leiche wurde an einer spanischen Tankstelle entdeckt! Dringend tatverdächtig, ein LKW-Fahrer aus Marokko! Viel mehr als das tragische Schicksal ihrer ermordeten Tochter schien ihrer Familie die Sorge zu sein, dass „Rechte Stimmung gegen Ausländer machen" (Zitat)! „Wir möchten darauf hinweisen, dass die Nationalität eines möglichen Täters nichts mit seinen Taten zu tun hat!"

O.K. Nationalität nicht, aber ganz sicher die Gene! Wie krank ist das??

#ITALIEN: Zwei illegal unter niederländischer Flagge fahrende Schiffe deutscher Flüchtlingshelfer im Mittelmeer sollen von der Regierung beschlagnahmt werden! Bei Käptn Sparrow ging das schneller! Einfach alle über Bord werfen und dann Rum saufen!

#UMFRAGE-HAMMER: Jeder zweite Deutsche ist für Ablösung von Rauten-Lilly! Toll! Aber passieren wird gar nix. Seehofer, das Weichei, wird kuschen und Nahles kriegt noch ein Kind! Hauptsache es gibt genug Schokopudding für alle!

#COMIC: Bester Comic in den sozialen Netzwerken gestern: Roth und Merkel unterhalten sich! Roth zu Merkel: „Meine Geburtsurkunde ist ein Entschuldigungsschreiben von DUREX!" Merkel zu Roth: „Willkommen im Club!"

Feddich

ELMI (Kondomstanzer in Südwestafrika)

23. Juni 2018

#FUSSBALL WM: Heute der Showdown in Sotschi! Deutschland gegen Schweden! Sotschi könnte das Waterloo für La Mannschaft werden. Aber immerhin ist die Gegend schön! Hab ich gehört! Ich war noch nie da, aber mein Opa schwärmte immer davon!

Die Rückflugtickets haben sie ja schon erhalten von einem pfiffigen schwedischen Moderator! Ja, Bela, es ginge auch lustig. Mein Vorschlag: Nach der Niederlage direkt den BER anfliegen, am besten nachts! Unsere Vorzeigetürken direkt als Wahlhelfer nach Istanbul! Bei Erdogan läufts auch nicht so rund!

#TV-UNTERHALTUNG: Schweinebacke Waldi Hartmann brachte es bei Lanz (ZDF) auf den Punkt! „Der Führer, ähm, der Bundestrainer müsse beim nächsten Spiel gegen Schweden mehr an Krieg denken!“ Wow! Hat Waldi was an der Schilddrüse oder war das Bier alle?

#WM DIE ZWEITE: Interview mit Sepp Maier (WM 1974 Torwart) Frage: „Hätte die WM-Elf von 74 die Mexikaner geschlagen?“ „Na klar, aber nur 1:0, denn wir sind ja auch alle schon über 70!“ Muha!

#HOPP SCHWIIZ: Die Schweiz schlägt Serbien 2:1 und macht den Adler, zieht Trikot aus und kassiert Gelb! Shakiri mag ein guter Fußballer sein, aber der Hellste auf der Toblerone ist er nicht! Emotions halt!

#ZDF: Die Kollegen des Mainzelmännchen-Senders sind sichtlich bemüht, die Qualitäten ihrer moderierenden Kollegin hevorzuheben! Zum Beispiel ihre überraschenden Kombinationen mit Fremdwörtern (Genau was ein Fußballfan braucht, Fremdwörter)! „Stringent in die Spitze!“ (Sie meinte sicher: „Strickend in die Spitze), „Passweg intuitiv zugestellt“ (fiktiv wäre auch gegangen), „Ein dickes Quantum an Temperament“ oder „Uaaah, war das ein Pfund!“ So moderieren Holzfäller! Darauf ein dickes Quantum PROST!

Feddich

Elmi (Der Passfälscher von Boris)

25. Juni 2018

#WM: Überglückliches 2:1 gegen ABBA! Hätte IKEA den Elfer in der ersten Halbzeit gekriegt, was verdient gewesen wäre, hätten unsere Fußballhelden mit dem Flixbus bei Nacht und Nebel auf der Balkanroute heimschleichen können! So aber rettete uns Toni der Krööste (geiles Wortspiel von meiner Frau) mit einem, zugegebenermaßen fulminanten Freistoßtor in der ca. drei Stunden dauernden Nachspielzeit! Danach ärgerten und verhöhnten zwei DFB Vollspacken die unterlegenen Schweden. Wir sind schon ein eigenartiges Völkchen! Vielleicht regelt das ja das Karma oder Südkorea am Mittwoch!

#WM (Die Zweite): Schön, dass Özil fehlte. Kann so bleiben! Gündogan hätte besser die Garderobe nass aufgewischt, aber Schwamm drüber. Dass ausgerechnet ein Schweden-Türke das entscheidende Foul beging, entbehrt nicht einer gewissen Komik! Jetzt kann Jogi seine Nivea-Tuben wieder auspacken! Geölt wird immer!

#ASYL WM: Sieht nicht so gut aus für unsere schwadronierende Asyl-Dampfnudel aus der Uckermark! Keiner will Flüchtlinge! Wer hätte es gedacht! Italien fordert von Deutschland radikalen Wandel bei Migrationspolitik! Hallo???? Geht's noch? Bevor die Grand Dame der linksdrehenden Raute irgendetwas radikal macht, verliert die eher ihre Dritten beim Gang-Bang in Öckerschwiede!

#ASYL IM MEER: Wieder treiben zwei deutsche sogenannte Rettungsschiffe voll mit Asyltouristen aus Afrika vor Italien und die bösen Italiener lassen sie nicht in den Hafen!

Dabei wäre die Sache so einfach. Kriegsmarine raus! Schiffe beschlagnahmen, Fluchthelfer einlochen, Menschen an Bord notversorgen und dann sicher zurück nach Libyen bringen! Wieder heimfahren und La Paloma pfeifen!

So wird das aber nicht enden! Eine von den Perlen wird sich doch finden lassen, die in der fünften Woche schwanger ist! Dann werden wieder ca. 600 Samsung-S8-Besitzer sambatanzend in Spanien an Land gehen! Könnt ich fast wetten!

#MÜNCHEN: Notärztin durch betrunkenen Flüchtling aus Eritrea mit Whiskeyflasche schwerst verletzt (Schädel-Hirn- Trauma) Täter: Alter 20! Ihr wisst wie das ausgehen wird! Genau: Kandel reloaded! Und Blackman grinst!

ELMI (Toblerone-Tunnel-Tester) manuell

26. Juni 2018

#BERLIN/ESSEN/DUISBURG: Über zwei Drittel der in Deutschland lebenden Türken haben Erdogan gewählt! War irgendwas im

Döner?? Oder liegts daran, dass man sich seit Generationen nur innerhalb der Clans fortpflanzt? O.K., Eure Großeltern kamen ungebildet aus ärmlichen Verhältnissen, aber sie waren fleißig, ordentlich und haben niemanden bedrängt!

Was aber beim seligen Börek ist mit dem Nachwuchs passiert? Ihr hattet die Chance, in einem der demokratischsten Länder der Welt geboren zu werden, bevor die Grünen hier alles vermurkst haben! Bildung, Freiheit, Chancen, einfach alles! Und alles, was ihr einbringt, sind Kopftücher für eure Töchter und 3er BMWs für eure testosterongesteuerten Dummbratzen, die sich nichts sehnlicher wünschen, als einen Diktator und eine einheitliche Spackenfrisur!

Merke, ein Porsche heilt Minderwertigkeitskomplexe nur temporär! Wenn es stimmt, was die Presse berichtet, dass viele von euch Olivenschüttlern Erdogan nur aus Trotz gewählt haben, um es uns Deutschen zu zeigen, dann „verkebabt" euch doch aus unserem Land, wenn ihr euch so unwohl fühlt. Belästigt uns nicht mit euren beknackten Autokorsos und den Halbmondfahnen und euren Clans! GÜLE!

#ESSEN: 15-jährige Schülerin bekommt wegen Kopftuch kein Praktikum! Wir wissen nicht, was der ortsansässige Iman dazu rät, aber ich hätte eine grandiose Idee! Runter mit der ÜtzMütz und nochmals vorstellig werden! Klappt hundert Pro! Mist, geht nicht wegen

Ehrenmord, schade eigentlich! Hartz 4 wird's richten!

#WM FUSSBALL: Polen ist ausgeschieden! Hey, dann gibt's ja endlich wieder Erntehelfer. Die Spargelsaison ist zwar schon rum, aber noch ist Polen nicht verloren! Uuuups!

#BERLIN: Wenn Merkel tatsächlich See-hofer entlässt, dann sollte Bayern sich von Deutschland abspalten! Trotz meines fortgeschrittenen Alters würde ich dann noch mal umziehen!

#MITTELMEER: Auch Spanien verweigert den zwei Schiffen der deutschen Asylschleuser-Mafia die Einfahrt in einen ihrer Häfen! Jetzt hilft nur noch eine Landung in der Normandie! Von dort mit dem Bus nach NRW! Läuft!

Feddich

ELMI (Elfmeter-Trainer von Ronaldo)

27. Juni 2018

#ASYLTOURISMUS RELOADED: Da lag ich doch gestern fast richtig! Berlin erklärt sich bereit, die auf dem Schleuserschiff „Lifeline" dahindümpelnden 200 Glücksritter von der schwarzen Liga aufzunehmen! Der regierende Dumpfmeister (SPD) fordert das von uns Deutschen! Ich hatte ja auf NRW getippt, aber es macht dennoch Sinn, denn Berlin kennt sich mit

Krätze besser aus! Da wünschen wir viel Glück! Mich juckts nicht!

#HÖRDE: Schüsse im Krankenhaus! Arzt niedergeschossen, Lebensgefahr! Täter erschießt sich! Da nicht explizit erwähnt wurde, dass er Deutscher ist, kann man nur spekulieren! Dunkelweiß oder Südschwede! Wie gesagt, alles Spekulation! Vielleicht wars ja eine Fehldiagnose! Wir bleiben dran!

#FOCUS ONLINE: 65 Prozent der Deutschtürken stimmten für Erdogan! Zitat: „Was ist mit den Türken los? Die Antwort ist komplexer, als es scheint!" Hey, ihr Flachzangen der schreibenden Zunft. Einfach mal regelmäßig Elmis moinbrifn lesen, dann ist das gar nicht mehr so komplex, eher nur bekloppt!

#FUSSBALL WM: ARD und ZDF haben die Zeichen der Zeit erkannt. Statt auf dauernörgelnde Fußball-Experten zu hören, setzen die GEZ-Schnorrer jetzt auf Typen wie Kramer, Hitzlsperger und Wolf! Diese drei hätten es nicht nötig auf irgendjemanden draufzuhauen! Sie sind ehrlich und zeigen Empathie! Na großartig! Zwei von denen kenn ich gar nicht! Hört zu, ihr Schwanznasen der verordneten Langeweile, vielleicht habt ihr es immer noch nicht gerafft! Fußball ist: Blut, Schweiß und Tränen, Leidenschaft, Stammtisch, Aggression, Wut und manchmal auch Maradonas Mittelfinger! Da will ich lieber einen rumrotzenden Basler sehn, als irgendeinen

Volkshochschulkurs für Warmduscher! Kapische??

#SPIEGEL ONLINE: So ein Journalisten-Troll des politischen Faltblatts schrieb gestern zur Lage der Deutschen Nationalmannschaft. „DIE MANNSCHAFT MUSS DEN FLOW MIT-NEHMEN!“ Is mir völlig wurscht, ob die den Flow mitnehmen, solange sie nur den Özil draußen lassen!

Feddich

ELMI (IBUPROFEN DEALER)

28. Juni 2018

#FUSSBALL WM: Nach Ägypten, Saudi-Arabien, Marokko und Iran ist jetzt auch das letzte muslimische Land bei der WM in der Vorrunde ausgeschieden! Allahu akbar! Warum muss ich bei diesem Fiasko an den Zustand Deutschlands insgesamt denken? Da fiebert und bangt eine ganze Heerschar von treuen Fans mit „La Mannschaft“ und die kriegen den Stock nicht aus dem Hintern. Vielleicht hat man ja das gütige Schicksal zu arg herausgefordert. Özil und Bela Rethy in einem Spiel zusammen, kann jeden Fußballgott erzürnen! Obwohl, gehen wir mal der Reihe nach vor:

Fehler 1: Löw hätte nach dem Besuch von Özil und Gündogan beim anatolischen Ziegenhirten sofort die Notbremse ziehen müssen. Beide

Türken streichen! Das war der Zündfunke für die gesamte folgende Entwicklung. Überaus empfindliche Psyche bei Mehrfachmillionären (Ich kenn das!)!

Fehler 2: Der DFB hätte niemals einem Termin mit Steinmeier zustimmen sollen, aber wahrscheinlich haben sie es sogar forciert! Blöd genug dafür wären sie!

Fehler 3: Leroy Sané und Wagner nach Hause zu schicken war ein gigantischer Fehler. Solche Spieler haben wir in allen drei Spielen vermisst. Aber vermutlich waren sie Löw nicht devot genug.

Fehler 4: Neuer war nicht 100 Prozent fit! Konnte man mehrmals sehen. Psycho fängt normalerweise beim Torwart an. Ter Stegen wäre der bessere Mann gewesen.

Fehler 5: Claudia Roth hätte man vor der WM ausweisen sollen!

Nu ist das Kind im Brunnen! Aber für die Grünen war es wichtiger, den Innenminister während des Spiels einzuberufen, weil irgendein verkacktes King Kong-Schmuggler-Schiff die Pest an Bord hat. Wie bescheuert kann man denn noch werden?? Das meinte ich mit dem Zustand des gesamten Landes!

#ZDF WM: Tja Herr Lanz, ging wohl nicht so wie geplant. Mario Basler dazu zu bewegen, seine Aussage über den „toten Frosch" Özil in der Talkshow zurückzunehmen, war nach der Erstbesteigung von Birgit Schrowange wohl die zweite Fehleinschätzung ihrer Karriere (Wetten dass ... erst gar nicht miteingeschlossen). Basler hat, wie niemand mehr bei den Öffentlich-Rechtlichen, einfach Eier und Rückgrat. Ganz gleich ob man ihn mag oder nicht!

#WM DIE DRITTE: Katrin Müller-Hohenstein ärgert sich über Gerüchte um Verhältnis mit Jogi Löw! Erstaunlich, ich hätte eher gedacht, er wäre mit Neuer zusammen. So kann man sich irren!

Feddich

ELMI

P.S. Mir tun die jungen Spieler leid. Aber abwarten, wenn Klopp Trainer wird, trefft ihr auch wieder! Versprochen!

29. Juni 2018

#FRANKFURT: Hey, La Mannschaft, dass euer Unternehmen "BALLAROSSA“ in die Binsen ging war schon schwer verdaulich! (Mein Opa sagt: „Wie bei uns, nur schneller“.)

Aber was ihr dann bei der Landung gezeigt habt, ist nicht mehr zu unterbieten. Da warten ca. 200 Fans auf ihre Idole und ihr ignoriert sie! Ihr habt eure bescheuerten Stöpsel im Ohr, glotzt auf eure I-Phones und verpisst euch wortlos (Reuss die einzige Ausnahme)! Da fahren Kids mit ihren Eltern an den Frankfurter Flughafen und geben ihr letztes Taschengeld aus, um ein Trikot zu kaufen, das sie gerne mit eurer Unterschrift hätten. Und ihr habt nicht die Größe, auf sie zuzugehen und ein Selfie zu machen? Das ist mehr als beschämend! Wer seine Fans so behandelt, wird sie in Zukunft mit der Lupe suchen müssen!

#WM NACHLESE: Nach dem Scheitern unserer Mimimi Millionärstruppe (war ja auch ne Todesgruppe) ziehen ARD und ZDF ihre Berichterstatter zurück! (Mein Opa sagt, käme ihm bekannt vor!) Heißt das im Klartext, Bela Rethy und Neumann gehen in Rente?? Nein?? Schaaaaaaaade! Khedira spricht nochmals das Türkenproblem an und gibt zu, dass alle wohl diese Affäre unterschätzt haben. Immerhin einer! Das lässt hoffen. Özil sollte zurücktreten und sich lieber bei Arsenal weiterhin mit Brot bewerfen lassen!

O.K. haken wir das ab und wenden wir uns wieder dem realen Leben in Deutschland zu!

#BERLIN: Miss Piggy der schrägen Raute hat wieder einen rausgehauen! O-Ton: „Wir müssen Sekundär-Migration stärken … äääääh ... besser ordnen!“ Nie war eine Freudsche Fehlleistung prägnanter dargestellt als von dieser Asylantenwumme! Im Klartext kommt die tatsächliche Absicht unserer DDR Schranze zum Vorschwein! Jeder Scheinasylant holt sich nach, was er braucht, bis wir Deutschen in der Unterzahl sind (Machete inbegriffen).

#KÖLN: Wo das hinführt, sieht man an der Uniklinik. Die Tochter eines serbischen Familienclans wurde am Herzen operiert und verstarb. Daraufhin drohten zweihundert Familienmitglieder dem Chefarzt mit dem Tode. Noch Fragen??! Das wird böse enden!

Feddich

ELMI (Experte für mediterrane Schiffversenkung)

30. Juni 2018

#BERLIN: Langsam ist es schon beängstigend. Wiederum gelingt es der Matrone des illegalen Familiennachzuges ihren schwabbeligen Hintern aus der Schlinge zu ziehen! Sorry, jetzt seh ich es erst, war ja der Kopf! Sie hat irgendwas von „Schweigen der Lämmer". Ich bin noch am Grübeln, was! Scheißegal, was die EU beschlossen hat, es wird nicht funktionieren! Als ob es den Durchschnittsmotumbo interessieren würde, ob es jetzt verboten ist, nach Europa einzudringen, er wird trotzdem kommen! Wer Afrika zu sich ins Land holt, wird daran ersticken! Ich hoffe, die Linken zuerst! Vor allem dieses Tomatengesicht in der vierten Reihe!

#MALTA: Der Menschenschlepper Kapitän der „Lifeline" wurde von der Polizei verhört und muss vor Gericht! Wird zwar nix bringen, aber solche Aktionen hätte man schon viel früher beginnen sollen! Früher hätte man so einen Typen einfach über Bord geworfen. Ende!

Ich sags noch mal: „Retten ja, Schlauchboot beschlagnahmen, Glücksritter dahin bringen, wo sie herkamen und dann Schlauchboot zerstören." Zero Tolerance!

Aber erst mal hier bei uns, dann beginnt das El Dorado der Transferschnorrer, beklatscht von Idioten, gepampert von gestörten Politikern, unterstützt von verpeilten Anwälten! Auch hier wäre eine einfache Lösung das Beste: „Geld stoppen, nur Sachleistungen und bei Straftaten raus! Egal wohin!" Wird aber definitiv nicht so laufen, fürchte ich!

#KÖLN: Uni-Klinik: Die zweihundert Clan-Mitglieder einer serbischen Großfamilie, die einen Chefarzt mit dem Tode bedrohten, sollen gar keine Serben sein, sondern Sinti oder Roma! Kann ich nicht belegen, aber es würde Sinn machen! Und da wir gerade dabei sind:

#GUNZENHAUSEN: Familiendrama mit vier Toten! Drei Kinder und die Ehefrau ermordet! Vater und Mörder springt aus drittem Stock und schweigt bei der Vernehmung! Ich schätze auch hier handelt es sich um einen Gastbeitrag mit Multikulti-Touch! Wenns doch Uwe war, dann PN an mich!

#EUROPA: Die gute Nachricht wie immer zuletzt! Neue Studie zeigt: „Die Islamisierung eines Landes kann nicht mehr gestoppt werden, wenn der Bevölkerungsanteil dieser schleiertragenden Spezies auf 16 Prozent steigt! WIR SCHAFFEN DAS! LOCKER!

Feddich

ELMI (Der weiße Hai im Facebook Pool)

Juli 2018

☜●❍♓⬧ ❍□♓■♌❒♓♐■

Elmis moinbrifn

2. Juli 2018

#BERLIN: Ja watt nuu CSU????? Hü oder Hott! Ihr eiert rum wie ein bayrischer Zitherspieler mit Hodenbruch! So fliegen Papiertiger! Ihr Brennsuppenschüttler! Es wär so einfach: Geschlossen zurücktreten, Regierung auflösen, Merkel entsorgen, Neuwahlen! Linke, Grüne und SPD bei vier Prozent! Grenzen dicht! Und dieses Land blüht wieder auf! Tschuldigung, man darf ja mal träumen!

#WM: Spannende Spiele im Achtelfinale! Schöner Fußball! Vor allem Frankreich! Obwohl ich zuerst dachte, die Passagiere der „Lifeline" hätten Landgang, aber dann habe ich Antoine Griezmann entdeckt, mon dieu! Bei so vielen Boatengs in der Mannschaft hätte Gauland schon längst den Überblick verloren! Vor allem in direkter Nachbarschaft! Seis drum! Ich drück den Kroaten und Uruguay die Daumen. So viel Leidenschaft, das ist klasse!

#Jan Böhmerwachs, der Reinhard Mey der Komikerszene für unlustige Zeitgenossen, hat Urlaub und sammelt Geld. Und zwar für einen guten Zweck sucht er finanzielle Mittel, um einen Anwalt zu bezahlen! Zuerst dachte ich, er hat vor, in der Türkei Urlaub zu machen, aber weit gefehlt! Stattdessen: Spendenaufruf für den Menschenschmuggler und Käptn der „Lifeline"! Schiff für illegale Zuwanderer im Mittelmeer. Denn der steht vor Gericht und hat keine Mittel mehr. Und da kam mir die Idee, dass ich da auch mal zeigen kann, was für ein gutes Herz ich habe. Ich werde auch Geld sammeln für diesen guten Zweck! Wird „AKTION TORPEDO" heißen!

Kontonummer: 58357200 VOBA Freiburg! Kennwort: „Hau wech den Scheiß." Lasst mich da bitte nicht hängen! Apropos hängen:

#SPIEGEL ONLINE: Tolle Schlagzeile gestern: „Osteuropäer lassen Merkel hängen!" Spontan dachte ich, endlich, gute Idee, aber dann wurde mir klar, dass Praktikanten vermutlich bei diesem Senfblatt in ihrer Freizeit nur ihren Namen tanzen und die Headlines nicht noch mal checken!

#ASYL ASYL: Habt ihr gewusst, dass Asylanten 17,2 Milliarden Euro in ihre Heimatländer schicken? Ich schätze mal, das sind Reparationszahlungen für den 30-jährigen Krieg!

Wir könnten denen doch ein Angebot machen. Wir zahlen die gleiche Summe nochmals und ihr haut alle wieder ab! In fünf Jahren könnten wir dann unsere Alten wieder richtig versorgen und unsere Kinder gut ausbilden, die katastrophale

Gesundheitsversorgung verbessern und in zehn Jahren wären wir wieder ein Top Land! So wirds leider nicht kommen!

Feddich

ELMI (Der Spacken-Frisurberater der WM. Oben kurz - seitlich nix!)

3. Juli 2018

#BERLIN: Jetzt also doch nicht! Horst kriegt die Flatter! Er hat sich das noch mal durchgerechnet: Doppeltes Ministergehalt plus Parteivorsitzender, das läppert sich! Darauf verzichten??? Da wär der Seedoofer doch behämmert! An der Machtwumme aus Templin hätte der sich seine Dritten ausgebissen! Also macht der Heimorgler weiter! Was für ein widerliches Schmierentheater! Ein super Kompromiss soll ausgehandelt worden sein. Wetten, dass der von hinten bis vorne stinkt? Wir werden weiter verarscht und belogen. Asylbewerber aus Afrika sollen jetzt in grenznahen Auffanglagern gesammelt werden. Dort werden sie sofort umgespritzt und die Schadstoffsoftware wird kostenlos getauscht. Dann stimmt auch die manipulierte Kriminalstatistik wieder! Das nenne ich Geniestreich!

#MALLORCA: Quallenalarm vor der Putzfraueninsel! Touristen in heller Panik! Na, es wird sich doch sicher noch ein NGO Schiff unter kolumbianischer Flagge finden lassen, das die Viecher rausfischt! Wär doch gelacht! Wenn nicht, dann soll Mehl helfen, wenn man es überlebt!

#WM: Was für ein Kracher zwischen Belgien und Japan. Beide Teams sensationell. Hoffentlich haben unsere fußballverwöhnten Trillionäre im Urlaub in der Karibik das auch gesehen! Und hoffentlich hatten sie dann Durchfall! Ich musste das Spiel leider ohne Ton verfolgen, da das ZDF seine größte Geheimwaffe am Mikro hatte! Die mit Testosteron gepimpte prämenstruelle Abseitsfalle! Da krieg ich Hörsturz! Übrigens, das ZDF zeigt jeden an, der behauptet, sie sei ein Mann! Also Vorsicht! Es sei denn, ihr habt so einen guten Anwalt wie ich! Dann toi, toi, toi!

#NRW: Die gute Nachricht wie immer zuletzt! In unserem Vorzeigebundesland für gestörte Politiker gibt es mittlerweile mehr Asylbewerber und „Schutz"-suchende Glücksritter als in ganz Italien! Irgendwann werden wir dieses Ghetto zumauern müssen!

ELMI (Schauspielberater für oskarverdächtige Schmerzeinlagen von Neymar)

4. Juli 2018

#BERLIN: Da stellt sich Rauten-Rosi hin und lallt: „Bei diesem Kompromiss zeigt sich der

Geist der Partnerschaft zwischen CDU und CSU!" Ich sage: „BULLSHIT." Das ist der Geist des verzweifelten Klammerns an die Macht, gepaart mit unsäglicher Profilneurose! Seehofer wird das Grinsen spätestens im Oktober bei der Landtagswahl vergehen. Mit Recht!

Transit-Zentren sollen es jetzt richten! „Da kommt keiner raus!" Nochmal: „BULL-SHIT!" Der Bodensatz aus Afrika und Afghanistan kommt eben dann über die grüne Grenze in NRW!

Irgendwann wird sich der Traum von linken und grünen Spinnern verwirklichen und es kommen tatsächlich sechzig Millionen Afrikaner! Dann könnt ihr Flachzangen euch eure verlogene Kriminalstatistik in die Haare schmieren! Vielleicht hats ja auch was Positives. Es könnten ein paar gute Fußballer drunter sein! Womit wir bei der nächsten Katastrophe wären!

#DFB: Jogi Löw macht weiter! Bei Politikern und Trainern ist es wie bei Zecken. Wenn du sie mal hast, kriegst du sie schwer wieder los! Wenn er wenigstens den Bierhoff jetzt rauswirft und die Türken-Berater Clique! Und scheiß auf „La Mannschaft" und Aktionen wie „No to Racism"! Wir haben eine „DEUTSCHE NATIONAL-MANNSCHAFT" Das sollten Jungs sein, die mit Leidenschaft für ihr Land Fußball spielen und keine NIVEA Gurkentruppe von überempfindlichen Werbeträgern, die Angst vor Flanken haben! Und die Trikots sind Schwarz-Rot-Gold, ihr DFB Pfeifen!

#WM: Ein gutes Beispiel ist England! Nervenaufreibendes Spiel gegen Kolumbien! Ein Trainer, der seine Jungs im Griff hat! Zum ersten Mal haben sie ein Elfmeterschießen gewonnen. Dieses Team hat Herz und könnte ins Endspiel kommen! Verdient! Das ist Fußball, Özil!

#WM 2: Japan im Achtelfinale ausgeschieden! Aufrecht, fair und gefasst! Das Team hat seine Umkleidekabine pico bello geputzt verlassen und sich mit einem schriftlichen Gruß bei den Organisatoren bedankt! Das ist Stil! Unsere Luftpumpen hatten nicht mal die Größe, ihren Fans ein Selfie mit ihnen zu gönnen!

#WM 3: Kolumbien war ein nickeliges Team! Unfair, aufbrausend, hyperaggressiv! Hat was mit Genetik zu tun, schätze ich! Hätten sie gar nicht nötig, weil kicken können sie zweifelsohne! Aber wir waren ja schon froh, dass sie vor dem Spiel nicht die Außenlinie weggeschnupft haben!

ELMI (Mittlerweile Fachmann für Audiodiskription bei ZDF Moderatorinnen)

5. Juli 2018

#BERLIN: Ist das geil oder ist das geil? Da keifen sich zwei Schwesterparteien wochenlang, wer den Längsten hat und Merkel gewinnt! Potz Blitz! Staatskrise im letzten Augenblick abgewendet. Der bayrische Lachsack dreht von „Obergrenze und Grenzen dicht“ zu „quasi Obergrenze und geschlossene Transit Zentren (Kurz: TZ´s).“ Alle haben sich wieder lieb und stündlich erwarte ich, dass beide ein Liebesschloss an der Kölner Hohenzollernbrücke anbringen! Da kommt Ätschi das Hüftmonster der SPD und der Buddha für Arme und sagen: „Bätschi! Mit uns nicht! Transitzentren bleiben offen!“ Man kann das, was in diesem Land zurzeit abgeht einfach nicht fassen! Ich geb den politischen Dachlattennaglern mal ein paar Gründe für geschlossene und scharf bewachte TZ´s:

#BELGIEN: Ein Flüchtling hat einen 19-Jährigen erstochen (Kehle aufgeschlitzt), weil dieser einer Kellnerin helfen wollte, die von dem Goldstück bedrängt wurde. Name des Täters Ahmed!

#BERLIN: Sechs Wochen nach einem grausamen Mord in Berlin-Pankow ist ein Tatverdächtiger Bulgare in Spanien festgenommen worden (Gentest ... Intensivstraftäter)

#SCHWEDEN: Das Vorreiterland für offene Grenzen hat jetzt massive Probleme! Schweden ist für viele Flüchtlinge inzwischen genauso unsicher wie ihre Herkunftsländer. In den Migranten Ghettos explodiert die Gewalt!

#DÜSSELDORF: Tunesier sticht am Flughafen einen Mitarbeiter des Sicherheitsdienstes in den Kopf! Schwerverletzt!

#BURGWEDEL: Prozess gegen Abdullah (17, muha) beginnt! Er hat vor einigen Monaten in einem Supermarkt einem jungen Mädchen in den Bauch gestochen. Sie überlebte nach Not-OP. Abdullah bezeichnet sich selbst als „Musterflüchtling"!

So, das müsste reichen für geschlossene TZ´s, von mir aus gerne auch mit Stacheldraht!

Feddich

ELMI (krieg jetzt langsam mit diesen Deppen einen dicken Hals)

6. Juli 2018

#BERLIN: Es ist vollbracht. Koalition einigt sich auf Asyl-Paket! Endlich! Jetzt kommen endlich keine Asyltouristen mehr illegal ins Land! Bei ... 3 ... 2 ... 1: Haha hahha hahah haha hahaha hahaha hahaha hahah hahahahahahaha.

Steckt euch eure Transit-Zentren in den Allerwertesten! Über 70 Prozent der gefährlichen, verdeckt Einreisenden kommen eh nicht über die Bayerische Grenze. Das spricht sich bei den Bongos rum. Grüne Grenze NRW offen wie ein Schweinestall im Sommer!

Das einzige Asylpaket, das ich akzeptieren würde, wäre wie bei Amazon! Gefällt mir nicht, ich schick den Scheiß zurück! Mann, Mann, werden wir verladen!

#MITTELMEER: Malta setzt nach dem Schiff „Lifeline" der Deutschen Schlepperhilfe auch das Aufklärungsflugzeug fest! Hey, auch nochn Flugzeug! Ich glaube, man kann mit Flüchtlingen jede Menge Geld verdienen. Mit der Kohle könnte man viele Altenheime aufpeppen. Die Alten hättens mehr als verdient! Aber Deutsche zählen ja nix! Beweis? Die Zahlen 2017: Glücksritter 21,5 Milliarden, Deutsche Familien 9,5 Milliarden. Irgendwas stimmt da nicht, sagt das Mathe-Genie in mir!

#ZDF: WM-Kommentatorin findet Kritik an ihr grauenvoll! O-Ton: „Man kann den Menschen nur immer wieder zurufen: Geht länger auf die Schule, bildet euch weiter!"

#Ha-Hallo! Geht's noch, Knödel-Ballerina?? Ich war 13 Jahre in der Schule und 6 Jahre Studium und zwei Staatsexamina! Und ich finde Ihre Moderation trotzdem LaLa! Schgrieg Höstutz, Alde!

#WM: Heute Viertelfinale! Zwei Spiele! Uruguay gegen Frankreich und Brasilien gegen Belgien. Mein Herz gehört den Urus und den Fritten, aber mein Tipp: Brasilien und Frankreich! Deutschland hat wohl keine Chancen mehr! (Muha-lol-rofl)

#WM 2: Nettes Video auf YOUTUBE. Kids trainieren Fußball! Wenn der Trainer laut „NEYMAR" ruft, werfen sich alle Kids auf den Boden und machen den sterbenden Schwan! Hätt ich einen Riesenspaß!

#WM 3: Teammanager der Gurkentruppe aus Jammerhausen, Oliver Bierhoff, zeigt Erkenntnis! „Man hätte überlegen müssen, ob man sportlich auf Özil verzichtet!" Ich meine, nicht nur sportlich! Das ist wie bei Rauten-Lilly! Hätten die Eltern auf Sex verzichtet, stünden wir jetzt besser da! Ja, ja, hätte hätte, Viererkette!

Feddich

ELMI (NEYMAR!!!! AAAAAHHHH- AUA- AU AU ICH STERBE!)

7. Juli 2018

#FUSSBALL: Heute spätes „moinbrifn"! Ich konnte nicht, hatte Neymar-Schmerzen! Hauen die Fritten den Brasis die Zuckerhüte weg! Unglaublich! Richtig gute Mannschaft! Beim Elfer hatten sie Glück! Trotzdem! Klasse Spiel!

Meine Schmerzen kamen eher von neunzig Minuten Bela Rethy! Ich hab immer das Gefühl, der sieht ein komplett anderes Spiel. Da wird brutal gefoult mit Ellenbogen im Genick und so, und der erzählt mir was von vierzig Ballkontakten in einem Spiel. Immer nach dem Motto: Hallo, ich weiß was! Schrecklich! Ich krümm mich schon wieder! Aaaaaahhhhhh … Neymaaaaaaar … Mamaaaaa!!

#NANTES: Mon Dieu - je suis trés banlieue! Schwere Krawalle in Frankreich! Polizist erschießt 22-jährigen bei Verkehrskontrolle! Ui, dachte ich zuerst, dann las ich die Protestbanner: „Gerechtigkeit für Abou!" Da konnte ich mir vor meinem geistigen Auge vorstellen, wie das abgelaufen ist! Jetzt brennen Frankreich, Autos und Mülleimer! Kommt bei uns in Dschörmäny auch bald, mit dem Unterschied, dass hier der Polizist dann tot ist!

#SPANIEN: Frontex warnt! Allein im Juni 6000 neue „Gäste"! Zurzeit im Trend: Fluchtroute geht über Spanien und just in diesem Augenblick entdeckt Barcelona sein Herz für die neuen Touristen mit dem knallroten Gummiboot! Tja, ihr linksfaschistischen Weltumarmer der „Alle Menschen werden Brüder"-Front, könnt ihr ja machen, aber dann behaltet eure Abgefischten auch gefälligst und schickt sie nicht einfach weiter ins restliche Europa! Denn vor allem wir Deutsche werden es ausbaden! Tztztz ... ausbaden!

#BERLIN: Thilo Sarrazin stellt neues Buch vor! Titel: „ Feindliche Übernahme - wie der Islam den Fortschritt behindert und die Gesellschaft bedroht!" Der ursprüngliche Verlag (Random House) hatte plötzlich die Hosen gestrichen voll, vermutlich weil Islam-Ali wusste, wo Haus wohnt. Über Nacht fand sich neuer Verlag und das Buch wird trotzdem erscheinen! Allah sei gepriesen! Allahmachmallach! Sarrazin hatte mit seinem ersten Buch (Deutschland schafft sich ab) in nahezu allem recht und in seinem neuen Buch vermutlich wieder. Wird's was helfen? Ich denke, wieder wohl nicht! Wir sind verratzt!

#SÜDAFRIKA: (Die gute Nachricht wie immer zuletzt) Nashornwilderer wurden nachts von Löwen angegriffen und gefressen!! Löwe sagt: „Guck mal da, ein Kongotoast mit Locken!" Neymaaaaaaaaar! Karma rules!

Feddich

ELMI (Hoffentlich überleben die Jungs in der Höhle in Thailand)

9. Juli 2018

#KÖLN: Prozess gegen Syrer, der seine Frau mit neun Messerstichen fast getötet, und ihr das Auge ausgestochen hat! Angeklagter flehte den Richter an: „Es handelte sich doch nur um eine Bestrafungsaktion. Es müsste doch eine andere Möglichkeit geben als Gefängnis!" Es gäbe eine, aber dafür bräuchte man einen Baukran, und die sind zurzeit schwer zu mieten! So sitzt er jetzt halt acht Jahre auf unsere Kosten im Knast! Dann ist er 39, im besten Alter für einen neuen Mordversuch! Wir packen das!

#HAMBURG: In Billstedt stürmte ein Polizeikommando eine Wohnung in der Märchensiedlung! (Muha) Ein Familienvater wird verdächtigt, einen Mordanschlag auf seine 14-jährige Tochter verübt zu haben. Sie hatte seiner Meinung nach den „falschen Freund“! Wie soll ich das Foto beschreiben? Wenn ich es als Kaffee bei Starbucks bestellen würde: „Mokka Müll Melange“ to go!

#BERLIN: Sieben Syrer verprügeln ihren jüdischen Landsmann, weil er den Davidstern als Halskette trug! Ach, wie schön wäre es gewesen, wenn das NPD-Wähler mit Springerstiefeln und Nazi Tattoos gewesen wären, gell, Frau Roth???

#ÖZIL UND KEIN ENDE: Und täglich grüßt der Erdo-Wahn! Jetzt schaltet sich auch der Vater von Özil in die osmanische Tragödie ein! Sein Sohn solle den Rücktritt aus der Nationalmannschaft verkünden! Wäre die erste korrekte Entscheidung in diesem Drama in zwölf Teilen, bei der nahezu jeder Beteiligte jeden Fehler machte, den man machen konnte! Ich würde ihn keine Sekunde vermissen und dann sind alle glücklich, wir Fußballfans und 1293 Cousins und Brüder in Anatolien! Das Leben ist halt voller Türken … äh … Tücken, Tücken!

#AFRIKA: EU-PLAN FÜR ASYL-TOURISTEN! Nordafrika sagt „NEIN“ zu Sammellagern! Ich glaube, dieser ganze Kontinent macht spontan

Lachyoga, wenn sie ihre Klapsmühlen säubern! Wir werden uns noch umgucken! Schätze in maximal fünf Jahren ist der Käse gegessen!

#FRANKREICH: Tour de France. Spiegel online fragt: „Wieso fährt wieder kein Deutscher vorne mit?" Vermutlich, weil wir auch zum richtig Dopen zu blöd sind!

Feddich

ELMI (Geburtshelfer und Experte im „Husband Stitch")

10. Juli 2018

#FUSSBALL WM: Ab heute beginnen die Halbfinals. BELGIEN gegen FROONKREISCH! Das könnte ein echter Knaller werden! Fritten gegen Frogs! Obwohl ja eigentlich eher Nairobi gegen Südsudan kickt. Ich drück natürlich wieder den Fritten die Daumen, aber die Champagner Gurgler haben ein höchst powervolles Team. Könnte zum Weltmeister reichen! Wie würde Asterix sagen? „On verra!" Je suis tres Beaujolais!

#POLITIK: Drei Monate vor der Landtagswahl ist die SPD nur noch viertstärkste Kraft! Wundert das jemanden? Wenn man Deutschland absichtlich zum Hotspot für Wahnsinnige, Verbrecher und hoffnungslos Gestörte verkommen lässt, sollte man sich nicht wundern, sondern schämen!

#DFB: La Mannschaft! Die Frage, die immer häufiger im Raum steht: Soll Jogi Löw zurücktreten? Richtig wäre es, aber mal ehrlich, könnte er so blöd sein? Sein Vertrag läuft noch bis 2020! Den wird er erfüllen und die paar Millionen einsacken und dann verabschiedet sich die Kapelle Missouri! In der Pause spielt dann der Ventilator (alter Musikerwitz). Man kann nicht dauernd im Leben gewinnen! Immerhin war er Weltmeister durch ein geiles Tor von Schweinchen Dick! Das reicht für ein Leben!

#BERLIN: Fünfzig Personen gehen mit Hockeyschlägern Messern und Zaunlatten aufeinander los! Mehrere Menschen wüst verletzt! Opfer und Verdächtige sind laut Angaben der Polizei deutsche Staatsbürger! Ich sage es gerne immer wieder: „Der Besitz eines deutschen Passes macht einen Dattelwerfer noch lange nicht zum Deutschen!" Basta!

#BERLIN: Seehofer stellt „Masterplan Migration" vor. Transitzentren heißen jetzt Transferzentren mit integrierter „Schlauchboot-Lounge" und „Life-West-Partys", natürlich nur in Ankerzentren! Zudem soll die Mittelmeer-Route in den Pazifik verlegt werden.

Wird alles nicht funktionieren, ihr werdet sehen!

Feddich

ELMI (Britischer Brexit Berater)

11. Juli 2018

#THAILAND: Alle Jugendlichen nach fast zwei Wochen aus Höhle gerettet! Große Erleichterung bei Eltern, Helfern und jenen, die alle hofften, dass die Sache doch noch glimpflich ausgeht! Welch ein Glück! Und schon geht's los! Wieso, fragen einige linke Spacken, zeigen wir mehr Empathie für zwölf Jugendliche, als für tausende Ertrunkene im Mittelmeer? Ganz einfach: „Diese Jungs kamen völlig unverschuldet in eine lebensbedrohliche Lage, aus der sie glücklicherweise gerettet werden konnten. Nach ihrer Rettung werden sie niemandem auf der Tasche liegen, geschweige denn eine Bedrohung sein!" Die Ertrunkenen im Mittelmeer sind Opfer einer gnadenlosen Asylmafia und waren bereit, ihr Vermögen und ihr Leben auf eine fifty-fifty Chance zu setzen. Kommen sie durch, hat man ihnen vorgegaukelt, hätten sie es geschafft! Es ist wie beim Roulette, wenn man alles auf Rot setzt und es kommt Schwarz, dann stimmt der Spruch: „Rien ne va plus!" Nichts geht mehr!

#TV: Sommerpause im Fernsehen scheint einigen Witzfiguren darin nicht gut zu tun. Im Empathie-Vollrausch sammeln sie Geld für illegale Rettungsaktionen im Mare Nostrum. Man muss halt im Gespräch bleiben, vor allem wenn die Quoten wackeln. Wer weiß, vielleicht winkt ja ein Grimme-Preis, oder wenn's nicht klappt dann halt ein Heufer-Einlauf!

#KÖLN: Zentralrat der Muslime fordert Rücktritt von Bierhoff und DFB Grindel! Mir scheint, überall wo dieser ominöse Islam-Zentralrat auftaucht, fordert er. Diese Pfefferminzlutscher sollen uns gefälligst den Buckel runterrutschen! Ende!

#MÜNCHEN: Da wir gerade dabei sind, Thilo Sarrazins neues Werk mit dem Titel: „Wie der Islam den Fortschritt behindert und die Gesellschaft bedroht!“ wird nach Absage von Bertelsmann Verlag (wegen Schiss inne Bux) neu verlegt und erscheint verspätet. Eine bessere Werbung kann man nicht haben, aber auch dieses Buch wird den Islam, meiner Meinung nach die größte Bedrohung Europas, nicht mehr aufhalten.

#NEUSTADT AN DER WEINSTRASSE: Grauenhafter Mord an 19-jähriger Frau. Täter: rachsüchtiger 22-jähriger Türke! Ex-Freund des Opfers! Ihr Baby hat überlebt! Türkisch Äähre geht halt über Leichen!

Feddich

ELMI (Nowitschok Händler)

12. Juli 2018

#FUSSBALL WM: Kroatien zum ersten Mal in einem Endspiel! Es hatte für England so easy ausgesehen. Frühe Führung, aber dann den Faden verloren. Die Modritschs, Kraschnitschtitschs und Mandschukitschs ließen aber nicht locker. Und das ist es, was letztendlich den Sieg bringt! Der unbändige Wille, das Ding zu gewinnen, zur Not halt auf dem Zahnfleisch. Wenn ein Team Frankreich im Endspiel gefährden könnte, dann ist es das von Kroatien. Nach drei Verlängerungen und einem Elfmeterschießen keine leichte Aufgabe! Drücken wir ihnen die Daumen!

#WM 2: Das ZDF zieht durch! Eigentlich dachte ich, sie bringen ihre Trumpfkarte der Moderation und lassen die „Donner-Eule" aus dem Westerwald ran, aber nein, das Endspiel zerspricht niemand Geringeres als „Don Strafstoß", der Erklärbär für Hörsturzgeschädigte! Bela Rethy!!! Das wird seit 1954 das erste Endspiel, das ich ohne Ton anschauen werde, es sei denn ich finde doch noch diesen verdammten Audiotranskriptionsknopf auf meiner Fernbedienung!

#JUSTIZ: Hab ich das richtig verstanden? Das Urteil im sogenannten „Döner Mord" später „NSU" Prozess verurteilt die Hauptangeklagte zu lebenslanger Haft wegen zehnfachen Mordes, obwohl sie je weder an einem der Tatorte war, noch eine Waffe benutzt oder eine Bombe gezündet hat? Ziemlich hart wie ich finde. Gilt der Grundsatz „Im Zweifel für den Angeklagten" nur für marokkanische Vergewaltiger, oder hat das Gericht nur einen politischen Auftrag durchgeführt, um die gigantischen Pannen bei Polizei und

Verfassungsschutz zu decken? Hoffentlich fetzt die Revision! Allein mir fehlt mittlerweile der Glaube an den Rechtsstaat!

#KABUL: Abgeschobener Afghane erhängt sich! Bevor sich jetzt wieder Grüne, Linke und sonstige Pissnelken wie Neymar schreiend am Boden rollen, sei gesagt: „Der Typ war ein Schwerverbrecher und hätte schon längst hier entsorgt werden müssen! Einfach abhaken!"

Feddich

ELMI (Stolzer Besitzer der Southgate-Weste)

13. Juli 2018

#MÜNCHEN: Der NSU Prozess gegen Beate Zschäpe dauerte fünf Jahre, für ein deutsches Gericht also „ruck zuck" und kostete bis jetzt ca. 50 Millionen, also „Peanuts"! Aber vielleicht wollte man nur gründlich sein, immer im Hinterkopf, dass die betroffene Klientel nicht kollektiv in Wallungen gerät, was ja nahe lag bei der Schwere und Wucht dieser Taten. Zschäpe erinnerte mich immer ein bissel an Charles Manson Ende der 60-er, der auch nie am Tatort war, aber trotzdem später im Knast verrottet ist. O.K., zugegeben, Zschäpe hat schönere Möpse! Wie dem auch sei, die Kohle ist weg und wir können uns jetzt wieder den wahren Problemen dieses Landes widmen! Zum Beispiel: Wieso wir nicht im Endspiel sind, sondern die Franzacken! Egal!

#NSU BEI FACEBOOK: Kennt irgendjemand noch Jürgen Todenhöfer? Durchschwamm der nicht mal als Umweltminister den Rhein um zu beweisen, dass das Wasser in diesem Fluss sauber ist, oder verwechsle ich den? Vor einigen Jahren besuchte er mit seinem Sohn den IS und kam überraschenderweise lebendig zurück, vermutlich nur, weil damals keine Baukräne zur Hand waren. Eben dieser Typ schreibt auf seinem Account: „NSU Prozess: Endlich Gerechtigkeit! Freunde, der Prozess wirft ein grelles Licht auf die rechte Ausländerfeindlichkeit in Deutschland! Rechtsextremistische Mörder und Terroristen sind das gefährlichste Sicherheitsproblem Deutschlands!“ Ich habe stundenlang gegrübelt, um darauf eine Antwort zu geben, die nicht beleidigend oder volksverhetzend ausgelegt werden könnte. Mir ist seltsamerweise nix eingefallen, leider. Deshalb möchte ich einen Facebook Eintrag eines mir nicht bekannten Users zitieren, dem ich nichts hinzuzufügen habe:

„Drum merke! Ist der Hoden erstmal tot, dem Hirn das gleiche Schicksal droht!“ 😂 Zitat Ende!

Feddich

ELMI (Der Hodentöter vom Wotzenfald)

14. Juli 2018

#DÜSSELDORF: Immer, wenn man denkt: „Schlimmer geht nimmer!", kommt ein deutsches Gericht um die Ecke und meint: „DOCH!" Da schiebt Deutschland nach langem Hick-Hack den ehemaligen Leibwächter von Bin Laden, einen Top Gefährder, endlich nach Tunesien ab und während der Sack noch in der Luft ist, entscheidet ein Gericht, dass wir ihn wieder zurücknehmen müssen! Schämt euch, ihr Penner in Gelsenkirchen! Da muss man sich doch an die Rübe langen! Vielleicht erbarmt sich ja Tunesien und beendet die Scheiße auf dem kleinen Dienstweg.

#ITALIEN: Der gleiche Müll in Italien! Italiens Innenminister stoppt Flüchtlingsschiff und verhindert die Einreise für 67 Asyl-Piraten, denn das sind sie. Sie gingen gewaltsam gegen die Besatzung vor und das nennt man Piraterie. Die Besatzung musste sich zur Sicherheit einschließen! Vor zweihundert Jahren hätten die alle den Abflug über die Reling gemacht und das Thema wäre gegessen gewesen! Die Staatsanwaltschaft fand das aber nicht schwerwiegend genug und nun dürfen sie an Land! Ein kleiner Vorgeschmack, was uns eines Tages blüht, wenn wir nicht genau das machen, was die Freischwimmer wollen. Ich sage es gerne immer wieder: „WIR SCHAUFELN UNSER EIGENES GRAB"! Wenn das für einige zu hoch ist, dann lasst es euch auf den Arm tätowieren!

#HAMBURG: Tödliches Verbrechen vor Fitness-Studio MC:FIT (wo auch sonst). Am helllichten Tag wird ein 26-jähriger Afghane vor seinem Mercedes erschossen! Gestern noch Hindukusch, heute S-Klasse! Täter? Man rätselt noch! Vielleicht Affraner!

#LONDON: Polizei wird zum Wohnhaus der Familie Becker gerufen! Ursache: Man munkelt was von heftigem Familienstreit. Vorteil Rück oder Tie-Break! Genaueres weiß man ned! Kurz hinterher schreibt Lilly Becker bei Instagram einen Brief an sich selbst! Hat noch jemand Fragen??

JA, ich hätte eine! Sitze gerade vor einem Kreuzworträtsel und knobel! Europa Politiker mit Alkoholhintergrund! Sieben Buchstaben fast waagrecht! Irgendwelche Tipps?

Feddich

ELMI (Diesel Checker bei OPEL)

WM-TIPP: Belgien schlägt England und Kroatien wird Weltmeister! Habs geträumt!

15.Juli 2018

#WIMBLEDON: Endlich! Nach 22 Jahren gewinnt wieder eine Deutsche das wichtigste Tennisturnier der Welt! Die letzte hieß Steffi Graf und hatte eine große Nase und Angelique Kerber hat viele Zähne. Zuerst dachte ich, sie sei die Schwester von Stefan Raab, aber dafür war sie dann doch definitiv zu hübsch! Aus diesem Grund habe ich mir nach -zig Jahren mal wieder das Aktuelle Sportstudio beim ZDF reingezogen! Sie hatten immer noch dieselbe Erkennungsmelodie, das fand ich klasse und es weckte lustige Erinnerungen, zum Beispiel die Sendung 1971, als ein Affe der echten Frau von Tarzan (Johnny Weißmüller) live die Perücke runtergerissen hat. Hat der Weißmüller gelacht, und ich hab mich damals gewundert, wieso Frauen unter der Perücke die gleiche Frisur haben, nur eben nicht gekämmt! Egal!

Der Moderator war natürlich nicht derselbe! Ein blonder Jungspund mit Dauergrinsen! Er war wohl vor der Sendung sehr nervös, weil er vergessen hatte seine weißen Schuhe zuzubinden. Deshalb hatte er wohl hastig seine beige-braunen Hosen einfach in die Schuhe gesteckt. Darüber trug er ein lässiges T-Shirt mit V-Ausschnitt und eine dazu nicht passende Jacke. Wäre er mein Sohn, hätte ich gesagt: „So gehst Du mir nicht aus dem Haus!" Aber fürs ZDF hats gereicht, denke ich. Gleich zu Eingang der Sendung versprach er ein Live-Interview mit Angelique, unserer neuen Tenniskönigin aus Polen! Hä???

Aber erstmal wurden die Gäste vorgestellt: Der Trainer von Nigeria, der in Frankreich mal erfolgreich Fußball gespielt hat und glaubt, dass Frankreich Weltmeister wird! Mumpitz! Noch ein Trainer, der auf seinem Tablet sämtliche

Spielzüge seit Fritz Walter gespeichert hat, und erklärte, wieso bei den Franzosen das Umschaltspiel so perfekt klappt. Wenn ich es richtig verstanden habe, weil die Viererkette sofort in ein Dreieck übergeht und dadurch die Räume zumacht, die bei allen anderen Teams wohl offenstehen. Ich persönlich glaube, dass die Schwarzen einfach schneller sind, die pfeifen auf die Räume.

Dritter Gast war ein Ex-Schiedsrichter aus der Schweiz! Urs Schnatterhorn, und das Erste, was meine Frau sagte: „Der könnte auch mal wieder zum Frisör!“ Ich dachte so bei mir: „Ich wär schon froh, wenn ich noch so viele Haare hätte!“ Vierter Gast, Olli Kahn! Der kam gleich gar nicht, sondern war „zugeschaltet“ wie man das nennt. Seine Videobotschaft: „Erstmal in Ruhe analysieren, dann entscheiden!“ Klasse! Darauf musste erstmal kommen!

Dann endlich, die Schalte nach Wimbledon! Kurze Spielzusammenfassung! Serena Williams, die Dampfwalze aus Michigan! Sie hatte kurz vor dem Spiel entbunden und war nicht so ganz auf der Höhe. Ich wollte der nicht im Dunkeln begegnen, geschweige denn ihren Oberschenkeln! Aber Angelique hats trotzdem souverän gepackt! Sie war danach so erschöpft, dass sie sich noch auf dem Platz kurz hinlegte! Danach küsste sie eine silberne Schale und durfte den Herzoginnen vom Hause Windsor (The Royal Duchess of Lochnass) die Hände schütteln. Da sah ich plötzlich einen Geist der

Vergangenheit! Martina Navratilova war auch da! Als Frau wäre ich spätestens jetzt geflüchtet! Nochmals ein freundlicher Gruß nach England und vorbei wars. Der Moderator erklärte dann, dass das Interview doch nicht „live" war. Hätte mich auch gewundert, denn bei mir wars stockdunkel und in Wimbledon noch hell ...!

Das anschließende Torwand Schießen hab ich dann nicht mehr verfolgt, weil ich Angst hatte, dass der Typ mit seinem Tablet sämtliche Torwandschüsse archiviert hatte und mir erklären wollte, wieso die meisten danebenschießen! Ich schau mir lieber auf YOUTUBE noch mal den Affen mit der Perücke an!

Feddich

ELMI

16. Juli 2018

#WM: Frankreich ist Weltmeister! Na ja, genau genommen die Gorilla Connection aus Conganesien! Plus Hilfe des Schiedsrichters. Nach einer Schwalbe des „Quoten-Weißen" Griezmann folgenreiche Fehlentscheidung! Und der Elfer? Na ja! Jetzt kriegt die Mannschaft 35 Millionen! Das müsste für einen Satz neue Zähne für den Trainer reichen, schätze ich!

Geil fand ich die Siegesfeier! Es schüttete aus Kübeln und der Einzige, der einen Schirm hatte, war Putin! Alle anderen, vor allem die Frauen, blieben klatschnass! Harvey Weinstein hätte gelacht! Nipplegate in Moskau! Glückwunsch!

Verneigung vor Kroatien! Mit Herz gespielt! Geiler Fußball, geile Präsidentin! Nach drei Verlängerungen und einem Tag weniger Vorbereitung eine stramme Leistung! „Za Domspremni"!

#TUNIS: Kurz bevor man einschläft, geht der Körper vom Beta-Zustand in den Alpha-Zustand. Da kann der Mensch dann, ohne es zu wollen, Visionen haben! Ich hatte so eine gestern Nacht! Man stelle sich vor, der Leibwächter Bin Ladens wird nicht nach Deutschland zurückgeflogen, weil hier alle komplett am Rad drehen, sondern Tunis bleibt hart. Die haben, glaube ich, die eine oder andere Rechnung mit diesem Penner noch offen. Und jetzt käme Tunis auf die Idee, wir hängen den nicht auf, sondern wir kastrieren ihn nur! Alles rein hypothetisch! Wer wäre dann daran schuld?? Glasklar: Natürlich Horst Seehofer und die Deutschen! Linke und Grüne und die sogenannte linke Mitte der CDU würden sich im Bundestag auf dem Boden rollen und wie Neymar heulen! Das Ganze könnte man doch verfilmen! Idee für einen Titel hätte ich schon:

„DER HODENSCHREDDERER VOM AMMERSEE!"

In den Hauptrollen:

Peter Altmeier als Schlepphoden
Ursula von der Leyen als Folterknecht
Heiko Maas als trickreicher Winkeladvokat
Anton Hofreiter als Neymar
Claudia Roth als Beduinenzelt
Martin Schulz als 1.9 Promille
Wolfgang Schäuble als Paarhufer
Katja Kipping als Nix
Beatrix von Storch als Modrić
und in der Hauptrolle Claudia Neumann (ZDF) als Horst Seehofer

Kurz danach ging ich in den Delta-Zustand über und ab da kann ich mich an nix mehr erinnern!

Und ab morgen nehmen wir wieder jede Menge Flüchtlinge auf!

Feddich

ELMI

18. Juli 2018

#SYRIEN: Wie war das laut Grüner Kathrin Müller Fuckhart? Familiennachzug max. eine Person pro Familie, wenn nicht weniger! Es liegen bereits jetzt 28.000 Nachzugswünsche vor. Und der ganze Krampf hat noch nicht mal richtig angefangen! Wir werden uns noch umgucken!

#FRANKREISCH – FRANKREISCH: Bissel Vorgeschmack auf das, was bei uns auch bald läuft? Kann ich liefern! Auf der Fußball WM-Feier des Vorzeige-Integrations-Teams mit weißem Quotenkasper:

„7 Morde auf offener Straße – 500 stramme Vergewaltigungen, nahezu 900 Autos abgefackelt, 50 Geschäfte gnadenlos geplündert! Kein Wort davon in unseren so perfekten Hochglanzmedien, für die wir jede Menge blechen müssen! Irgendwann in naher Zukunft werden sie sich nicht mehr aus der Kiste rauslügen können! Gemach, wir erleben es noch alle!

#BAYERN: Unmut von nigerianischen Migranten im bayrischen Transitlager Manching. Essen sei nix. Lager is nix. Überhaupt ist alles nix so, wie die schwarzen Paschas sich das so vorgestellt haben. Der Deutsche sollte mehr spuren. Mir kommen gerade Tränen. Und in meinem Schmerz möchte ich laut ausrufen: „Haut einfach wieder ab nach Tonga Wonga in eure Wellblechhütten, ihr Penner!"

#DFB: Spiegel.de spekuliert, was sich im deutschen Fußball bis 2020 ändern müsste, damit wir wieder auf Augenhöhe mitspielen dürfen! Wie könnte das Team der Zukunft aussehen? HALT! Ich weiß es! Neun Schwarze, ein Torwart mit Asylhintergrund und ein

Weißer, der aussieht wie Phillip Lahm in Konfektionsgröße 36! Könnte hinhauen! Nur, dann hätte ich keine Lust mehr mir diesen Schwachsinn anzuschauen!

#GILCHING: Samstag 23.30 Uhr! Ein junger Mann eilt einer 21-jährigen zu Hilfe, als diese von einem 24-jährigen begrapscht wird. Er zieht durch und prügelt die Scheiße aus dem Vergewaltiger, dass der schwer verletzt von Sanitätern notversorgt werden musste! Nun sucht die Polizei einen jungen, sportlichen Mann ca. 1.80, hochdeutsch sprechend mit kräftig ausgebildeten Armen! Wenn er sich meldet, sagt mir Bescheid, ich würde ihm gerne die Hand schütteln! Da keine Täterbeschreibung vorliegt, jetzt meine Wette: „Ich wette, dass der Grabscher kein Hochdeutsch spricht!"

#GUTE NACHRICHT: Laut Bundespolizei wurden von 23.000 Rückführungen nur 11.000 vollzogen, weil … ACHTUNG!, weil ca. 11.500 Personen nicht angetroffen wurden!

ICH LIEBE DIESES LAND!

Feddich

ELMI (Haarspray Berater des Weißen Hauses)

19. Juli 2018

#KARLSRUHE: Wieso hab ich das kommen sehen? Bundesverfassungsgericht bestätigt

GEZ-Zwangsgebühr! Wir müssen uns weiterhin also auf die nächsten zehn Jahre „Betreutes Denken“ und „Volkserziehung“ gefasst machen. Nun ja, auch Richter sind Teil dieses dubiosen Systems, deshalb wundere ich mich nicht!

Justiz, TV und Presse sollten eigentlich den Regierten dienen und nicht den Regierenden! Ich werde mir nun den Rest des Lebens von Dunja Halligalli anhören müssen, was ich politisch korrekt zu empfinden habe! Und ich finanzier diesen Mumpitz auch noch! Da kann man doch mal klatschen! Toll!

#GERMONEY: Immer mehr Gemeinden schließen ihre Schwimmbäder! Aus Kostengründen wie es heißt! Stück für Stück geht unser Wohlstand flöten, weil wir die Kohle für Zuwanderer raushauen ohne Ende, und der gemeine Deutsche schaut in die Röhre! Das Schlimme daran ist, 70 Prozent finden das sogar gut! Gibt's was von Ratiopharm??

#VIP Geflüster: Birgit Schrowange über Sex im Alter! „Man hat Angst vor dem zweiten ersten Mal.“ Ich glaube, bei ihr hätte ich schon Angst gehabt vor dem ersten ersten Mal!

#FUSSBALL: Cristiano Ronaldo spielt in der nächsten Saison bei Juve! Die Transfersumme war gigantisch und Mitarbeiter von FIAT legten aus Protest ihre Arbeit für drei Tage nieder. Hätten sie nicht müssen! Allein am ersten Tag wurden über 500.000 Ronaldo-Trikots verkauft!

Transfersumme zur Hälfte wieder drin! Aktie steigt um 33 Prozent! So geht Marketing!

Der Typ ist ein grandioser Fußballer, vor allem wenn er vor dem Freistoß die Hosen hochzieht! Echt! Das bedeutet in der Tiersprache: „Ich hab die Eier, die euch fehlen! Und verpisst euch gefälligst aus meinem Strafraum! Ich hau euch das Ding jetzt in die Hütte!"

CR7 - GEIL! Dein R2D2!

Feddich

ELMI (GEZ Lobbyist)

20. Juli 2018

#NRW: Mimimimimimi, heul, schmodder, seufz! Bürger aus unserem Musterbundesland für nicht ganz so Intelligente haben jetzt ein Problem. Genau genommen ein Asylkostenproblem!

Bundesbürger hatten Bürgschaften für Asylsuchende übernommen. Allein in NRW gibt es 7000 solcher verpeilten Bürgen! Und wie das mit den Bürgschaften halt so ist, irgendwann werden sie fällig. Vielleicht hätten sie mal das Kleingedruckte lesen sollen! Nun flattern Rechnungen von mehreren Tausend Euro ins Haus! Karma ist manchmal richtig geil!

Meine Oma, Gott hab sie selig, sagte immer: „Aus Schaden wird man klug!" Braucht jemand ein Tempo? Ich nicht!

#BERLIN: Fernab sozialer Brennpunkte: Kriminelle Familien-Clans erobern in der Hauptstadt jetzt auch intensiv Nobelviertel! Leuchtet mir ein, die wollen doch nicht in den Ghettos deutscher Loser wohnen! Man gönnt sich ja sonst nix! Könnte witzig werden!

#WIEN: Bundeskanzler Kurz erteilt Italien eine Absage! Österreich nimmt keine Bootsflüchtlinge mehr auf! Immerhin ein Volk scheint es begriffen zu haben! Bei Deutschland sehe ich schwarz, wenn man das in diesem Zusammenhang überhaupt politisch korrekt so formulieren darf! Wir werden uns zu Tode immigrieren!

#BILD: Schnappschuss von Jogi Löw vor dem DFB-Hauptquartier! Im Volksmund auch Löwsschanze genannt (Muha)! Jogi kommt mit Bierhoff zur WM-Analyse! Für mich könnte man die Analyse in einem Wort zusammenfassen: „MERDE!" Danach zum Italiener!

#BRD: Jeder dritte Betrieb in Deutschland findet keine Lehrlinge! Viele Firmen kriegen nicht mal eine Anfrage! Ist mir klar, wieso. Die wollen alle Rapper, Sänger oder Germanys next Lochmodel werden! Wir blicken rosigen Zeiten entgegen!

ELMI (NO MPATI)

20. Juli 2018

#LÜBECK: Es messert wieder im Multikulti-Pool Zentrum Europas. Aber Glück gehabt! Kein Terrorist, obwohl der Rucksack qualmte und er neun Leute zum Teil schwer verletzt hat. Lief sicher unter „Überraschungs-Fahrt ins Grüne“! "THE MAGICAL MESSERLE TOUR"

Erste Meldung: Täter Deutscher Staats-angehöriger
Zweite Meldung: Täter mit deutschem Pass
Dritte Meldung: Täter: Deutscher mit iranischer Herkunft!
Vierte Meldung: Deutsch-Iraner war Soldat der Bundeswehr!

Na, dann is ja alles wieder gut! Große Erleichterung! Weiterhin erholsame Fahrt! Jemand zugestiegen? Kompaniiiii rrrrääächts ummmm!

#DÜSSELDORF: Schlimmer liefs in DÜDO! Kleines Mädchen (7) wird nach Drohungen am Telefon von Vater ermordet! Ahmed (32)! Vermutlich nur bedauerlicher Einzelfall, würden die Grünen sagen. Der kleinen Tochter nützt das jetzt auch nichts mehr! Immerhin gabs ein schönes Foto in der BILD! Drücken wir ihm die Daumen, vielleicht ist er ja extrem haftempfindlich und die linke Richterin hat gerade ihren Eisprung.

#DFB: Erster Rücktritt nach WM: Müller-Wohlfahrt, auch bekannt als „DOC“ hört nach

23 Jahren als DFB-Arzt auf! Ausgerechnet der Beste geht zuerst! Kein gutes Zeichen!

#TURIN: Das Grabtuch von Jesus soll gar nicht das echte Tuch von Jesus sein. Das ergaben DNA-Analysen! Es handelt sich bei dem Fetzen vermutlich nur um die Unterhose von Anton Hofreiter (Grüne), die er bei den Passionsfestspielen in Oberammergau trug! Der Vatikan zweifelt!

#USA: TV-Komiker hat ein Problem! Sein Joke: „Schaut euch diese französische Mannschaft an! So eine Bräune kriegt man nicht, wenn man in Südfrankreich abhängt! Afrika gewinnt die WM!“ Jetzt beschwert sich der französische Botschafter! „Hey Froschschenkel, den hat er von Elmis moinbrifn geklaut! Je suis entsetzt!“

Feddich

ELMI (Besitzer des Tangas von Mutter Maria)

23. Juli 2018

#TÜRKEN TWITTER:

Sonntagmorgen, die Sonne geht auf,
es hat leicht gewittert,
guck mal, der Özil hat was getwittert!
Das Foto mit dem osmanischen Shisha-Stopfer
tut ihm nicht leid, er sieht sich als Opfer!
Für Deutschland wird er den Ball nicht mehr treten.

Jetzt hat er Zeit zu Allah zu beten!
Macht nix, wir finden das Mega-cool
Demnächst kickt er sicher für Istanbul!

Schade, dass ihm die Idee nicht schon acht Wochen früher kam, dann hätten wir die Vorrunde vielleicht doch noch gepackt! Obwohl … die Penner sind einfach zu satt! Schuld sind natürlich wir deutschen Rassisten! Basst scho! Soviel zu den Auswirkungen der doppelten Staatsbürgerschaft!

#München: Die Hitzewelle muss ganz besonders die Bayrische Hauptstadt getroffen haben. Ca. 30.000 demonstrieren gegen den massiven Rechtsruck der Gesellschaft!

Motto: #ausgehetzt! Sie hätten lieber gegen ihre schleichende Verblödung demonstrieren sollen, aber hallo, es ist halt #oooozapft Bayern! Vielleicht würde ne kalte Dusche kurzfristig helfen!

#DEGGENDORF: Schleuser haben 23 Transfer-Aspiranten auf der A3 in Niederbayern einfach aus einem LKW rausgeworfen! #ausgesetzt! Sie kamen aus dem Iran, Irak und Somalia! Grenzen schließen könnte helfen und sowas verhindern, und natürlich den Schleuser-Verbrechern die Luft aus den Reifen lassen! (War nur ne politisch korrekte Metapher) #vollzerfetzt!

#BERLIN: #allerletzt: Rautenlilly hat wieder einen rausgehauen, wenns kein Fake war: „Graf von Stauffenberg wäre heute NGO Lebensretter auf dem Mittelmeer!" Echt jetzt?? Ne, so blöd kannse nicht sein! Und wenn doch, möchte man ihr zurufen: „Ein Offizier, der nicht so lange bei seiner Aktentaschenbombe bleibt, bis der Diktator filetiert ist, kann vermutlich auch nicht schwimmen!"

Feddich

ELMI (Der Broschenberater von Queen Elisabeth - Drei-Broschen-Oper)

24. Juli 2018

#HIGHLANDER ÖZIL: Es kann nur einen geben! Türkei im Glück! Der osmanische Ballschubser wird von der türkischen Presse gefeiert wie einst Janet Jackson bei Nipplegate! Mesut hätte mit seinem Rücktritt „das schönste Tor gegen den faschistischen Virus geschossen!" Stimmt nicht ganz! Das schönste Tor, das er nicht geschossen hat, war das gegen Brasilien, als er zum beinahe 8:1 am leeren Kasten vorbeischob!

Und jetzt kommt jeder verschissene Politiker zu Wort, den wir schon fast vergessen hatten und schwadroniert über Integration und Rassismus! Allen voran, wenn wir mal unsere Außen-Flitzpiepe übergehen, Bundesjustizministerin Barley (SPD)! Zitat: „Es ist ein Alarmzeichen, wenn sich ein großer deutscher Fußballer in seinem Land nicht mehr gewollt und vom DFB nicht repräsentiert fühlt!" Moment, ich muss kurz innehalten und meine Tränen trocknen. Schmodder, schmotz!

Liebe Frau Barley, ich weiß, Sie kennen Mesut sicher von der Basedow Selbsthilfegruppe persönlich, aber das gibt Ihnen noch lange nicht das Recht, ihn für Ihre perfide SPD Bevormundungspolitik zu missbrauchen! Ich erklärs Ihnen mal kurz:

Özil ist in Deutschland geboren, also dem Pass nach Deutscher! Aber er hat zwei Pässe! Den türkischen noch dazu! Er ist talentiert und schafft es in die 1.Liga im Fußball! Seine Familie wird als Vorzeige-Integrationsbeispiel gehandelt! Im Jahr 2007 gibt er seine türkische Staatsangehörigkeit ab, um eingebürgert zu werden! Vermutlich scheint seinen Beratern klar gewesen zu sein, dass es durchaus Sinn machen könnte, besser im Nationalteam einer Weltspitzenmannschaft zu spielen als in einer anatolischen Gurkentruppe, die nicht mal die Qualifikation für die Bundesjugendspiele schafft! Das zahlte sich international aus! Real Madrid und jetzt im Alterssitz bei Arsenal! Kohle ohne Ende und alles gut!

Dann aber kommt dieser unsägliche Tag an dem ihm sein Berater, der übrigens auch der Berater seines Bundestrainers ist, rät, sich mit einem rücksichtslosen Despoten ablichten zu lassen, den er „seinen Präsidenten" nennt und der damit eiskalt Wahlkampfwerbung macht! Für Özil ist das nur eine Sache des Respekts! Bullshit!

Von diesem Augenblick an macht jeder, der auch nur im Entferntesten damit zu tun hat, jeden Fehler, den man machen kann! Angefangen vom Trainer, seinen Beratern und vom DFB! Und wissen Sie warum? Weil hier jeder fürchtete, für einen Nazi-Deppen gehalten zu werden!

Nur der Obermufti aus Istanbul nicht, der pullert sich vor Freude ins Bruchband und gewinnt seine Wahl mit den Stimmen der Deutsch-Türken! Müschen kümplütet! Letztendlich vergeigt die Nationalmannschaft die Vorrunde gegen Gegner wie Mexiko und Korea, die wir normalerweise in der Frühstückspause schwindelig spielen. Und jetzt kommen Sie mit Rassismus?

Özil war im Herzen nie Deutscher und wie die meisten Türken, will er das ja auch nicht! Typen wie Erdogan sind ihnen einfach näher, denn Wurzeln lassen sich eben manchmal nicht verleugnen. Also labern Sie bitte nix von Integration! Integration hat dann geklappt, wenn ein Türke bei der Führerscheinkontrolle nicht seine zwanzig Brüder zu Hilfe holt, um die Polizei zu bedrängen! Und das wird nie passieren, und wir beide wissen das!

Feddich

ELMI (Tümmelkürke)

25. Juli 2018

#ANKARA: Özil und kein Ende! Erdogeil telefoniert mit Mesut! Begeisterung und tiefe Zuneigung zwischen zwei türkischen Männern! Ehre, Heimat Stolz, dicke Eier etc. Das ganze Programm! Dann wirds schwülstig! Erdo so: „Ich küsse seine Augen!“ Holla, hab ich da die ganze Zeit was verpasst? Ich so: „Das was Özil da die ganze Zeit geküsst hat, waren sicher keine Augen! Die gibts hinten nämlich nicht!

#MESSERPOTANIEN: Sonntag 3.50 Uhr! Libanese begehrt Einlass in „Bar“ (Puro Beach) in Dresden! Türsteher sagt: „Du nicht rein hier!“ Erbost zieht der daraufhin sein Messer und sticht sofort in den Oberschenkel des Türstehers! Man muss das tolerieren, vielleicht war er traumatisiert vom Krieg, egal welchem! Ich glaube, er war einfach nur besoffen! Doch halt! „Security Man“ hat Sicherheitshose von OBI! Jetzt zündet Goldschätzchen die zweite Stufe der Eskalation! Pfefferspray direkt gesprüht – der Gegenüber nichts mehr sieht! Irgendwann läufts dann wie immer! Einhundert Polizisten ringen den Deppen nieder und jetzt sitzt er in U-Haft! Und wenn wir ihn abschieben wollen, stehen wieder so ein paar Wollsocken-Spacken mit einem Transparent vor dem Flieger und faseln was von „Nicht sicherem Herkunftsland!“

#ZWICKAU: Geile Meldung 1: Fußballturnier „Gegen Diskriminierung und Gewalt“ wird abgebrochen, weil sich im Finale zwei Flüchtlingsteams verprügeln! Turnier sollte umbenannt werden in: „Multi-Kulti-Grill den Fludschii!“ Die schönsten Geschichten schreibt halt immer noch das Leben.

#KAUFBEUREN: Geile Meldung 2: Bürgerentscheid geht anders aus als erwartet! Moschee-Neubau auf Stadtgebiet wird abgelehnt! Stadträtin weint bitterlich! Teppichpreise fallen! Aber Politiker werden sicher einen Weg finden, das Ding aus einer anderen Welt irgendwo anders hinzupflastern. Wär doch gelacht! Notfalls mit Nazi-Keule!

#TUNESIEN: Geile Meldung 3: Bin Ladens Wächter, auch anders bekannt unter „Ladenhüter“ wird vermutlich nicht an Deutschland zurückgeschickt! Ist das ne geile Meldung???? Ich seh schon die ganzen „Deutschland ist bunt und offen“- Fraktionen im Strahl kotzen! Schadenfreude ist halt doch manches Mal schön! So wie das tolle Wetter zur Zeit! Cremt Euch ein!

Feddich

ELMI (Bikini-Girl 2018)

26. Juli 2018

#BERLIN: Neues vonne Özil-Front! Grünen Politikerin erhält immer wieder Forum in den gängigen Presseorganen zur Fußball-Posse der

Nation! Ihr letztes strunzdummes Statement zur Debatte: „In so einem Land will ich nicht leben!“ Dann hau doch ab! Kein Mensch wird sie vermissen!

Und hiermit erkläre ich Elmis moinbrifn zur Özil-freien Zone! Es sei denn, sein Präsident küsst ihm wieder irgendwelche Körperteile!

#ESSEN: Unbekannter hat am Dienstag einen Busfahrer angegriffen und versucht, die Kasse zu rauben! Nach mehreren Tritten griffen couragierte Fahrgäste ins Geschehen ein und verhinderten Schlimmeres! Täter auf der Flucht! Im Kleingedruckten stand was von "Südländer". Freunde, wir haben uns da was an die Backe genagelt, das werden wir nie wieder los!

Frei nach dem Motto: "WIR SIND BUNT, WIR SIND BLÖD, WIR SIND BALLA!

#GÖTEBORG: Aber es gibt auch dumme Eulen in anderen Ländern. Eine junge Schwedin hat einen Abschiebeflug nach Afghanistan verhindert! Sie weigerte sich, auf ihrem Ferien-Flug von Schweden in die Türkei Platz zu nehmen und filmte das Ganze Helden Epos mit dem Handy! Und tatsächlich, der Afghane wurde wieder aus der Maschine gebracht. Ich hätte sie aus dem Flieger geworfen mitsamt ihrem Schminkkoffer und ihr die Aktion in Rechnung gestellt! Dann hören diese Fisimatenten schlagartig auf! So aber wird nun jede Brunztulpe mit bipolarer Störung in den

Flugverkehr eingreifen, wann immer ihr danach ist!

#ZUFFENHAUSEN: Porsche macht Faxen! Alle Fahrzeuge des Modells Panamera sollen manipuliert gewesen sein! „Wenn das der Fahrer wüßte!" Irgendwann sitzen die gesamten Flaschen alle im Knast und wir fahren wieder Tretroller!

#DEUTSCHLAND: Dauer-Sommer bringt Probleme! Die Bierkästen werden knapp! Juckt mich nicht, ich trink aus der Flasche!

Feddich

ELMI (Prost!)

27. Juli 2018

#CEUTA: Hunderte von Afrikanern stürmen bewaffnet die spanische Enklave in Nordafrika! Die Eindringlinge griffen Grenzbeamte mit Flammenwerfern an, ohne Rücksicht auf Verluste. Es war der brutalste und größte Ansturm seit Jahren. Was prophezeite Nostradamus in seinem Zweizeiler? „Sie kommen wie die Heuschrecken, aber es werden keine Tiere sein!" Ich wünschte er hätte sich geirrt! Wir werden diese Toleranz gegenüber den Zaunhopsern noch bitter bereuen!

Frage an die „Friedens Nobelpreis Fraktion": „Dürften wir Europäer uns bei solch einem

Angriff gegebenenfalls zur Wehr setzen?“ Antwort bitte unter: #Wer hat Angst vor dem schwarzen Mann? Oder unter: #gesunder Menschenverstand ab 5 Uhr 45.

#VOLLMEISE: Die Städte Köln, Bonn und Düsseldorf wollen weitere Flüchtlinge aufnehmen. Dies steht in einem gemeinsamen Schreiben der Bürgermeister dieser Städte in NRW (NRW - die Perle des Wahnsinns)! Allen voran Tante Henriette Armlänge-Abstand! Man hat den Eindruck, kurz vor dem Tod wollen alte Politiker all ihre Sünden wiedergutmachen, weil sie Angst haben, sonst nicht in den Himmel zu kommen! Wäre ich Gott würde ich sagen: „Fahrt zur Hölle!“

#GEWALT: Gewaltbereite Muslime mobilisieren ganz Berlin gegen den CSD! (Christopher-Street–Day) „Du wirst morgen sterben!“ ist noch die harmloseste Drohung! Was Fachleute schon lange befürchten, tritt nun ein! Homosexuelle müssen um ihr Leben fürchten! Nun ja, wir gehen ja schon lange vor dem Islam auf die Knie. Nach den Homosexuellen sind dann wir dran! Cést la vie!

#DÜDO: Der von der Polizei aufgedeckte Mordkomplott war versuchter Ehrenmord! Der skalpierte 19-jährige hatte eine Beziehung mit einer Syrerin, die von der Familie bereits an einen anderen Mann verkauft war! Auf Ehrverletzung steht Ehrenmord! Dass das junge Mädchen nicht abgeschlachtet wurde, verdankt sie der schnellen Hilfe der Polizei! Später ging sie zu ihrer Familie „freiwillig“ zurück und wurde verschont, weil der Familienrat beschloss, das Mädchen doch nicht zu töten! Na, dann sind wir ja alle beruhigt! Schon ein barmherziges Völkchen, diese Syrer! Merkt hier eigentlich überhaupt noch einer was?? (Diese Meldung schreibe ich mit geballter Faust!)

#STUTTGART: Acht Monate nach dem Strafprozess gegen SCHLECKER und seine Kinder wurde das schriftliche Urteil freigegeben! Wenn man die 142 Seiten zusammenfasst, kommen die Richter auf das Urteil: „FAMILIE VON BESONDERS GROSSER GELDGIER GEPRÄGT!“ Tja, Geld stinkt manchmal doch!

Feddich

ELMI (Präsident der permanenten Sommerzeit)

28. Juli 2018 (Hamburg 35 Grad- naggisch)

#ARD: Danke, liebe ARD, dass ihr so intensiv über den Angriff auf die spanische Enklave CEUTA berichtet habt. Schreckliche Bilder von ausgemergelten, fast verhungerten Kindern aus Afrika, die zu Hunderten einen sechs Meter hohen, bösen Zaun überwunden haben, um dann plötzlich als kerngesunde, sportlich durchtrainierte Männer auf der anderen Seite wieder runterkamen! Das war keine Flucht, das war eine Invasion! Auch die Nahaufnahmen der schwer verletzten spanischen Beamten waren grandios dokumentiert!

Doch gerade sagt mir meine Frau, dass ihr das gar nicht wart! Das war YOUTUBE! Bei euch lief der Brennpunkt: „Wie gefährlich ist Hitze!“ Da zahlt man doch gerne GEZ! Man sollte euch Versager gleich morgen in Hartz 4 schicken!

#CEUTA: Die spanische Regierung will nach den blutigen Ereignissen in der Enklave die Zäune entschärfen! Ich dachte zuerst, ich lese nicht richtig! Aber es ist tatsächlich geplant! Der Wahnsinn nimmt kein Ende! Die spanische Polizei geht davon aus, dass derzeit ca. 50.000 Schwarzafrikaner die spanischen Enklaven CEUTA und MELILLA in Kürze erreichen! Da wünschen wir viel Spaß mit den entschärften Zäunen! OLÉ!

#SEDLITZ: Eine anonyme Meldung erreicht mich aus einer Notfallaufnahme! Ein 44-jähriger Türke wird nach Streit von einem 30-jährigen Afghanen mit Messer verletzt! OP-Bericht: „Messerstich links mit Beugesehnenverletzung. Bisswunde Unterlippe! Asylbewerber beißt nach Verlust des Messers dem Opfer die Unterlippe komplett ab! Zwei Drittel der Unterlippe wurde im Krankenhaus wieder angenäht! Diese OP wurde heute gesponsered von der NGO Hilfsorganisation „NIX WIE WEG!“

#ESSEN: Auf diese Stadt ist Verlass, wenn es um Parallelwelten geht. Etwa sechzig Menschen zweier Familien-Clans gehen aufeinander los. Grund: Ein Paar trennt sich, doch der Mann ist *offenbach* nicht ganz mit dieser Entscheidung einverstanden. Dies löst Großeinsatz der Polizei aus. Da kann man doch mal „DANKE“ sagen für dieses Beispiel einzigartiger Streitkultur.

#VIPGEFLÜSTER: Daniela Katzenberger singt John Lennon Klassiker „Jealous Guy“ Ich glaube, das könnte man besser furzen! Vielleicht liegst ja an der Hitze!

Feddich

ELMI

30. Juli 2018

#WELTUNTERGANG: Der Blutmond am Wochenende soll wohl die Zeit des Untergangs in Europa einläuten! MUMPITZ! Die Zeit des Untergangs wurde durch die Uckermark-Eule im Jahre 2015 eingeläutet, als sie sämtliche Klär-Schleusen des barmherzigen Wahnsinns geöffnet hat!

„WIR SCHNÜFFELN DAS“

#GOLDSTÜCKE: Neues Ziel der Flüchtenden ist nun Spanien, nachdem Italien endlich die Faxen von Horror, Schmutz und Aggression dicke hatte. Ein Land, das es seit zwei Jahren nicht schafft, eine ordentliche Regierung auf die Reihe zu kriegen, entdeckt plötzlich sein Herz für Schlauchboot-Pendler! Aber, siehe da, in null Komma nix sind die spanischen Küstenstädte restlos überfordert! Also geben sie den Glücksrittern eine Flasche Wasser und ein Zugticket nach Deutschland! So was nennt man eine „Triple Win-Win Situation“. Der linksliberale Spanier hat jetzt ein gutes Gewissen und das Problem von der Backe, die Bürgermeister von NRW freuen sich wie Bolle, weil sie ihre maroden Kassen mit Geldern vom Bund zeitweise wieder füllen, bevor sie dann endgültig pleite sind, und Botswana and his friends tanzen ins Glück! „LIFE IS BEAUTIFUL!

#PORTUGAL: Dieses Land hat ein anderes Flüchtlingsproblem. Portugal würde gerne mehr Flüchtlinge aufnehmen, weil sie dringend Erntehelfer und Arbeitskräfte brauchen. Aber, oh Wunder, keiner will hin! Liebe Portugiesen, ihr macht da was falsch! Macht es doch wie wir stolzen Deutschen! Wir schieben denen so viel Kohle rüber und rein, dass die förmlich heiß auf Deutschland sind! Ihr werdet sehen, wenn ihr mit Euros wedelt, habt ihr Ruck-Zuck so viele Schlauchboote, dass man die Algarve nicht mehr sieht! O.K, Erntehelfer und Arbeitswillige gibts dann immer noch nicht! Man kann nicht immer gewinnen! Fragt mal auf den Philippinen!

#IRRSINN: Vier Jugendliche einer Heavy Metal Band aus Kambodscha bekamen die einmalige Chance, auf dem Wacken-Festival zu spielen. Für die Jungs ein absoluter Traum! . Tickets (Hin und Rück) waren bezahlt! Alle Papiere in

Ordnung! Deutsche Botschaft sagt: „NO"! Begründung: „Die Jugendlichen sind zu arm, als dass man ihnen trauen kann." Komisch, wir lassen jeden Psychopathen, Vergewaltiger und Verbrecher ungefiltert in unser Land und vier Heavy Metal Jungs dürfen nicht auftreten! ? Sind wir jetzt restlos Plemm-Plemm?????

Feddich

ELMI (Bademeister im Freibad Abtl.: Familien-Clan- Schlägereien)

31. Juli 2018

#BEBRA: Deutsche Bahn! 14.UHR 40! IC in Hamburg 55 Min. Verspätung! Nehme den nächsten ICE Richtung Kassel! Kurz vor Kassel Durchsage: „Es brennt!" Wir fahren nach Bebra! Geil, war ich noch nie. Dort Durchsage: „Wir wissen nicht ob, und wann es weiter geht!" Beruhigt mich nicht unbedingt. Mittlerweile 90 Minuten zu spät! Dann die Durchsage, die man nicht hören möchte: „Der Führer hat den Zug verlassen!" Wann haben wir den Satz das letzte Mal gehört?

Auch das Personal ist nicht mehr an Bord! Die Toiletten in der 1.Klasse sehen aus wie Teile der Essener Nordstadt! Es besteht die Möglichkeit, einen IC am Bahnsteig gegenüber zu nutzen, um wenigsten nach Frankfurt zu kommen! Die Klimaanlage funktioniert nicht und er ist bummsvoll! Alles stürmt raus! Ich bleib sitzen, ich will nicht nach Frankfurt, nicht abends! Lieber schlaf ich im Zug ohne Führer! Ohne es zu wissen, war das eine gute Entscheidung!

Irgendwann erreichen wir Fulda! Dort kommt überraschenderweise der ICE nach Freiburg, der 180 Minuten Verspätung hatte! Durchsage: „Gibt es einen Arzt an Bord?" Ich denke, bitte nicht das jetzt auch noch! Zehn Minuten später: „Wir brauchen jetzt leider keinen Arzt mehr! ... „Wir haben einen!" So kann man es auch formulieren! Das hätte noch gefehlt!

Die nächste Durchsage ist der Klassiker: „Wir schließen das Bordrestaurant jetzt, weil die Mitarbeiter an ihre Grenzen gestoßen sind!" Ich warte sekündlich auf die Durchsage: „Wir schließen jetzt auch alle Toiletten! Frauen pressen bitte ihre Knie zusammen, das kennen sie vom ehelichen Sex ja bereits schon, der Rest kneift die Backen!"

Gegen 0.00 Uhr bin ich, nach über zehn Stunden am Ziel! Das schafft ein Tour de France Gewinner ohne Doping schneller. Ich werde meine Bahncard zurückgeben und warten, bis Eurowings wieder Flieger hat, die nach Hamburg fliegen. Sie arbeiten dran! Deutschland 2018!

#LIDL: Die Betriebssoftware des Handelskonzerns sollte nach 30 Jahren ausgetauscht werden. Das Großprojekt hieß „ELWIS". Die Firma SAP und 1000 Helfer basteln seit 2011 dran! Nun ist diese Aktion nach sieben Jahren gescheitert! Der Schaden soll ca. 500 Millionen Euro betragen! LIDL lohnt sich nicht immer! Vielleicht sollten sie ihren Slogan ändern in den Elvis Klassiker: „LIDL-One for the Money-Two for the Show!" Was mich besorgt, wenn es SAP nicht schafft, wer dann?

So langsam wird mir auch klar, wieso die den Berliner Flughafen nicht in den Griff kriegen.

Deutschland baut ab!

Feddich

ELMI (Softwareentwickler der immer ein LIDL pfeift)

August 2018

☜●❍♓⧫ ❍□♓■♌❑♓♐■

Elmis moinbrifn

1. August 2018

#MITTELMEER: Ein italienisches Schiff hat gerettete Flüchtlinge nach Libyen gebracht! Großes Gezeter bei der „Wir wollen sie alle-Fraktion“. Die wittern Verrat und Verschwörung: „War diese Aktion ein Rechtsbruch?“ Vielleicht verstößt sie gegen geltendes Seerecht! Bitte sofort klagen vor dem europäischen Knechtshof!

Sachlich betrachtet liefs doch so: Ein Boot voller Afrikaner will illegal nach Europa. In Seenot geraten, werden sie gerettet. Niemand ertrinkt. Sie werden zum nächsten Hafen gefahren! Das Problem kommt von dort, da gehört es auch wieder hin! Ende! Wer damit nicht klarkommt hat in meinen Augen einen an der Waffel! Finito!

#TUNESIEN: Bin Laden Leibwächter ist wieder auf freiem Fuß! Sein Anwalt tönt: „Sami A. ist in Tunesien gefoltert worden!“ Erstens ist das vermutlich nicht wahr, und wenn, wärs mir völlig wurscht!

#BEREICHERUNG: Jugendliche schlagen Bademeister in Solingen blutig! Freibad muss schließen! Das nenne ich ein Problem, das man angehen müsste, aber scheint außer mir wohl keinen so grundlegend zu beunruhigen!

#GELSENKIRCHEN: SAT1 zeigt verstörende Bilder von Schlägerei zwischen zwei Familien aus Rumänien auf offener Straße. Grund: Eine ungeplante Schwängerung! Könnten die Spacken das nicht lieber in Rumänien austragen? Keine Polizei! Keiner schreitet ein! Die machen hier, was sie wollen! Ein Anwohnerin berichtet: „Man hat hier keinen Tag Ruhe. Es ist ein Platz, an dem man nicht leben möchte!" Wenn wir solche Gestörten nicht ein für alle Mal stoppen, werden in zehn Jahren über fünfzig Prozent der Bevölkerung hier nicht mehr leben wollen! Zuerst holen sie sich die Straßen, dann die Bahnhöfe, dann die Schwimmbäder, irgendwann dann unsere Häuser.

Man denkt immer, das ist nur ein schlechter Film und der ist bald fertig. Aber ich denke, der fängt erst an und wir können das Kino nicht verlassen!

#AUSTRALIEN: Ein kleiner Streunerhund ist beim Halbmarathon mit den Teilnehmern mitgelaufen! Ab und zu hat er Pause gemacht und dann die Leute freudig begrüßt. Aber er schaffte die komplette Distanz und bekam eine Medaille! Wenn er Glück hat, womöglich ein neues Zuhause. Drücken wir ihm die Pfoten!

Feddich

ELMI (Realist)

2. August 2018

#ESSEN: Was ist nur in dieser Stadt los? Polizei verhindert Massenschlägerei gewaltbereiter Libanesen. Um Gottes Willen: „BITTE NICHT STÖREN!“ Wie sollen diese wunderbaren Menschen, die auf verschlungenen Wegen unserer Gesellschaft als Geschenk dargereicht wurden, sich denn sonst integrieren? Unser Tipp: Platz absperren! Raushalten! Video drehen! Auf YOUTUBE stellen! Das reicht fürs erste!

#DRESDEN: Fünfzehn sogenannte „Südländer“ haben Sonntagnacht das beliebte Strandlokal „Puro Beach“ überfallen und wahllos auf Gäste eingeschlagen. Sicherheitsleute wurden mit Messern bedroht! Könnte ein Racheakt gewesen sein! Ein Land in dem man gut und gerne schlägt!

#OFFENBURG: Ein lustiges Quartett aus Afrika attackiert Passanten mit Glasflasche! Gambier und Äthiopier waren am Start! Vermutlich Trainingslager für die Olympischen Spiele 2024 in Hamburgistan! Stimmt schon, was ein weiser Schwarzer mal so formuliert hat: „Deutschland wird eine Sache zwischen Arabern und Schwarzen werden!“ Und die Weißen? „Vergesst die Weißen!“

#SÜDKOREA: Flüchtlinge aus Malaysia und dem Jemen sind dort nicht sehr willkommen! Tenor ist derzeit: „WE WANT TO BE SAFE!“ “DON´T BE LIKE EUROPE!”

Ich glaube, die Koreaner sind cleverer als ich dachte, und besser Fußballspielen können sie auch!

#BERLIN: Bäcker sucht verzweifelt Mitarbeiter! Keine Chance! Kein Bewerber will früh aufstehen! Arbeitsagentur schickte bereits über einhundert Bewerber! Keinen Bock! Hartz 4 ist eben doch relaxter! Was für eine faule Bande lebt eigentlich in unserer Hauptstadt? Der Betrieb wird vermutlich schließen!

#WOLFSBURG: Die gute Nachricht des Tages: VW macht Milliardengewinn trotz Dieselaffäre! Was lernt der normale Popel daraus? Mit Betrug kann man richtig reich werden!

Feddich

ELMI (Abgasmanipulator)

3. August 2018

#KANDEL: Der Mörder von Mia, der das Mädchen vergangenes Jahr vor einem Supermarkt erstochen hat, soll laut BILD.de versucht haben, sich das Leben zu nehmen. Hat aber nicht geklappt. Es ist halt leichter, jemanden zu töten als sich selbst! Aber irgendwie hat das was Tröstliches. Wenn der Honk das auf die Reihe gekriegt hätte, wären wieder 15 bis 20 SPD-Stadträtinnen weinend vor dem Knast gestanden. Als Mia gestorben war, hatte ich nicht den Eindruck als ob irgendjemand aus der Politik den Tränen nahe war.

#RIO: Peter Scholze aus Berlin ist wohl der jüngste deutsche Mathematiker, dem je die begehrte Fields-Medaille verliehen wurde! So ne Art Nobelpreis für a+b=c Quadrat! Mit dreißig ist er schon Professor und ein Mathe-Genie! Respekt! Sein iranischer Kollege hat die Medaille auch erhalten, aber bereits vier Stunden später wurde sie ihm geklaut. Tja, damit hat das Mathe-As wohl nicht gerechnet!

#PARIS: Zwei prügelnde Rapper haben den Duty-Free Bereich des Flughafens Orly restlos zerlegt. Stellenweise kloppten sich mehr als zwanzig Deppen! Teilweise mit Tritten gegen den Kopf! Flüge verspäteten sich. Die Polizei nahm 14 von den Spacken fest. Irgendwie fehlt bei den maximal Pigmentierten die ein oder andere Schraube, aber vielleicht verkaufen sich jetzt ihre Platten besser!

#DATENSCHUTZ: Kita in NRW schwärzt Kindergesichter in Fotoalben wegen EU-Verordnung! Man glaubt es nicht! Na ja, in zehn Jahren brauchen sie die Gesichter in Kitas nicht mehr zu schwärzen, die kommen dann alle so!

#HAMBURG: Festnahme in Problemviertel in Hamburg. Ca. zwanzig Polizisten, um einen Ali ruhig zu stellen! Fünf packen den Idioten und der Rest der Polizei ist damit beschäftigt, die bunte Masse davon abzuhalten, ihn wieder zu befreien. Fassungslos!

#RÄTSEL: Wieso gibt es so wenige schöne Fotos von Claudia Roth?????? Ganz einfach: Bei Instagram reicht der Platz nicht, und Instatonne ist noch nicht erfunden!

Feddich

ELMI (Toller Witz: „[redacted]" … aus Datenschutzgründen geschwärzt)

4. August 2018

#IRRE 1: Die Stadt Bochum muss per Gerichtsbescheid 10.000 Euro Zwangsgeld bezahlen, weil sie den Bodyguard von Saftsack Bin Laden nach Tunesien entsorgt hat! Begründung: „Die Stadt könne sich nicht auf eine Unmöglichkeit der Rückholung berufen!" Immer noch billiger, als den Spacken hier weiter durchzufüttern.

#IRRE 2: In Chemnitz soll am Wochenende die Aktion für die Seenotrettung von Flüchtlingen „Seebrücke" starten. Es werden Papierschiffchen gebastelt, die dann anschließend im Wasser des Stadthallenparkbrunnen schwimmen! Die Hitze scheint einige doch sehr zu schaffen! Am besten einen Föhn mitnehmen, damit kann man raue See simulieren! Ahoi!

#IRRE 3: Hamburg kriegt einen Verbrecher seit zwanzig Jahren nicht los! 1998 kam der Afrikaner ohne Papiere nach Deutschland! Hatte er verloren! Er vergaß auch, woher er stammte! In der Botschaft von Senegal bespuckte er die Angestellten, die daraufhin behaupteten, er käme nicht von dort! Fast die Hälfte der Zeit saß er im Knast wegen Drogendelikten und Gewalttaten! Soll er abgeschoben werden, begeht er das nächste Verbrechen und landet wieder im Knast!

Noch Fragen? Neue TV Serie bei PROLL7: „Wer klaut, darf bleiben! 104 Asyltricks in HD!"

#IRRE 4: Die Stadt Essen ordert aktuell 128 schuss- und stichsichere Westen für die Mitarbeiter der Zentralen Ausländerbehörde! Aha, kommen wir in NRW gaaaanz langsam der Realität näher?

#IRRE 5: HSV zeigt Flagge! Ein starkes Zeichen gegen Homophobie. Die Eckfahnen werden durch Regenbogenflaggen ersetzt! O.K.! Vielleicht spielen sie ja auch demnächst mit Schwimmwesten aus Solidarität für Schlauchbootilanten!

Ihr sollt Tore schießen, ihr Deppen! Wenn ihr so weiterspielt wie gegen Kiel, steigt ihr wieder ab, ihr Blindkicker! Hoffentlich missbraucht keiner die Flagge! Weiß man ja nie! Ruck zuck ist die am Arsch!

Feddich

ELMI (Das ist keine Hitzewelle, das ist ein Zuwarmi)

6. August 2018

#HITZE 1: Alle reden übers Wetter! Wir auch! Eine apokalyptische Glut rafft uns zurzeit dahin! Dabei ist es halt seit Menschengedenken so, dass es im Sommer auch mal heiß werden kann! Die Grünen sehen jetzt die Klimakatastrophe auf uns zurollen, vor der sie schon seit gefühlten einhundert Jahren warnen! Schnell alle Autos abschaffen und Stromautos bauen und alles vollpflastern mit Windmühlen! Dabei ist das noch lange nicht der trockenste Sommer aller Zeiten. Der war 1904 und da gabs noch keine Autos und keine Grünen! Muss ne wunderbare Zeit gewesen sein.

#HITZE 2: Heiß her gings auch in der Reportage der ARD über kriminelle arabische und türkische Clans in Großstädten. Kernaussage: „Alde, wer uns nicht respektiert, kriegt Problem!“ Wobei „respektiert“ für Schutzgeldzahlungen, Verbrechen und Bedrohung steht! Zweite Kernaussage: „Mein einziges Gesetz sind meine Eltern!“ Seh ich auch so, vor allem die Mama! Aber wir sind ja selbst schuld, wir lassen ja jede Testosteron-Amöbe seit Jahrzehnten hier machen was sie will! Und wie würde Kaiser Wilhelm sagen? „Jetzt sind se halt mal da!“

#HITZE 3: Die Kripo Heilbronn bittet nach der Vergewaltigung einer jungen Frau um Hinweise. Die Frau wurde von zwei Männern in ein Auto gezerrt. Täterbeschreibung: SÜDLÄNDER. Da wär ich jetzt nicht drauf gekommen! Die werden sicher freigesprochen, denn ab 35 Grad ist Mann nicht mehr ganz zurechnungsfähig!

#HITZE 4: Die Jugendorganisation der GRÜNEN (Einzeller) fordern ... (der Grüne fordert gern) eine EU Staatsbürgerschaft und einen Klima-Pass für Menschen, deren Heimat durch den Klimawandel unbewohnbar wird! Wie geil ist das denn? Am genialsten wärs, wir holen alle sieben Milliarden zu uns, am besten nach NRW oder Berlin. Da scheinen die meisten Hardcore-Phantasten zu wohnen. Jeder, der es in Zukunft halbwegs nach Europa schafft, wird rufen: „Papiere nix, aber isch Pass vong Klima!"

Ich druck schon mal ein paar! Könnte ein vielversprechender Startup werden!

Feddich

ELMI (Werde bei dieser Hitze zweimal um mein Schlauchboot schwimmen!)

7. August 2018

#DUMMLAND: Im Jahr 2018 werden die Sozialausgaben erstmals die Grenze von einer Billion Euro erreichen! Seit 2015 stiegen die Sozialleistungen stärker als die Wirtschaftsleistung! Ich war zwar immer Scheiße in Mathe, aber der innere Adam Riese in mir sagt, dass das nicht mehr lange gut geht. Dann gnade uns ... äääh ... Allah!

#FUSSBALL: Nun tritt der nächste aus der Nationalmannschaft zurück! Mario Gomez hat nach 78 Länderspielen fertig. „Es war eine glückliche Zeit!“ Noch glücklicher wäre sie gewesen, wenn er bei der WM vielleicht mal ein Tor geschossen hätte! Aber is schon O.K. Mario scheint ein Netter zu sein, und seine Frisur saß immer pico bello! Uwe Seelers Kommentar: „Wenn der Trainer mich braucht, ich bin da!“

#NRW: Eine Hochzeit in Korschenbroich artete in eine wüste Schlägerei mit zweihundert Leuten aus. Baseballschläger, Schüsse, Messer, das Übliche halt. Polizeiaufgebot war gigantisch, inklusive Hubschraubereinsatz! Alle Waffen plötzlich verschwunden! Nur Verletzte! Grund? Ich tippe mal, die Braut wollte wohl mit aufs Hochzeitsfoto. Steht so nicht im Koran!

#SCHICKSAL: Damit ihr mal seht, wie gut es euch geht! Die Verurteilte Meike Schlecker, die Tochter des Pleiteunternehmers, muss mit sage und schreibe 800 Euro in London auskommen! Am Tag! Das treibt einem doch die Tränen in die Augen! Spendenkonto : DE 15 7635 000 7654 67 Kennwort #SchleckerGierkenntkeineGrenzen @raffgeier.de

#POLITICKK: GRÜNE erklären Asyl zum Menschenrecht! Wenn das so ist, dann erkläre ich mein veganes Morgen-Müsli zum Rinderfilet!

Feddich, ELMI (Eisbärjäger bei Hapag Lloyd)

8. August 2018

#FRANKFURT: Nichts geht mehr am Flughafen. Positiver Sprengstofftest war Fehler einer Sicherheitsassistentin. Die Dumpfbacke wurde sofort zwangsexplodiert!????

Na ja, Atomphysiker arbeiten bei der Security da nicht. Man ist ja schon froh, wenn man seine Muttersprache halbwegs erkennt! Familie gelangte ungeprüft in den Sicherheitsbereich. Chaos ohne Ende! Flughafen Frankfurt ein Alptraum. Fliegen war früher irgendwie schöner!

#HAMBURG: Fünfeinhalb Jahre nach der Verurteilung von zehn somalischen Piraten leben fünf von ihnen immer noch in Hamburg! „Eine Durchsetzung der Ausreisepflicht sei gegenwärtig nicht möglich. Es lägen schützenswerte Beziehungen zu bleibeberechtigten Familienmitgliedern vor." Da wird einem doch schwindlig. Wen kennen diese Piraten-Verbrecher? Verwandte von Klaus Störtebeker oder von Jack Sparrow? Ach ja, Somalia stellt diesen Piraten keine Papiere aus. Die wissen warum!

#COTTBUS: Landgericht verhängt mildes Urteil. Rashid (32) stach auf seine Frau ein, wegen angeblicher Untreue! Kein Mord, sagt das Gericht! Begründung: „Rashid war traumatisiert und handelte im Affekt!" Moment mal! Der Typ sticht mehrfach auf die Frau ein, dann wirft er sie halbtot aus dem Fenster, dann rennt er zwei Stockwerke runter und schlitzt ihr den Hals auf! Alles im Affekt! Ich vermute, da war eher was im Konfekt des Richters. In zehn Jahren kann Klein Rashid wieder schlitzen! Im Namen des Volkes! Ich glaubs einfach nicht!

#BERLIN: So langsam kriegen ein paar Politiker der Bundesregierung kalte Füße! Die Flüchtlingszahlen in Spanien bereiten ihnen Bauchweh! Denn die Schlauchbootpaddler und Zaunhopser machen sich auf den Weg ins gelobte Land. Der Stern von Bettelhem strahlt über Deutschland und da wollen alle Papierlosen hin. Ins El Dorado des Dolce Vita mit All Inclusive! Und abends gibt's Schokopudding, damit kein Heim brennt!

#MECKLENBURG: Im Fall der an einer Unfallstelle hinterlassenen Hakenkreuze hat die Polizei zwei Tatverdächtige ermittelt! Joseph Goebbels (22) und Hermann Göring (23) sitzen jetzt in U-Haft! Wenn das der Föööhrer wüsste!

Feddich

ELMI (Neuer Elfenbeauftragter an der A2) Wenn Elfen nicht helfen, hülfe vielleicht Bremsen!

9. August 2018

#BEREICHERER: Prozessbeginn in Bielefeld gegen vier Syrer, die ein älteres Ehepaar drangsaliert, gequält und bestohlen haben.

Ehemann leidet unter Demenz! Ihre Beute 160 Euro! Kann Euch genau sagen, wie das ausgehen wird. Wie das Hornberger Schießen! Trauma, Geringfügigkeit, zweite Chance etc.

#BEREICHERER 2: Absurde Prozessentscheidung! Zwei Beamte kontrollieren auffälligen Schwarzen am Bahnhof! Der klagt wegen Rassismus! Kölner Verwaltungsgericht entscheidet:

Die Beamten dürfen das! Die zweite Instanz (OLG Münster) kippt diese Entscheidung und lässt keine Revision zu! Es war „Racial Profiling". Das Urteil führte zu längeren „Standing Ovations" bei allen schwarzen Drogendealern an den Bahnhöfen dieser Bananenrepublik! „I´m black - you not control me! Racist! Nazi! Dachau!" Danke Herr Richter! Mit Verlaub, Sie sind ein *********

#BEREICHERER 3: Ex Berliner Ausländerbeauftragte (CDU) bezeichnet die Sorge von Deutschen, zur Minderheit zu werden, in ihrer Kolumne als unbegründet! Es sei eh nur noch eine Frage der Zeit, bis Migranten hier die Mehrheit stellen. In vielen Städten sei das ja bereits so! Dieser Prozess sei nicht mehr umkehrbar, wir sollen uns gefälligst daran gewöhnen! In Rotterdam oder Amsterdam würde das sehr gut funktinoieren (sehr gelacht)!

Und jetzt kommts: „Migrationsgruppen seien oft untereinander zerstritten und somit bilden sich neue politische Allianzen!" Heißt im

Klartext, unsere Bereicherer verwüsten hier alles im Namen von Alla Babba und wir gucken zu!

Da sagt uns diese scheintote CDU Schrapnelle direkt ins Gesicht, dass der Islam uns am Wickel hat, wir uns aber keine Sorgen machen sollten, das würde alles schon klappen! Sorry, darf man auf den Tagesspiegel kotzen?? Zu spät, schon passiert!

#BEREICHERER 4: Asylbewerber machen Urlaub in nicht sicheren Herkunftsländern! Sie melden sich ordnungsgemäß für 21 Tage ab! Das Herkunftsland dürfen Betreuer nicht nennen, aus Datenschutzgründen! (Ich heul hier gleich). Jetzt aber ist der Bundesagentur für Abzocke aufgefallen, dass viele der sogenannten Asylanten schon wieder in ihren Heimatländern leben, aber regelmäßig trotzdem ihre Kohle beim Amt holen! Diese Schlitzohren! Da darf man doch mal applaudieren!

Feddich

ELMI (Nippelberater von Andrea Kiewel beim ZDF)

10. August 2018

#DUISBURG: Der Oberbürgermeister der Stadt redet Tacheles! Er spricht von einer Migration in die Sozialsysteme: Schlepper würden Sinti und Roma nach Deutschland bringen. Dort kassieren sie dann ab! Der Zentralrat der illegalen Akkordeondudler ist empört! Tja, wer die Wahrheit laut spricht, braucht ein schnelles Pferd!

#BOOSTEDT: Das Dorf in Schleswig-Holstein hat 4.500 Einwohner und 1.200 Migranten! Jetzt beginnen die massiven Probleme, seit der Anteil der Flüchtlinge ohne Bleiberecht ständig wächst. „Die Lage kann jederzeit explodieren!" Ich als Verhaltensforscher denke, es wird hoffentlich bald soweit sein! Die Frage aber ist, wird die Tagesschau darüber berichten? Eher nicht! Jede Wette!

#TEILNARKOSE: Es ist vollbracht! Italien und Spanien schließen Rückführungsabkommen mit der Bundesrepublik von Asylbewerbern! Ein absoluter Witz! Die kommen zu uns, ob wir wollen oder nicht! Denken die Leute, die solche Stuss-Verträge machen, eigentlich, dass wir doof sind? Soll sich der Seehofer doch tief in sein Ankerzentrum stecken! Wie sagte schon Shakespeare? „Ein Königreich für eine Knarre!"

#ZDF: Talkshow mit Dunja Halligalli schmiert quotentechnisch ab! Thema: Altersarmut! Pffff, alte Menschen interessieren doch bei uns nicht mehr! Da müssen griffige Themen her, zum Beispiel:

„Ohne Arbeit ausgesorgt! Ein Leben in Saus und Braus!

Oder: „Schlauchboot, Glück und keinen Pass!"

„Bullebambmachalle im Schlaraffenland!"

„Dummland finanziert Dörfer in Analtolien!"

Ich garantiere 5 Millionen bei einem Marktanteil von 88 Prozent!

Bin gespannt, wann sie ihr erstes Sportstudio versemmelt!

Feddich

ELMI (35 Grad! Wolle Dose kaufe?) Bier-Influencer!

11. August 2018

#FLÜCHTLING & CO: Schon einen Tag nach Elmis moinbrifn hats auch der Focus gemerkt: „Flüchtlingsabkommen mit Spanien betrifft hinsichtlich der Rückführung exakt NULL Personen!" So was nennt sich sicher „Blitzmerker Journalismus". Da winken Grimme-Preise ohne Ende!

#PFORZHEIM: Fünf Mitarbeiter eines Sportgeschäfts verfolgten einen höchst aggressiven syrischen Ladendieb. Alle Mitarbeiter erheblich verletzt! Festnahme durch Polizei. Danach Freilassung! Der Syrer ging sofort ins Sportgeschäft zurück und schrie und spuckte!

Und irgendwelche Links-Spacken wollen mir dauernd einreden, Integration würde funktionieren? Besprecht es doch besser gleich mit eurem Psychiater, ihr Halbirren!

#TÜRKLIRA: Die Leiden des Ziegenhirten! Landeswährung schmiert ab und zwar gewaltig! Ratet mal, wieso sie ihren Häuptling hier mit Staatsempfang demnächst willkommen heißen!

Er braucht dringend Kohle und dafür hält er uns buntes Wandervolk vom Hals. Wird im Endeffekt nicht viel bringen, aber drüber reden können wir ja mal! Die deutschen Touris wirds freuen! Kebap zum Nulltarif, immer vorausgesetzt Ryan Air fliegt mal wieder! „Iyi şanslar!"

#VIP.VIP.HURRA: Läuft nicht gut für Jan Ullrich zurzeit! Letzte Nacht gabs Stress mit Escort-Dame (Ich liebe diese exotischen Beschreibungen von Nutten). Ullrich würgte Dame, bis es ihr schwarz vor Augen wurde. Da spielt man einmal Fifty Shades of Blöd nach und schon: „Mimimimimi"! Stecher zahlt, sie röchelt! Nur so prickelts!

Polizei ermittelt wegen versuchten Totschlags! Blödsinn! Im Grunde läufts bei Ullrich wie bei der Tour de France: Jede Menge Drogen und am Ende ziehen sie ihm das gelbe Trikot an! Mit dem Unterschied, dass es diesmal eine weiße Jacke ist, die hinten zugeschnürt wird!

Feddich

ELMI (Wettet mit 1000 Euro gegen Türk Lira)

13. August 2018

#VIVA ESPAGNA: Na gugge da! Die linksliberalen Stierhodensammler kriegen langsam Muffe! In den letzten Wochen sind über 3.000 Minderjährige aus Kamerun, Nigeria, Senegal und Marokko in Andalusien gelandet. Gegen nahezu alle von ihnen laufen polizeiliche Ermittlungsverfahren. Viele trugen bei Seenotrettung verkaufsfertige Drogen in ihrem Gepäck! Spanische Regionalpolitiker fordern Madrid auf, diesen Wahnsinn zu stoppen! Um es mit den Worten der Transgendersalami Conchita Wurst zu sagen: „WE ARE UNSTOPPABLE!"

#FRAUNKREISCH: Ui, Macron kann auch hart! Der Altenpfleger vom Gare du Nord karrt Flüchtlinge zurück nach Spanien, da wo sie herkamen. Nix weiter ins gelobte Merkelland! Oftmals mit rabiaten Methoden. Eine Sprache, die die Austausch-Schüler gut verstehen, schätze ich!

#FRÖDENBERG: Mitarbeiter eines Autohauses werden von gewalttätigem Asylbewerber mit Poller angegriffen. Der Typ will Auto kaufen, hat aber keine Papiere und möchte mit Spielgeld bezahlen. Autohaus winkt ab, er kommt zurück und zerdeppert ein Fahrzeug mit Betonbrocken. Polizei machtlos! Sie warten sehnlichst, dass der Afghane ein Kapitalverbrechen begeht, um ihn endlich dingfest zu machen! #GERMANY KAPUTT!

#BERLIN: Die Deutsche Welle schließt die Kommentarfunktion unter ihren Beiträgen! Es hagelte Beschimpfungen, Beleidigungen und rassistische Äußerungen! Gerade tropfen ein paar Tränen in meine Tastatur!

Obwohl, jetzt heitert sich die Sache wieder leicht auf! Zitat: „Das Nervenkostüm der Redakteure sei erheblich strapaziert!" Muha rofl-lmao! Ihr Warmduscher!

#VIPGEFLÜSTER: Stimmt das Gerücht, dass Dunja Halligalli ihre nächsten Moderationen im Schleier absolviert? Der Quote täte es vermutlich gut. Wird sicher an der Torwand lustig!

Wer in den Burkaschlitz trifft, zehn extra Punkte!

#POLITICKK: Rauten-Lilly erklärt Dublin-System für tot. „Nicht funktionsfähig." Ich erkläre die auch für tot, die funktioniert schon lange nicht mehr!

Feddich

ELMI (Rückrufbeauftragter der Fa. Eifrisch! BIO natürlich!)

15. August 2018

#GENUA: Autobrücke eingestürzt, viele Tote! Mein erster Gedanke: „MAFIA BETON". Den Begriff kannte ich noch von meinen Schulferien, als ich auf dem Bau malocht hab! Wir mussten manchmal Beton anmischen und wenn zu viel Sand drin war, schrie der Kapo immer: „Wir sind hier nicht bei der Mafia, wir mischen das richtig!" Damals hab ich gar nicht begriffen, was er meinte!

#MÜNCHEN: Gestern wurden 46 abgelehnte Asylschnorrer wieder in ihre schöne Heimat zurückgeflogen worden! Und jetzt bitte anschnallen, begleitet von 101 Bundespolizisten, darunter eine fünfköpfige Delegation des Europarat-Ausschusses für Folterprävention! Diese Penner sollten sie am besten auch gleich dortbehalten! Man kann es bald nicht mehr in Worte fassen, was hier abgeht! MAD IN GERMANY!

#BERLIN: Neuer Gesetzentwurf des Bundeskabinetts: Es soll bald ein drittes Geschlecht im Geburtenregister geben! Kein Scheiß! Was steht dann da drin? „Schwanzlose Gendermuschi?

#ÖSTERREICH: Asylantrag von schwulem Afghanen abgelehnt! Begründung: „Er gehe und kleide sich nicht wie ein Schwuler!" Muhahhahah, die Ösis! Ein noch einfacherer Test wäre, ein Stück Seife auf den Boden zu werfen! Wer sich nicht bückt, fliegt sofort zurück nach Afghanistan. Wer nicht mindestens solche Botox-Schlauchbootlippen hat wie unser Harald, kann auch nicht schwul sein! Pompöööös!

#HAMBURG: Der afghanische Kriminelle und Drecksack, der ein 14-jähriges Mädchen vergewaltigt, hat war seit fünf Jahren ausreisepflichtig und schon neun Mal verurteilt! Na, wir werden doch die Zehn noch vollkriegen! Wenn nicht bei uns, wo dann?!

#USA: US-Demokraten stellen erstmals eine Transgender-Frau zur Wahl auf! Da isse doch, unsere schwanzlose Gendermuschi! Und irgendwie passt es doch, nach einem Kriegstreiber, einem Schwarzen und einem grandiosen blonden Idioten mal was Ausgefallenes!

GOD SHAVE AMERICA.

Feddich

ELMI (Türk Lira Tauscher: 10.000 Lira = 3 Cent)

17. August 2018

#EINSCHULUNG: Ferienzeit ist bald vorbei. Viele Kinder werden in den nächsten Wochen eingeschult. So mancher Vater hat Angst vor dem ersten Schultag seiner Tochter. Wird überhaupt auf der Schule noch Deutsch gesprochen? Wird sie gemobbt, weil sie blond ist? Wird sie den Koran überhaupt mögen? Wird sie das erste Schuljahr überstehen ohne auf dem Schulweg vergewaltigt zu werden?

Da hatten wir es in unserer Jugend einfacher. Die einzige Frage bei der Einschulung war: „Wer hat die größte Tüte?"

#OFFENBURG: Eiskalter Mord in Offenburger Arztpraxis! Helferin schwer verletzt! 26-jähriger Somalier wurde festgenommen! Tatwaffe ein Messer, was auch sonst? Die Einschläge kommen näher. Wie viele Schlauchboote voller Kraushaar brauchen wir noch, bis es endlich jemand kapiert, dass wir das umgehend stoppen müssen? Fragt bitte keine Grünen und GROKO Wähler. Die raffen es erst, wenn sie blutend im Garten liegen mit einer Machete im Kopf! Und selbst dann vermutlich nicht! DEUTSCHLAND WACH ENDLICH AUF!

#ARSENAL: Jetzt auch in der Premier League, Özil versagt komplett! Es hagelt wüste Presse-Kommentare. Bin gespannt, ob das jetzt auch als Rassismus ausgelegt wird. Paul Merson, Arsenal-Legende, bringt es auf den Punkt! Zitat: „Wenn Du hier weiter Geld verdienen willst und nur Fünfter oder Sechster werden willst, dann mach einfach so weiter ..."

#BESTSELLER: Neues Buch von Sarrazin ist in aller Munde, bevor es überhaupt erschienen ist! Der frühere Verleger erklärt, warum er es nicht veröffentlicht hat. Er sah die Gefahr, dass antimuslimische Ressentiments verstärkt werden." Im Manuskript werde ein Bild des Islam entworfen, das „einer Geißel der Menschheit gleichkommt."

Wieder so eine Hohlnuss, die nichts begriffen hat! Vermutlich wars doch wohl eher so, dass der Random House Verlag zu Bertelsmann gehört. Und Bertelsmann gehört Liz Mohn, und die ist eine Freundin von Angela Wuppdich, der genieteten Mautenröse! So siehst aus. Ich hoffe, Sarrazin verkauft wie warme Semmeln. Alles unter einer Million wäre eine Enttäuschung!

Feddich

ELMI (Mohrenkopf-Klatscher)

18. August 2018

#NRW: Na, was jetzt? Soll der Leibwächter von Osama jetzt wieder zurück oder nicht? Langsam wirds krank. Erst schaffen wir dieses A********, Gott sei Dank, endlich aus dem Land. Jetzt soll er nach Gerichtsbeschluss wieder aus Tunis abgeholt werden. Es geht schon lange nicht mehr um Recht und Ordnung, es geht um dicke Eier und um Rechts-Kompetenzen. Die Justiz hat sich selbst beschädigt und wir sollen es ausbaden. Krank, kränker, NRW!

Und was sagt unser Goldstück Sami Bombenleger direkt aus einem Straßenkaffee in Tunis, wo man ihn mit Espresso foltert? „Deutschland wird Blut weinen!“

#KERPEN: Mann greift zwei Menschen mit Beil an und verletzt sie schwer! Eines der Opfer schwebt immer noch in Lebensgefahr! Täter, ein

47-jähriger türkischstämmiger Friedensnobelpreissträger, vermute ich!

#TÜRKEI: Wo wir gerade beim Thema sind: Nach Aufruf ihres Oberziegenhirten Mufti van Bückdich, zerstören Türken ihre iPhones mit einem Vorschlaghammer. Die Piss-Währung der türkischen Lira kackt trotzdem weiterhin ab. Gut so! Ergo werden die meisten Türken demnächst nicht nur keine Kohle mehr haben, sondern auch keine iPhones mehr. Besonders helle scheint der Durchschnitts-Mokka nicht so zu sein, aber Hauptsache mal was kaputtmachen!

#BUMM: Apropos kaputt: Im Europapark zu Rust knallten zwei Schwebebahnen ineinander. Vor kurzem fackelte das Gelände fast ab und jetzt wieder zwei Verletzte! Sicherheit geht irgendwie anders! Aber wie sung einst Roberto, der Mohr: „EIN BISSCHEN SPASS MUSS SEIN!"

#OFFENBURG: Nach dem fürchterlichen Mord in einer Arztpraxis durch einen Asylanten aus Afrika, mahnt die Oberbürgermeisterin der Stadt zur Besonnenheit. Gleichzeitig drückt sie ihr tiefes Mitgefühl für die Opfer aus. Ich frage mich, wie tief bitte? Was muss noch passieren, damit es tief genug ist, um endlich zurückzuschlagen? Ich hege meine Zweifel an den deutschen Duckmäusern! Deutschland hat fertig!

ELMI (iPhone Killer vom Bosporus)

21. August 2018

#DÜSSELDORF: WO STECKT ALI???? Hey, da lag ich ja gestern wieder nicht daneben. Während teddybärschwingende, willkommenstrunkene Vollspacken im Stillen gehofft hatten, es möge endlich mal ein Rechtsradikaler zustechen, wars wieder ein Kulturfremder, der seine Freiheit hier dazu benutzt, seinen Trieben freien Lauf zu lassen. Noch ist der Iraner auf der Flucht. Vielleicht ist er ja nur traumatisiert gewesen. Genaues weiß man nicht!

#TOLERANZ: Im Netz aufgeschnappt: „Die Deutschen haben mit ihrer Toleranz ein Pulverfass für die Zukunft geschaffen, das täglich wächst! Es wird mehr auf die Rechte und Entfaltungsmöglichkeiten der Zuwanderer gesetzt, als auf die Sicherheit unserer deutschen Kinder. Unserem Nachwuchs übergeben wir ein Schlachtfeld, das nur schwer mit Toleranz zu lösen sein wird!" Seh ich auch so! Das werden harte Zeiten!

#BERLIN: Investoren verzweifeln, Firmen klagen! Berlin verkommt unter ROT-ROT-GRÜN zur Hauptstadt der Arroganz! Da kann man doch mal applaudieren. Ich denke, Gesamtdeutschland sollte rot-rot-grün regiert werden! In spätestens drei Jahren sind wir dann Aleppo. Dann hat sich hoffentlich dieser geisteskranke Spuk ein für alle Mal erledigt!

#HOLLYWOOD: Ausgerechnet die heftigste Vorkämpferin der Aktion #MeToo gegen

Harvey Weinstein, Asia Argento, soll sich an einem Minderjährigen vergangen haben. Muha, ich lang mir untern Rock!!! Sie zahlte über 300.000 Dollar Schweigegeld. Das sogenannte Opfer war damals 17, als Asia ihn oral befriedigte und danach Sex mit ihm hatte. Fünf Jahre später fühlt er sich plötzlich verwirrt, beschämt und geekelt! Alter Falter, was sagt man dazu. Wenn mir als 17-jähriger eine attraktive MILF einen geblasen hätte mit anschließendem Sex, wäre das der Teenager Höhepunkt meines Lebens gewesen! Immer frei nach dem Motto: „COITUS ERGO SUM"

Feddich

ELMI (SEXGOTT)

22. August 2018

#MEMORIES: Weiß noch jemand, was er oder sie heute vor 50 Jahren gemacht hat? Vermutlich ward ihr noch alle flüssig! Ich weiß es noch genau: Ich saß im Auto mit einem freundlichen Mann, der mich beim Trampen durch Europa auf dem Rückweg von London nach Baden-Baden mitgenommen hat. Er erzählte mir, dass am Vortag Truppen in die Tschechoslowakei einmarschiert waren, um einen Aufstand niederzuschlagen. Als ich in der Nacht dann die letzten fünf Kilometer auf dem Autobahnzubringer zu meiner Oma lief, schien der Mond sehr hell, ich spielte Mundharmonika, damit die Müdigkeit verschwand, und dachte so bei mir, welch wunderbares Leben wir in Freiheit hatten!

#ONLINE-UMFRAGE: Eine Umfrage diverser Hochglanz Faltblätter hat ergeben, dass die Mehrheit der Deutschen keine Sorgen wegen krimineller Clans hat, außer natürlich die dummen AFD-Wähler. Liebe Presse-Fuzzis, Frage: „Sinkt die Auflage, zahlt euch jemand für solch einen Müll, oder waren es einfach nur die schlechten Drogen?“

#FUSSBALL: Hat Jogi eigentlich schon eine WM-Analyse seiner „La Mannschaft“ bei der WM gemacht? Wird langsam Zeit, denn in vier Jahren ist es ja schon wieder soweit! Immer vorausgesetzt, wir qualifizieren uns gegen die Färöer-Inseln nach Verlängerung!

#SCHULANFANG: Hab gelesen, dass ab heute in Hessen Schulkinder ab der 1. Klasse über Homo-Ehe und Analverkehr aufgeklärt werden, und das für alle verpflichtend, laut Sexualerziehungsplan von CDU und GRÜNEN! Ist das eigentlich Kindesmissbrauch im Frühstadium? Da kann man nur einen Schampus aufmachen und prosten:

„A VOTRE ROSETTE!“

#LP-TOP1: Die Rockgruppe „THE EAGLES“ haben die meistverkaufte LP aller Zeiten weltweit. Ihre „Greatest Hits“ überholen Michael Jacksons Album „Thriller“ TAKE IT

EASY – die Eagles waren und sind ewig die Besten!

Feddich

ELMI (Falschgold Experte bei der Sparkasse Göttingen … muha, rofl, lol!)

23. August 2018

#MÜNSTER: USA schiebt ehemaligen KZ-Wächter und SS-Schergen Palij (95) zurück nach Deutschland ab. So kurz nach dem Krieg? Das ging aber fix! Jetzt soll er in einem Altenheim bei Münster untergebracht werden. Die Amis sind nicht dumm! Jetzt wo es teuer wird, soll Germany blechen. Ob dem Typen der Blutdruck wohl steigt, wenns in Zukunft morgens heißt: „Moin, vor dem Frühstück erstmal duschen!"?

#BERLIN: Unser vom Volk gewählter Präsi (muha, rofl) hat wieder einen rausgehauen! „Es gibt keine Bio- und auch keine Pass-deutschen." Einspruch, Herr Bellevue, es gibt nur Dummdeutsche, die sich von Passdeutschen auf der Nase rumtanzen lassen. So siehts aus!

#ESSEN: Junge Mutter beklagt sich, dass ihr Sohn in der Kita der Einzige ist, der deutsch spricht! „Mein Sohn fühlt sich hier wie ein Ausländer." Während sie einen Kita-Platz für ihren Sohn einklagen musste, wurden ausländische Eltern bevorzugt!

Wir sprechen die ganze Zeit übrigens von einem katholischen Kindergarten. Nur damit auch dem einfältigsten Bio-Deutschen ein Licht aufgeht!

#DÜSSELDORF: Im Raum DÜDO wohnen rund 8.000 Japaner. Sie brauchen nie Integrations- oder Sprachkurse. Null Kriminalität! Auch der Steuerzahler muss nicht für sie aufkommen. Es gibt auch keine religiösen Probleme!

Das wären Menschen, die wir hier dringend bräuchten. Aber der Deutsche scheint irgendwie glücklicher, wenns messert!

#POLITIK: Krampf-Karrenbauer bei Lanz! Bla, bla, laber, schwätz, Teflon, gähn! Abschalten!

#VIPGEFLÜSTER: Sylvie Meis ist wieder Single! *** Nicht für eine Million!

Feddich

ELMI (Klimmzugspezialist am Hochhausgeländer auf den Balearen)

24. August 2018

#BINGEN: Nu isses raus! Der Brandanschlag am Donnerstagmorgen in einer Flüchtlingsunterkunft war kein fremdenfeindlicher Anschlag! Ein Syrer hat gestanden, das Feuer gelegt zu haben. Mit dem an die

Wand geschmierten Hakenkreuz wollte er eine falsche Fährte legen. Die angesagte Mahnwache gegen rechts findet trotzdem statt. Bitte Plakate nicht vergessen mit „Nazis raus“ oder „Wir sind bunt und ziemlich blöd“.

#BERLIN: Homofeindlicher Angriff auf einen Mann in Frauenkleidern! Zwei Männer attackierten ihn auf offener Straße und schlugen ihn zu Boden. Danach warfen sie mit Pflastersteinen nach ihm. Stark verletzt. Ist doch immer wieder schön, wie sich die arabische Kultur Stück für Stück in unserem Alltag manifestiert. Da kann man nur sagen: „ROCK ON!“

#OFFENBURG: Dieses Kaff in der Ortenau kommt einfach nicht zur Ruhe! Nach dem Mord an einem Arzt Messerstecherei am zentralen Busbahnhof am Montagnachmittag! Zwei Syrer kriegten sich vermutlich in die Wolle, ich vermute mal aus Mangel an Schokopudding, und zogen ihre Messer. Beide verletzt! Beherzte Passanten verhinderten Schlimmeres. Die sollten Offenburg umtaufen in Offenmesser!

#ÄGYPTEN: Archäologen sind in einem Grab auf einen der ältesten Käsereste der Welt gestoßen! Die Forscher tippen auf Ziegenstreichkäse Müllerin Art. Man kann damit mittlerweile Grabräuber erschlagen!

#MALLE: Ein junger Mann stürzte am Ballermann vom Balkon, nachdem er vermutlich im 12. Stock am Geländer Klimmzüge gemacht hat. Immer dran denken: „Nur Chuck Norris schafft zehn, einhändig!"

Feddich

ELMI (Hats auch gleich probiert, nix passiert! Wohne ebenerdig)

25. August 2018

#CHEMNITZ: Ein Toter, zwei Schwerverletzte bei Messerstecherei auf Volksfest! Die Jungs kamen einer Frau in Bedrängnis zu Hilfe. Täterbeschreibung Fehlanzeige. Was sagt uns das? Richtig! Wir brauchen mehr Asylanten! Und wenn dann täglich 500 bei uns vermessert werden, dann begreift es der Willkommenshorst immer noch nicht! Übrigens, das Stadtfest geht weiter! THE SHOW MUST GO ON!

#MECKLENBURG: Herbert Grönemeyer tritt überraschend bei Konzert gegen Rechts auf! O-Ton: „Diejenigen, die die Seenot in Frage stellen, gehören vor ein Gericht!" Sagt ein Typ mit Schwimmweste, der abgeschottet im sichersten Wohnviertel in London lebt und vermutlich noch nie einen sogenannten Asylanten gesehen hat! Und ja, er hat recht! Ich gehöre vor ein Gericht! Am besten vor ein Nudelgericht!

#CATANIA: An Bord des Schleuserschiffs „DICIOTTI" hat es mehrere Verdachtsfälle von Tuberkulose gegeben! Elf Frauen und fünf Männer durften gestern deshalb von Bord.

Heute der Rest. Tja, wer illustre Geschenke wie TBC nach Europa mitbringt darf auch von Bord. In Zukunft muss jeder Flüchtling nur kräftig mal husten und schon isser drin im Paradies!

#NEUKÖLLN: Sanitäter werden zu einem Notfall gerufen und versuchen, über eine Stunde lang einen Mann zu reanimieren. Während sie das tun sammeln sich ca. 75 Familienmitglieder eines Clans hinter den Rettern und bedrängen sie weiterzumachen, obwohl der Typ schon steif ist! Tja, manchmal kann nicht mal ein arabischer „VOLL DER BABO CLAN“ was ausrichten, was doch ziemlich beruhigend ist! Wir sind bald am Ende!

FREILUFTKLAPSE DEUTSCHLAND

Feddich

ELMI (Fordert: Nikab auch für Mohrenköpfe)

27. August 2018

#CHEMNITZ: Da passiert wieder mal ein Messermord mit einem Toten und zwei Schwerverletzten, und der Aufmacher der Tagesschau ist ein Bericht über Renten! Chemnitz wird erst kurz in den Tagesthemen erwähnt, nachdem über 1.000 Demonstranten der Kragen geplatzt ist. Die Nationalität der Täter wird weiterhin nicht genannt. Infos aus den sozialen Medien sprechen von einem Russen mit deutschem Pass, der gestorben ist.

Täter: Südländer! Noch hält sich die Presse sehr bedeckt! So was nenne ich Maulkorb! Und ihr wundert euch, dass die Menschen jetzt langsam die Nerven verlieren? Nicht wirklich, oder?

#ARD: Anne Will im Glück! Quoten rauschen ab, aber sie pfeift trotzdem im Wald! Arm in Arm mit unserer Deutschland-Abwürgerin aus Rautenhausen! O-Ton: „Menschen schauen uns vor allem dort, wo die AFD kein Bein auf den Boden bekommt!" Stimmt, in Nord Korea und auf den Aleuten.

#BERLIN: Wohnungsnot in der Rot-Rot regierten Hauptstadt wird immer gravierender. Obdachlosenhelferin beklagt: „Wir müssen Hochschwangere vor die Tür setzen!" Man muss das pragmatisch sehen, das Kind hätte eh keinen Kita-Platz bekommen, weil es kann ja kein Arabisch.

#CEUTA: Die spanische Enklave hat mal wieder Besuch bekommen. Wenn man die Bilder in den sozialen Medien sieht, kann man Angst kriegen. Allahu Akbar war noch das Harmloseste. Aber die Stammeskrieger aus Timbuktu wurden sofort nach Marokko abgeschoben. Ätschi! Allein mir kommen erhebliche Zweifel, denn wenn das wahr wäre, stünden die germanischen Menschenretter mit dem Heiligenschein Kopf und hätten sich längst angezündet! Hat jemand auch nur einen Grünen je brennen sehen? Ich leider auch nicht!

ELMI (Lügenpresse-Detektor)

29. August 2018

#CHEMNITZ: Kopie des Haftbefehls gegen den Mörder von Chemnitz in sozialen Netzen veröffentlicht! Kleiner Auszug gefällig? „Es besteht der Haftgrund der Fluchtgefahr. Der ledige und erheblich vorbestrafte und unter Bewährung stehende Asylbewerber ..." Schön, dass nun jeder sehen kann, in welchem Dilemma sich unsere Justiz befindet! Bitte mehr davon, damit es auch der Dümmste Linke kapiert (Allein mir fehlt der Glaube).

#GEWALT: Berlins Staatssekretärin Safran Chilli (SPD) erntet Shitstorm nach Aufruf zur linken Gewalt! Zitat. „Rechte werden immer stärker, wir sind zu wenig radikal." Jetzt fühlt sie sich total missverstanden. Armes Hascherl.

#WIESBADEN: Kunstposse wie es sie nur in Dummland geben kann. Künstler stellen eine Statue auf, die genehmigt wird, ohne sie vorher zu prüfen. Erst beim Auspacken merken dann die Kunst-Ziegen-Beglücker: Hey, der sieht ja aus wie der Dünnbrettbohrer vom Bosporus! Innerhalb von zwei Tagen ist die 4-Meter-Figur besprüht und es gibt Stress durch messerbewaffnete Anhänger des Moscheerutschers von Istanbul. Täusch ich mich, oder macht er den Hitlergruß? Egal, wurde heute Morgen abgebaut! Das passt, denn das Kunstfestival läuft unter dem Namen: „BAD NEWS".

#SOMMERMÄRCHEN: Historiker analysieren das Sommerinterview der Noch-Kanzlerin. Sie kommen zu dem Schluss: „Merkel ist übergeschnappt!“ Asyl-Lilly sieht sich in gänzlich anderem Licht: „Ich will, dass meine Kanzlerschaft mit Europa verbunden wird!“ Ich verbinde diese Kanzlerschaft mit einer Kapitulation vor Verbrechen, Messerstechereien, Vergewaltigungen und Abschaffung der Meinungsfreiheit! Ab in die Rauten-Klapse, aber schnell!

Feddich

ELMI (leider nicht vorbestraft! Kann also nie in die Politik)

30. August 2018

#SUMMERTIME: And the living is easy! Achtzig Prozent der EU Bürger sind für eine Abschaffung der Zeitumstellung. Von 4,6 Millionen Teilnehmern kamen 3 Millionen wohl aus Deutschland. Nun sollte Brüssel schnell in die Gänge kommen, bevor Grüne und Linke wieder eine andere Idee haben. Übrigens, völlig überraschend, die Sommerzeit soll auch im Winter bleiben. Ergo, ein vernünftiger Vorschlag. Ich glaube gerade deshalb, dass die EU es vergeigen wird. Vor allem ihr Chef, denn im Suff ist Zeit egal!

#DÜSSELDORF: Es geht lustig weiter! Männergruppe verprügelt 23-Jährigen und sticht mit abgebrochener Flasche zu. Lebensgefährlich verletzt. Keine Hinweise auf die Täter ist mittlerweile eine ziemlich genaue Beschreibung eben dieser. In meiner Jugend gabs den Highlander, heute isses eben der Südländer. Irgendwann ist es dann ein Mord zu viel, dann gibts Chemnitz hoch tausend! Doppelschwör!

#LITERATUR: Neues Buch von Thilo Sarrazin veröffentlicht. Wiederum ein Bestseller. Er befürchtet die feindliche Übernahme des Islam in Europa! Die muss er gar nicht mehr befürchten, die ist schon auf dem unaufhaltsamen Weg. Der Drops ist bereits gelutscht. Er weiß es, ich weiß es, die Rauten-Hexe weiß es und die verschleierten Kuffnucken wissen es schon lange.

#DUMMLAND: Unfassbar! Die Polizei nimmt einen Mann fest, der in den letzten zwanzig Jahren 542 Straftaten beging. Abgeschoben wird der mehrfach Vorbestrafte nicht. Kein Pass! (Muha). Man weiß seinen Namen nicht, man weiß nicht woher er stammt. Man vermutet Marokko. Ich kenne ein paar Kumpels, die bräuchten ca. zehn Minuten, dann wüsste der seinem Namen wieder und könnte sich auch irgendwie dunkel erinnern, wo genau aus Afrika er stammt! Wette??? Bis dahin wird er wohl das Bundesverdienstkreuz erhalten für

1.500 Ermittlungsverfahren, die alle im Sand verlaufen sind! RESPEKT!

#POLIZEIREPORT: In Deutschland fahndet die Polizei derzeit nach fast 300.000 Menschen, die festgenommen werden sollen. Bei 126.328 handelt es sich um Ausländer, die das Land verlassen müssten. Wir sollten uns umtaufen in: „Hätte, hätte, Flüchtlingskette."

Feddich

ELMI (Börsenexperte von Portfolios in „Diversifikationen im volatileren Umfeld"

31. August 2018

#DÜDO: Eineinhalb Wochen nach dem Mord an einer Frau in Düsseldorf wurde der Täter Ali S. in Spanien festgenommen. Jetzt droht ihm sicher eine mehrwöchige Haft! Darf man so einen traumatisierten Menschen eigentlich unter Palmen überhaupt verhaften? Da gibts doch sicher einen juristischen Kniff!

#CADIZ: Während Dummland sich noch im Chemnitz-Desaster suhlt und alles auf die AFD schiebt, kommen hier an wunderschönen Sandstränden täglich -zig lustige Schlauchboot mit Alis und Yussufs an, die sich hoffentlich alle bald bei uns ins Nachtleben auf Volksfesten eingliedern. Man darf gespannt sein! Da wird das Sprichwort endlich auch mal plakativ: „Es steht auf Messers Schneide!"

#KARNEVAL: Der Karnevalsverein „Frechener Negerköpp“ hat nach vierzig Jahren seinen Namen geändert. Grund hierfür waren Anfeindungen von allen Seiten. Der Verein nennt sich jetzt „Wilde Frechener“! Statt schwarz geschminkt wollen die Jecken jetzt in Tierkostümen feiern. Da wäre aber doch der Name „Die doofen Affen“ wesentlich besser gewesen! Oder wahlweise „Die coolen Monkeys“.

#HAGEN: Da wir gerade dabei sind: Es existiert ein Video im Netz, das den Versuch zweier Polizeibeamten zeigt, einen schwarzen Straftäter dingfest zu machen. Sie schaffen es nicht. Er vermöbelt sie und haut ab! Die Entschuldigung: „Der Verdächtige war ein echter Endgegner!“ Is klar, dann kann es auch keinen Endsieg geben! Frage. „Wie wärs denn das nächste Mal mit einem Schuss ins Knie?“ Also quasi als Endlösung!

#CEUTA: Spanische Polizei schiebt 116 Eindringlinge aus Exklave nach Marokko ab! Keine Sorge liebe Weltretter, nicht weinen, die sind schon längst wieder da!

Feddich

ELMI (Schwulenberater von Papst Franziskus)

👎♏❑ ⬧♍♒⬥◆●♏ ●⬈⬥⬥⧫♎♓♏ ✌❑ ♌♏♓⧫ ❑◆♒■ ◆■♎ ♐❑♏◆◆ ⬥ ♓♍♒ ♋◆♐ ♎♏■ ✌♐⧫♏❑■□□■

September 2018

☜●❍♓⬧ ❍□♓■♌□♓♐■

Elmis moinbrifn

1. September 2018

#NIEDERLANDE: Afghane sticht in Amsterdamer Bahnhof mit Messer auf zwei Personen ein! Schwerverletzt! Terrorverdacht! Polizei schießt den Deppen nieder - Ende der Veranstaltung! Ach ja, der Messerwerfer aus Messerpotanien hatte deutsche Aufenthaltsgenehmigung! Womit wir wieder mittendrin wären!

#GOSLAR: Es klingelt bei einem älteren Ehepaar in Bad Harzburg. Der Stromableser! Ehepaar öffnet die Tür. Großer Fehler. Zwei maskierte Männer bedrohen die alten Leutchen mit einer Knarre und erbeuten die Ersparnisse! Danach hauen sie ab. Im Polizeibericht spricht man jetzt vorsichtig von „südländisch wirkend"! Ja, ja, die deutsche Sprache ist mitunter recht zart und blumig!

Wäre doch Stoff für eine neue TV Serie. „Yussuf der Stromzähler".

#KOPENHAGEN: Erstmals Geldstrafe in Dänemark wegen Nikab-Tragens verhängt! Das war die gute Nachricht, die schlechte: Ein französisch-algerischer Geschäftsmann hat angekündigt, alle Bußgelder zu übernehmen! So hebelt man Gesetze einer Demokratie ruck-zuck aus! Irgendwann in ca. zehn Jahren wird man fragen: „Wie konnten wir so doof sein"?

#SUPERFOOD: Edeka ruft Blattspinat zurück! Es sollen wohl Plastikteilchen im Spinat sein. So ändern sich die Zeiten. In meiner Jugend hat man uns immer gesagt, es wäre Eisen im Spinat. Hat sich aber als Fake rausgestellt, nachdem uns Kids jahrelang dieses Gemüse ins Gesicht gedrückt wurde. Also, ganz entspannt bleiben und AFD wählen!

Feddich

ELMI (Der Popeye der sozialen Medien)

3. September 2018

#MEDIEN, ZDF: Die bei der Talkshow Illner als Zufallsbürgerin vorgestellte, mit einem Schwarzen verheiratete, Frau entpuppte sich nach der Sendung als Politfunktionärin der Linken. Sie wirft den Kleingärtnern um Potsdam Rassismus vor, wenn diese Deutschlandfahnen hissen! Tja, liebes ZDF, manchmal geht der Schuss nach hinten los! Oder ward ihr nur fasziniert vom Klischee der Romanze zwischen unterschiedlichen Rassen? So eine Art Schuldkomplex trifft auf Kolonialopfer? Dann könnte ich es noch verstehen. Nobody is perfekt!

#WACHKOMA: Unser Minister für Äußerliches hat wieder einen rausgehauen! Er fordert die Bürger im Kampf gegen Rechts zu mehr Einsatz! „Die Bürger müssen dann auch mal vom Sofa hochkommen!“ Sagt ein Mann, der seine politische Karriere lustig vor sich hinstolpert und in ehemaligen KZs auf Sinnsuche geht! Und auch nur deshalb in die Politik gegangen ist! Wie wäre es, wenn er mal was für die Bürger tun würde, ich meine außer dem Netzwerkdurchsetzungsgesetz?

#BUNTLAND: Wenn einst Historiker fragen werden, wann genau Xenophobie und Faschismus in diesem Land wieder so aufblühen konnten, dann werden sie nicht um die rotgrüne Agenda 2010 herumkommen. Dort genau begann die Beschneidung der Meinungsfreiheit, ein neoliberales Eldorado, das Ende des Sozialstaates, zumindest für uns Deutsche! Danach machten sich die Herren Schröder und Fischer feixend vom Acker und wurden Mehrfachmillionäre! Gewusst wie!

#BERLIN: Die Rockgruppe U2 bricht Konzert in der Berliner Mercedes-Benz-Arena nach 20 Minuten ab. Die Stimme des Sängers Bono versagte! Welche Stimme?? Das hat man davon, wenn man immer mit Chateau Mouton Rothschild 2010 gurgelt!

ELMI (Wiener Sängerknabe)

4. September 2018

#CHEMNITZ: Toll! ARD, wie ihr so ausgewogen über die Proteste der Menschen berichtet habt. Das nenne ich wahre Propaganda. Goebbels hätte seine Freude dran, würde er noch leben. Das was ihr gemacht habt, hat mit fairem Journalismus nichts mehr zu tun. Sich dann hinterher zu entschuldigen, dass ihr den Bericht über Hitlergruß-Zeigende aus dem Vortag einfach noch mal gesendet habt, um den Eindruck zu erwecken, die grüßen den Führer täglich, ist Systemjournalismus vom Feinsten! Das riecht förmlich nach dem nächsten Bambi.

#KANDEL: Die Justiz kriegt das fast noch besser hin! Der eiskalte Mörder von Mia, vermutlich aus Afghanistan, erhält nur 8,5 Jahre Haft nach Jugendstrafrecht! Ihr elenden Sackratten, schämt ihr euch eigentlich nicht? Und ihr wundert euch, dass die Menschen jetzt langsam die Fassung verlieren? Noch zwei oder drei solche Urteile und die AFD ist bei 35 Prozent! Ick schwöre!

#BERLIN: Fassungslos! Ein 10-Jähriger wird bei einer Klassenfahrt von einem ebenfalls 10-Jährigen vergewaltigt. Zwei 11-Jährige hielten den Jungen fest. Täter kommen aus Afghanistan und Syrien. Frage: „Was ist mit diesen verbogenen Kreaturen eigentlich los, und wieso müssen wir es immer ausbaden?" Die Antwort kennt nur der Wind, am besten von rechts!

#SCHWEDEN: Morde und Gewalt erschüttern dieses Land! Am kommenden Sonntag sind dort Wahlen. Dieses Land leidet besonders brutal unter seinen Asylanten und Migranten. Ganze Stadtviertel sind nicht mehr zu beherrschen. Deshalb könnte die Rechtspopulistische Partei das Rennen machen. Alter Schwede! ABBA, WASA auch kommt, mir isses vollkommen VOLVO!

#GAG: Kölner Aktivist Ali schreibt: „Wie konnte diese Frau (Swasan Chebli) überhaupt jemals Staatssekretärin werden?" Antwort auf seinen Tweet kam von einem österreichischen Politiker: „Schau Dir mal ihre Knie an, vielleicht findest du da eine Antwort!"

MUHA ROFL LMAO! (Der Politiker verlor daraufhin seinen Job! ... nicht so witzig).

Feddich

ELMI (Was rufen Elektriker????? WIR SIND DAS VOLT!

5. September 2018

#POLITIK: Rauten-Lilly will Chemnitz besuchen - aber erst im Oktober. Vielleicht hat sie ja Glück und es gibt eine Art Oktoberfest. Vielleicht diesmal mit drei Toten, dann machts auch Sinn! Da wo einst die Messe stand, gibt es einen Messerstand!

#BERLIN: In Neukölln, dem Berliner Nobelviertel für Beduinenkinder aus Cousin-Cousine-Ehen, gabs eine üble Messerstecherei. Zwanzig bis dreißig „Ich schwör bei Ehre" bei einer Konfliktlösung! Ein Schwerverletzter! Puuhhh, gerade noch mal Glück gehabt! Die Toten Hosen waren schon wieder im Tourbus! Knapp am Freikonzert ist auch daneben. Nicht traurig sein, liebe Gutbürger, die Neuzugereisten werden euch nicht enttäuschen. Word!

#FRANKFURT: In Frankfurt an der Oder überfielen am 26. August ca. zwanzig polizeibekannte Migranten-Syrer einen Nachtclub mit Messern und riefen: „Allah, wir stechen euch ab! Wir sind Araber, wir töten euch alle!" Jetzt prüft der Bürgermeister eine Ausweisung dieser mehrfach vorbestraften islamischen Einzeller. Es wird wohl bei der Prüfung bleiben, so wie ich unsere lasche Rechtsprechung einschätze! Denn wie war das Zitat eines Justizbeamten: „Auch Richter haben Familien und fürchten um ihre Sicherheit." Muss man, glaube ich, nicht weiter kommentieren!

#GESUNDHEIT:

Jens Spahn hat einen Plan:

Er will ran an Dein Organ!

Conchita Wurst, die kesse Nette,

Spendet ihm ihre Rosette!

#WIRSINDMEHR: Hey ihr Schwanznasen, ihr seid nicht mehr, ihr seid nur lauter und wesentlich doofer!

Feddich

ELMI (Kein Fan der Toten Hosen)

6. September 2018

#LITERATUR: Ich habe noch keine einzige positive Kritik über das neue Buch von Thilo Sarrazin gelesen. Das ist ein sehr gutes Zeichen. Das Ding verkauft sich wie warme Semmeln.

Sämtliche Islamverbände und Kenner dieser Weltherrschaftsideologie greifen die Thesen Sarrazins an. Vielleicht weil sie insgeheim ahnen, dass er wieder recht behalten wird. Alles was er in seinem Bestseller „Deutschland schafft sich ab" vorausgesagt hat, ist eingetroffen. Oft noch gewaltiger als von ihm beschrieben. Ich fürchte diesmal wirds noch schlimmer!

#ZUKUNFT: Zitat: „Massive Zuwanderung aus vormodernen Kulturkreisen, die durch niedrige Bildungsgrade und geringe Intelligenzquotienten bei hoher Fertilität und Anspruchshaltung gekennzeichnet ist!"

Übersetzung: Glücksritter in buntem Gewand aus Lehmhütten und negativem IQ-Horizont und null Peilung überfluten uns mit Hilfe unkontrollierter Vermehrung, Gewalttätigkeit und einer immer mehr fordernden Pseudo-Religion! Schöner kann ich es nicht formulieren, beim Barte des profanen Proleten!

#SPANIEN: Gestern wurden wieder 600 Asyltouristen auf hoher See gerettet und nicht nach Afrika zurückgebracht, sondern an die weißen Strände an den Costas in Süd-Spanien! 600 Probleme mehr für Europa!

Stimmt schon, was man sich so in Flüchtlingshelferkreisen zuraunt: „Alle elf Minuten parschifft ein Flüchtling ins Mittelmeer!"

#PROZESSPOSSE: Bundesgerichtshof hat einer Revision gegen das Urteil des Landgerichts Paderborn stattgegeben. Algerier hatten ihre Flüchtlingsunterkunft angezündet und wurden angeklagt und verurteilt. Ob der neue Prozess überhaupt stattfinden kann, ist unwahrscheinlich, da niemand weiß, wo sich die damals Angeklagten inzwischen aufhalten. Man kann nur noch mit dem Schopf kütteln!

#HOFFNUNG: Staatsanwalt legt Revision gegen das Urteil von Kandelmörder ein! Daumen drücken. Jetzt kommt der Vollhonk sicher in den offenen Vollzug.

Feddich

ELMI (SIT-Ups-Experte)

7. September 2018

#CHEMNITZ: Der Ministerpräsident dieses Bundeslandes kritisiert die Medien für ihre widerliche Berichterstattung. Zitat: „Es gab keinen Mob, es gab keine Hetzjagd und es gab keine Pogrome in dieser Stadt!“ In allen Talkshows und Heute-Sendungen wurde mit entsetzter, tiefbetroffener Miene eben dies fortwährend behauptet. Wenn es jemals einen Grund gab, die Systemmedien nie wieder ernst zu nehmen, dann wohl deshalb.

#CSU: Innenminister Seehofer bringt es auf den Punkt:

„DIE MUTTER ALLER POLITISCHEN PROBLEME IST DIE MIGRATION!“

Diese Aussage wäre noch vor einem Jahr politisch tödlich gewesen. Aber es sind nicht wir deutschen Bürger, die das möglich gemacht haben, sondern der immense immer noch andauernde, aggressive Flüchtlingsstrom, der so schnell nicht enden wird. Bin gespannt, wie die Erkenntnisse in einem Jahr lauten.

#PRESSE: Gabor Steingart ist zurück mit seinem Morning Briefing! Einst verbannt aus der Riege der Systemschreiber feuert er wieder aus allen Rohren. Beweis?

„Bald gibt es in Ostdeutschland mehr freilebende Wölfe als SPD-Mitglieder.“

Sehr geil! Weiter so!

#POPROCKPUNK: Die Toten Hosen finden Angela Merkel super. Ich dachte zuerst, es sei ein verspäteter Aprilscherz! „Frau Merkel hat Applaus verdient“ (Anmerkung des Verfassers: Nicht mal bei ihrer Beerdigung!). Hier zeigt sich deutlich, wie im Lauf der Jahre intensiver Alkoholmissbrauch langsam zu Hirnerweichung führt. Das waren mal Punker, die auf Politiker und Polizei geschissen haben und in Bierzelte kotzten. Seit sie ca. 2700 Eigentumswohnungen besitzen, muss sich was geändert haben. Vielleicht war auch was im Düsseldorfer Trinkwasser. Wenns hier demnächst richtig rund geht (in zwei, drei Jahren, schätze ich) sind das die Ersten, die nach Ibiza flüchten und auf ihrer Hacienda Champagner saufen. Irgendwie mehr tot als Hose!

Feddich

ELMI (Tourmanager für Betroffenheitsidioten)

8. September 2018

#HETZJAGD: Merkelsprecher stark unter Beschuss! Endlich erwischt es diesen Teflon-Suppenkasper auch mal. Er sprach auf Pressekonferenz vehement von „Hetz-jagden“ gegen Flüchtlinge in Chemnitz. So wie es momentan aussieht, gab es laut Verfassungsschutzchef Maaßen keine ein-deutigen Beweise dafür. Einer von den beiden wird dann wohl den Stuhl räumen müssen. Ich hoffe es trifft den Rauten-Rotbäckchen-Rumlaller aus dem Kanzleramt!

Er kann ja dann zurück zum ZDF, die brauchen Wahrheits-Verklärer in windigen Zeiten wie diesen.

#TRUMP: Er ist nicht nur der beste Präsident, den die U.S.A. je hatten, er macht auch jede Menge Kakerlaken reich. So ziemlich jeder oder sollte ich sagen „jede", die ihm näher als einen Meter kamen, fühlen sich jetzt bemüßigt, ein Enthüllungsbuch über ihn zu schreiben. Auflage jeweils in die Millionen. Egal ob Nutte oder Maulwurf-Mitarbeiter, er macht sie alle reich und sie bewerfen ihn mit Dreck! Trump hat dafür gesorgt, dass die verlogene Polit-Mischpoke nicht mehr so agieren kann, wie sie es seit über sechzig Jahren gewohnt war. Das tut weh! Wählt Trump ruhig ab, ihr Penner, dann dauerts noch zwei Jahre und es gibt Krieg!

#BERLIN: Schießerei vor einer Bar in Neukölln, dem El Salvador für Testo-Bolzen. Zwei Mitglieder einer polizeibekannten Großfamilie sind aus einem Auto heraus niedergeschossen worden. Täter entkommen unerkannt! Ein Zeuge, der die Täter verfolgte, wurde ebenfalls beschossen! Zwei Verletzte kommen ins Krankenhaus! Dort muss die Polizei wieder eingreifen, weil etwa 150 Spacken versuchen, zu den Verletzten vorzudringen, um ihnen Beistand zu leisten. Und irgendjemand behauptet doch immer noch, Integration würde bei uns funktionieren. Macht euch keinen Kopp! Das klärt sicher ein muslimischer Friedensrichter. Und täglich schießt der „hat einen an der Murmel-Clan"!

#SPD: Justizministerin Barley, das Bullauge vom Prenzelberg, tönt: „Chemnitz könne nicht der Anlass sein, nach Sorgen und Nöten der Menschen zu fragen!" Alles klar, wir haben verstanden, das Volk interessiert nicht. Nur so viel, Frau Einspruch, wenn die Nöte des Volkes zu groß werden, sollten Sie, wenn möglich, den letzten Flieger nach Bogota noch erwischen! Ich drück beide Daumen!

Feddich

ELMI (Der Ghost-Writer von Thilo Sarrazin)

9. September 2018

#MANN ÜBER BORD: Daniel Küblböck springt von Kreuzfahrtschiff AIDA! Laut Augenzeugen von Deck 5! Das ist mächtig hoch! Atlantik ist ziemlich kühl. Das sieht nicht gut aus, nur so ein Bauchgefühl. Scheint in Mode zu kommen! Wer schon mal im Meer getrieben ist, weiß, von was ich rede. Eher findet man eine Stecknadel im Heuhaufen.

Nach ca. drei Stunden wirds eng. Habs selbst erlebt! Hoffentlich finden sie ihn!

#KÖTHEN: Töten in Köthen (Sachsen-Anhalt). Ei gugge da, wieder ein bedauerlicher Einzelfall. Zwei Afghanen töten Deutschen! Aber immerhin gabs vorher keine Hetzjagd, das wird die Journalisten vonne ARD und ZDF sicher beruhigen. Grund: Drei Afghanen stritten sich, wer von ihnen eine deutsche Frau geschwängert hatte! Mann, Mann, wenn das die Toten Hosen erfahren, die kommen aus den Benefizveranstaltungen gegen Rechts gar nicht mehr raus.

Und, vor allem, was singen die Fettsäcke von „Feine Sahne Fischfilet" diesmal? „Fick die Henne, tret ihr in den Bauch" ???? Zuzutrauen wärs ihnen!

#TENNIS: Serena Williams, die Testosteronbombe unter den Netzrollern, verliert zuerst die Fassung und dann das Spiel. Erst Schläger zertrümmert und dann den Schiedsrichter einen Dieb genannt. Bei der Pressekonferenz dann einen auf Sexismus-Vorwurf, fehlte nur noch die Rassenkeule! Ganz nebenbei verdarb sie der Siegerin die Freude über den Gewinn ihrer ersten US-Open. Krankhafter Ehrgeiz, sonst nix!

#BERGEDORF: Ein Mann wird in seinem Haus überfallen. Die Angreifer schlagen, treten und vergewaltigen ihn und filmen ihre Tat! Anschließend rauben sie ihr Opfer aus. Täter: Mustafa, Dustin, Ulas! Ein munteres Multikulti-Trio der herberen Art! Da muss man

Verständnis aufbringen als toleranter Mensch. Mein Tipp: Acht Monate auf Bewährung bei günstiger Sozial-Prognose! Wir haben fertig - definitiv!

#SCHWEDEN: Heute wichtige Wahl im IKEA-LAND! Ich schätze mal, ab heute werden alle Schrauben rechts gedreht. Bin gespannt! Aber man weiß es ja nicht, die haben genau so verpeilte Linksdeppen wie wir. Mehr noch, dort wurden sie erfunden!

Feddich

ELMI (Weißer Sklave und Saitenspanner von Serena Williams)

10. September 2018

#SCHWEDEN: Hat doch nicht geklappt mit dem Rechtsruck im WASA Land. Die Linken brauchen jetzt einen Koalitionspartner. Das ist wie bei uns, um an der Macht zu bleiben würde die CDU auch mit Elefantenkacke koalieren, nur um die AFD zu verhindern!

#SPD: Neues von der Loser-Partei! SPD will Mieterhöhungen praktisch verbieten. O.K., Frau Bätschi, wissen Sie was ich beim nächsten Mieterwechsel mache? Ich lass die Wohnung einfach leer. Glückwunsch!

#DUISBURG: Nach einem Überfall auf eine 17-Jährige sind vier Täter festgenommen worden!

Gegen sie wird wegen versuchten Mordes ermittelt. Das Opfer war zuvor mit ihrem 16-jährigen EX-Freund unterwegs, um über ihre vergangene Beziehung zu reden. Dann tauchten plötzlich drei Maskierte auf und schlugen gemeinsam mit dem Freund auf das Mädchen ein und verletzten es schwer. Klingt wie eine Beziehungs-Konfliktlösung im arabischen Raum! Den Bericht habe ich aus dem türkischen Magazin: MIT MESSER IS DÖNER.

Übrigens, die Polizei macht keine Angaben über die Nationalität der Täter. Ui, hammse Angst?

#BERLIN: Sonntagabend wurde ein bekannter Intensivtäter aus dem Berliner Clan-Milieu erschossen. Kleine Meinungsverschiedenheit unter Großfamilien. Kann ja mal vorkommen.

Oder beginnen gerade die deutsch-arabischen Abou-Chaker Filmfestspiele?

Feddich

ELMI (Stimmungsaufheller)

11. September 2018

#DB: Fahn, fahn, fahn mit der Bundesbahn! Sie wollten nur auf Klassenfahrt nach Berlin, aber für drei Mädchen wurde das zum Alptraum. Ein 24-jähriger Marokkaner griff den Mädchen an den Po und belästigte sie fortwährend! Lehrerin versuchte einzugreifen und rief die Polizei.

Festnahme! O.K., er ist schwarz gefahren, aber hatte er auch Bahncard?? Wenn nicht, wirds eng für ihn! Da greift der Rechtsstaat erbarmungslos durch!

#BADEN-BADEN: Überfall und Raub in Tiefgarage! Täter aus Gambia wirft eine Frau zu Boden und beginnt mit sexuellen Handlungen. Ein mutiger Passant kommt der schreienden Frau zu Hilfe und wird leicht verletzt. Täter entkommt mit Handy der Frau, wird aber später in der Innenstadt festgenommen. U-Haft! Wie viele von denen wollen wir noch reinlassen? Sechs Millionen? Ich ahne Ungemach.

#POLITIK: CDU-Frau Bellmann will keine Muslime in der Partei! Krampf-Knarrenbauer weist sie zurecht! Macht Sinn! Irgendwie müssen ja die dreihundert bestellten Burkas für die Bundestagsabgeordnetinnen gerechtfertigt werden. Darauf ein dreifaches Halal!

#ESSEN: Angriff auf Polizei bei Kontrolle in einer Shisha-Bar. Jetzt wirds bizarr. 17-Jähriger nimmt Anlauf und tritt die Polizistin um. Nach der Attacke wollten die beiden Beamten den Angreifer zu Boden bringen. Doch herrjeh, da tauchen plötzlich aus dem Nichts vier bis fünf weitere „Südländer" auf und schlagen die Polizisten. Erst als zwei Zeugen der Tierrettung zu Hilfe kamen, gelang es mit vereinten Kräften, den Täter festzunehmen. Die anderen Täter verschwinden unauffällig. Frage: „Was muss eigentlich noch passieren, bevor ein Polizist sich daran erinnert, dass er eine Waffe bei sich führt?"

Feddich

ELMI (Happiness is a warm gun - John Lennon)

13. September 2018

#BUNDESTAG: Halligalli in Berlin! Ich hab so das Gefühl, dass die Sprache im Umgang von Politikern zurzeit etwas aus dem Ruder läuft! Da wird bei einer Zwichenfrage, ja richtig gehört, Zwichenfrage, von Faschismus gepöbelt, Oppositionskollegen als hässlich bezeichnet und Demonstranten als Arschlöcher beschimpft.

Die Grünen-Vorsitzende ließ da kurz aufblitzen, aus welcher Gosse sie kommt. Bitte mehr davon, denn Live-Schaltungen sind oft ehrlicher als diese systemtreue Berichterstattung der austauschbaren Nachrichten-Sendungen.

Jetzt mal eine Zwichenbemerkung: „Rhetorische Aufrüstung wäre für mich, dass Politiker, die kein ‚sch' sprechen können, vor der Karriere einen Logopäden zu Rate ziehen."

Zusammenfassung der gestrigen Debatte: „Migranten sind an allem SCHULZ!"

#SIGMARINGEN: Ein Asylbewerber aus Nigeria ist kurz vor seiner Abschiebung aus dem Fenster gesprungen! Schwer verletzt! Das kommt davon, wenn übereifrige Betreuer ihre Schäfchen vorher warnen! Einer ist verschwunden und den Free-Jumper haben wir an der Backe bis zum Sankt Nimmerleinstag! Na, Bravo!

#HAMM: Leichenfund am Mittwoch. Tote Prostituierte am Flughafen gefunden. Tatverdächtiger Syrer (24) festgenommen. Ich seh schon den Staatsanwalt rotieren. „Wenn wir den Täter nicht unter 18 kriegen, müssen wir bei der Obduktion auf Herzversagen plädieren." Keine einfache Geschichte!

#BEATLES: In der Zeitschrift GQ berichtet Ex Beatle Paul McCartney über gemeinsames Masturbieren (meine Lieblingssportart in den 60-ern) zusammen mit seinen Bandmitgliedern. O-Ton: „Es war dunkel im Zimmer und irgendeiner fing an, und um sich bei Laune zu halten riefen sich die Jungs die Namen von scharfen Frauen zu! Zum Beispiel Brigitte Bardot, Claudia Cardinale, Jane Mansfield oder Marilyn Monroe, bis dann kurz vor dem Höhepunkt John Lennon rief: „Winston Churchill" Das wars dann!"

O.K. Facebook Freunde, you got a boner? Hier kommt der Test:

Claudia Roth, Kramp-Karrenbauer (wuaaaa), Kipping, Künast (wuaaaaaa), STEGNER! (Dickus kaputtus)

15. September 2018

#POLITIK: Hätte Horst Seehofer sein geniales Zitat etwas länger gemacht, dann gäbs heute keine Diskussion.

„DIE MUTTER ALLER PROBLEME IST DIE MIGRATION SEIT 2015, VERANLASST DURCH DIE MUTTER ALLER PROBLEME BEI UNS!

O.K., hätte ihn die Rübe gekostet, aber manchmal braucht man das, was Politiker nicht haben. EIER!

#ANKARA: Die türkische Lira rauscht den Bosporus hinunter. Inflation kletterte im August um 18 Prozent. Gestern hat die türkische Notenbank den Leitzins erhöht. Von 17 Ziegen auf 24 Ziegen. Wenn das so weitergeht, gibts jede Menge Määäääääh!

#KÖLN: Zoff im Hambacher Forst! Ein wunderschöner Wald soll abgeholzt werden, wegen Braunkohleabbau! Ein Wahnsinn, der schon seit Jahren subventioniert wird und keiner traut sich, diesen Blödsinn einzustampfen. Wo sind die Grünen, wenn es mal wirklich was zu Stoppen gäbe? Notfalls mit voller Wucht! Wo sind die Toten Hosen, wenn Natur zerstört wird? Vermutlich sitzen sie zu Hause auf ihren Braunkohle Aktien!

#BERLIN: Die Flachzangen von SPD/ GRÜ-

NEN und LINKEN wollen jetzt Köpfe rollen sehen. Es geht diesen hohlraum-versiegelten Matschbirnen nur darum, den politischen Gegner oder Partner zu schwächen, und das um jeden Preis. Die tatsächlichen Probleme werden auf diesem Nebenkriegsschauplatz nie und nimmer gelöst. Zur Zeit der französischen Revolution hätte man diese Bande auf dem Scheiterhaufen verheizt, vermutlich mit Braunkohle!

#JUSTIZ: Mein lieber Scholli, binnen 24 Stunden wurden zwei Männer zu Bewährungsstrafen verurteil, weil sie bei den Demonstrationen in Chemnitz den „Hitlergruß“ zeigten (acht Monate/fünf Monate plus Geldstrafe). Seltsam, da gehts ja ruck-zuck. Wenns mit Abschiebungen von kriminellen Migranten genauso schnell klappen würde, könnte man eigentlich nicht meckern. Tja, wenn das Wörtchen wenn nicht wär, wär Mohamed ein Teddybär!

#FUSSBALL: Frage: Ist die OLA-Welle im Stadion eigentlich auch nicht nur ein zweiarmiger, politisch nicht korrekter GRÖFAZ Gruß? Oder eher eine Art bilaterale Grußform gegen Unterarmnässe? Denkt mal drüber nach!

ELMI (Braunkohle is auch voll Nazi)

17. September 2018

#KÖTHEN: Nach den Ereignissen in diesem illustren Städtchen brannten letzte Woche plötzlich mehrere Autos lichterloh. Nach Angaben der Presse hatten sie sich infolge eines technischen Defekts selbst entzündet und abgefackelt. Mann, Mann, der Spruch könnte stimmen: „Wir können sie nicht zwingen die Wahrheit zu sagen, aber wir können sie dazu bringen, immer dreister zu lügen."

#NEUKÖLLN (KALIFAT): Großer Andrang bei Beerdigung eines Clan-Intensivtäters!

Fast 2.000 sogenannte Trauergäste mit Einheitshaarschnitt geben dem Verbrechen ein letztes Geleit. Aufwändiger Polizeieinsatz zahlen natürlich die deutschen Steuerzahler. Aber das macht jetzt den Koran auch nicht mehr fett!

#TREIBJAGD: Hans-Georg Maaßen muss weg! Das wünschen sich Linke, träumen sich Grüne und Andrea Nahles, die springende Hüftburg, besteht sogar darauf! Schon alleine deshalb sollte er weiterhin Chef des Verfassungsschutzes bleiben. Da ich unsere Schwanznasen jedoch kenne, schätze ich, er wird als Bauernopfer gehen müssen. Mal kucken ob ich recht behalte!

#BERLIN: Innenminister unter Druck! Ex-Minister Blüm nennt Seehofer eine „tragische Gestalt". Das sagt ausgerechnet der Richtige, der Don Quichotte der Rentenlüge der 80-er.

#ITALIEN: Nette Meldung aus Rom: „Italien hält deutsche Politiker für Witzfiguren." Mir deucht, da könnte was dran sein!

#POLITIKGEDÖNS: Da scheinen sich alle Schreibhansel der Gleichschaltpresse und Comedy-Sendungen förmlich zu überbieten mit überaus witzigen Maaßen Jokes.

„Das Maaß ist voll, über alle Maaßen, völlig maaßlos, völlig ohne Augenmaaß, der Hohlmaaß … usw.

Komm, einer geht noch: „In fünf Tagen kann man in Bayern wieder Maaß halten!"

Haha haha hahaha hahahh hahahha hahahah. Kann nicht mehr ...

Feddich

ELMI (trägt maaßgeschneiderte Unterwäsche von „Women´s Sekret")

18. September 2018

#RAUTE: Die Turtle Ninja aus Templin soll laut Presse bereits entschieden haben, dass Verfassungsschutz-Präsident Maaßen sein Amt verlieren wird. Mal abgesehen davon, dass die Presse diesen Vorgang gerne durchpeitschen würde, wäre das trotzdem ein starkes Stück. Sie macht, was sie will! Das ist schon lange keine Demokratie mehr! Die SPD schreit und DDR Trulla lässt Köpfe rollen! Das nennt man GROKO Diktatur! Wenn ich Seehofer wäre, dann würde ich sagen. „Du Angie, wenn Du da jetzt vor die Kameras trittst und den Rücktritt meines wichtigsten Mitarbeiters verkündest, dann ergänze doch deinen Satz mit der Bemerkung, dass es jetzt Neuwahlen geben wird, denn die CSU hat von dieser KLOAKE die Schnauze gestrichen voll." Das, lieber Horst, wäre Politik, die man wählen könnte!

#VERFASSUNG: Schulz weiß es auch schon, Maaßen muss gehen! Ich hoffe, das Spektakel wird mal verfilmt. „The Life of Maddin". Wir beginnen mit der Kreuzigungsszene. Links Maas, rechts Stegner und in der Mitte Jesus Schulz pfeifend:

"Always schpuck from the right side to left" didüdd düdidididüd. „I'm a piece of shit, when you look at it! Dada dada didadidamm!

#BERLIN: Nach der Ermordung eines Straftäters aus dem kriminellen Clan-Milieu, sucht eben dieser Araber-Clan bei Facebook nach den Killern! „Alde, isch war nischt, hab Ali Bi, war Puff! Zudem hab ich nix Waff, habt alle ihr!" Ohne Faxen, die Clans haben das Gefühl, sie können tun, was sie wollen, lese ich gerade hier. Die haben nicht das nur das Gefühl, die machens einfach. Wieso? Weil bei uns das halt geht! Ich hätte bei Twitter gesucht, vielleicht verzwitscherts einer!

#BUNDESTAG: Berliner Staatssekretärin Saffran Chilli (SPD) hat am Donnerstag unter Tränen den Plenarsaal verlassen. Ich bin restlos ergriffen. War sie vielleicht traurig, dass sie absolut gar nix kann, außer Migrationshintergrund? Ma weeses ned! Ma weeses ned!

#POPROCK: Neuer Rekord für Ex-Beatle Paul Mc.Cartney. Sein neues Album landete an der Spitze der Album Charts. Von Null auf Eins in den USA. mit 135.000 verkauften Exemplaren. „ALL YOU NEED IS GENIUS" - „YEAH"!

Feddich

ELMI

P.S: Mein Tipp für heute: Maaßen wird gehen, weil es ihm nahegelegt wird! Seehofer wird sagen, dass es ihm leidtut, und die Karawane zieht weiter. SPD und Links-Grüne freuen sich wie Bolle. Aber was weiß ich schon?

19. September 2018

#CHEMNITZ: Verdächtiger im Mordfall kommt frei! Amtsgericht hebt den Haftbefehl gegen Yousif A. auf! Er war nicht an der Tat beteiligt und ist nur vor der Polizei weggerannt. Das machen Yussifs halt so. Am Ende kommt noch raus, dass gar niemand erstochen wurde, sondern es nur ein running Gag der Heute-Show war. Rubrik: „Welke sucht Schädling". Mittlerweile glaube ich alles.

#TV: In der Sendung „Hart aber Doof" gab man einem Anwalt eine Plattform für folgende Aussage: „Ich bin stolz darauf, Abschiebungen zu verhindern!“ Schade, dass seine Eltern ihn damals nicht schon verhindert haben!

#STUDIE: Ergebnis einer repräsentativen Umfrage: „Mehrheit der Deutschen sieht Zuwanderung als Bereicherung“ Das kommt dabei raus, wenn man Umfragen nur in Neukölln und in Marxloh macht! Hoffentlich erfahren wir mal, wer für so einen Schwachsinn auch noch bezahlt.

#GREAT-BRITAIN: Noch ne Umfrage. Fast die Hälfte aller Briten glaubt, dass Migranten ihrer Kultur schaden! Da könnten sie recht haben. Na ja, über 100 Prozent der Briten glaubten auch damals 1966 bei der Fußball WM in London, dass der Ball hinter der deutschen Torlinie aufkam.

#IDLIB: Syrien schießt aus Versehen russische Militärmaschine ab! Ui, was heißt „Friendly Fire“ auf Russisch? Sputnik kaputtnik?

#GEDICHT DES TAGES:

Wenn in Nöten,
fahr zum Töten
nur nach Köthen
aber Vorsicht!
Manchmal gehen die Klöten flöten!
Freispruch!

ELMI

P.S. So ihr Kröten, an die Tröten!

20. September 2018

#ASYL: Mehr als 200.000 Asylbewerber haben das Geburtsdatum 1. Januar in ihrem Ausweisdokument. Wahrscheinlich haben sie auch alle denselben Vater. Ich frage mich, ob die Wandervögel abends in ihren Anker-Zentren sitzen und sich die Bäuche vor Lachen halten.

#KIEL: Polizeibericht: Junger Mann wird in den frühen Morgenstunden durch Stichverletzungen getötet! Täter ist flüchtig. 1,80 groß, ca. 30 Jahre, kräftige Figur, dunkler Dreitagebart und ACHTUNG: südländisches Erscheinungsbild! Wer hätte es gedacht. Vielleicht starb das Opfer ja an Nasenbluten oder Haarausfall. Wer den vorderen Orient zu sich holt, muss sich nicht wundern, wenn wir langsam zum Vorderen Orient werden.

#ERFURT: Neues aus Balla-Balla Land! Eine 70-jährige afghanische Staatsangehörige kam am Montag mit ihrer gesamten Familie (sieben Personen) zur Bundespolizei, um einen Asylantrag zu stellen. Bei der Kontrolle fanden die Beamten fünf Tüten der Droge Khat. Alle Personen stellten ein Schutzersuchen. Wir alimentieren Drogendealer und schämen uns nicht mal!

#PENIS: In Spanien wurden die Bewohner von Reus durch laute Schreie eines auf der Straße liegenden Afrikaners geweckt! Die Polizei fand den Mann mit erheblichen Verletzungen im Schrittbereich vor. Er hatte den Hund eines

Obdachlosen getreten und der erwischte ihn daraufhin empfindlich. Immerhin erfüllt er jetzt die EU-Gödel-Längen-Norm von acht Zentimetern. Da weint so manche Grünlipp-muschel!

#ENGLAND: Briten horten Viagra aus Angst vor Brexit! Wundert mich eigentlich, denn ich schätze, der Brexit wird so hart, dass denen das shaggy shaggy ohnehin vergeht! Immer weich ist auch ganz schön hart!

Feddich

ELMI (Mehr Dödel geht nicht)

21. September 2018

#TEXAS: Ein Inder auf einer Rinderfarm wurde dabei erwischt, als er sich an einer Kuh verging! Der Besitzer der Farm dachte zuerst, Koyoten hätten dem Tier zugesetzt. Als er sah, wer tatsächlich die Kuh belästigte, rief er die Polizei. Die Ausrede des Inders: „Er sagte, die Kuh wäre die Reinkarnation seiner verstorbenen Frau. Dieselben Augen, derselbe Geruch! Gott sei Dank wars keine Fischzucht!

#MAROKKO: Ganz still und leise trafen sich Politiker aus Europa und Afrika im Mai und unterzeichneten die politische Erklärung von Marrakesch. Die Presse hielt sich sehr bedeckt, wohlwissend welchen Sprengstoff dieser Vertrag beinhaltet. Von schätzungsweise neun

Millionen Afrikanern in Europa, soll bis ins Jahr 2068 die Zahl der Schwarzen schrittweise auf 200 bis 300 Millionen erhöht werden. Das wäre das Ende der Zivilisation, wie wir sie kennen. Welchen Hornochsen fällt so was ein?

#BAD SODEN: Erinnert sich noch jemand? Vor ca. fünf Tagen in BILD, FAZ, FOCUS, WELT etc. Schlagzeile: DEUTSCHER TÖTET DEUTSCH-MAROKKANER! Ich dachte spontan, oha, jetzt geht's los! Endlich ein Deutscher mit Messer! Ich rechnete stündlich mit Freikonzerten der Schwimmflügel Fetischisten. Weit gefehlt! Kein Ton, kein Bericht, keine Demo der verpeilten Aufrechten. Wann kriegen die denn so eine Vorlage für umme? Ich hab recherchiert! Vielleicht lags ja daran, dass der „Deutsche" Muslim auf den Namen Muhamet hörte, und Fan der albanischen Adlerpose ist! So was nennt man halt typisch deutsches Pech!

#GÖTEBORG: Schwedischer Staatsanwalt will Elin Ersson vor Gericht bringen. Sie hatte Ende Juli einen Abschiebeflug eines vorbestraften Afghanen verhindert. Verletzung des Luftfahrtgesetzes. Der 21-Jährigen drohen nun sechs Monate Haft. Zu wenig. Diese Torfnasen brauchen es hart. Bei sechs Jahren käme sie vielleicht ins Grübeln. Aber für Schweden ist das immerhin schon mal ein Fortschritt in Richtung Erkenntnis der Realität.

#HAMBACHER FORST: Über allen Gipfeln ist Ruh!

… Und das Braunkohle-Werk machen wir zu!

Feddich

ELMI (Baumpfleger, Abt. Waldschrat)

22. September 2018

#SOMMER: Gestern hatten wir die letzte tropische Nacht dieses grandiosen Sommers. Am Nachmittag fielen dann die Temperaturen schlagartig um fünfzig Prozent. Kennt man normalerweise nur von Stimmverlusten bei der SPD!

#BOCHUM: Für zwei junge Männer, die in ihrem Auto schliefen, weil sie zu viel getrunken hatten, gab es ein böses Erwachen! Unbekannte schlugen sie zusammen, raubten ihnen das gesamte Bargeld und stahlen ihnen einzelne Kleidungsstücke! Täter unbekannt geflohen. Südländisches Erscheinungsbild! Was sonst bitte hätte man erwartet? Jungs, das nächste Mal einfach besoffen heimfahren. Ist sicherer und nutzt auch der Gesundheit!

#ZUKUNFT: Bill Gates schätzt, dass das rasante Bevölkerungswachstum in den ärmsten Ländern der Welt dazu führen könnte, dass im Jahr 2050 alle extrem armen Menschen in einer Region leben. Ich weiß auch, wo. Sicher in NRW, wenn's so weitergeht. Die gebärmuttern alles weg!

#WITZ: Da fällt mir der beste Spruch der letzten Woche spontan wieder ein. Kevin Großkreuz sagt: „In Gelsenkirchen würde ich nicht mal zum Tanken anhalten!"

#NEUES VONG CLAN: In Berlin sollten sich die Politiker was einfallen lassen gegen organisierte Kriminalität. Neukölln legt Sechs-Punkte-Plan gegen die Türken-Araber-Libanesen-Clan-Mafia vor! Sechs Punkte? Ich bin sicher, sieben davon werden scheitern!

#POLITIK: Justizministerin Barley will Frauenquote für den Bundestag. Bin ich auch dafür, aber nur in der Putzkolonne!

Feddich

ELMI (der Klosterfrau Melissengeist unter den Bloggern)

24. September 2018

#POLITIK: Endlich! Der Durchbruch ist geschafft! GROKO einigt sich! Deal: Maaßen wird neuer Trainer von Schalke 04!

#WIESN: Sie hat eröffnet, die Mutter aller Abzocke! Das Oktoberfest! Und sie rannten wie die Blöden zum Eingang! Zuerst dachte ich, oh, Chemnitz, Hetzjagd??? Dann aber sah ich die Lederhosen und Dirndl. Schlaffe 11,50 Euro für eine schwach gezapfte Plörre, 19,20 Euro für ein Stück Schweinefleisch mit Kloß! Da kann man schon mal rennen! Aaaaaaabzockt iiiiiiisss! Gsuffa!

#KLARTEXT: Wolfgang Schäuble zieht blank! O-Ton über Flüchtlinge: „Nicht die Hoffnung schüren, die Großzahl dieser Menschen zurückführen zu können!" Ganz still und leise kommen wir der Wahrheit immer ein Stückchen näher. Am Ende wird sie uns ersticken!

#SCHEINHEILIGE: Künstler fordern Rücktritt von Innenminister Horst Seehofer! Freunde, das sind keine Künstler, das sind nichts weiter als in reichen Parallelwelten lebende Moraleinpeitscher, die glauben, sie hätten die einzig heilbringende Wahrheit gepachtet. Da muss ich mir von einem Comedian zur besten Sendezeit meine alten Witze aus dem letzten Jahrhundert anhören, und dann erklärt er mir, dass ich zu blöd bin und zum Prekariat gehöre, weil ich AFD wähle.

#COMEDY: Hartmut Engler: „Die AFD macht Menschen Angst vor Dingen, vor denen man keine Angst haben muss!" Jetzt weiß ich auch, wieso ich immer Angst vor PUR hatte! Hasta la vista, baby!

#THE ROOF IS ON FIRE: Es brannte mal wieder in einem Flüchtlingsheim in Bamberg. Diesmal wars der Dachstuhl! War irgendwas mit dem Schokopudding?? Oder drohte Abschiebung?

Feddich

ELMI (Le Terminator)

25. September 2018

#TATÜÜ TATAA: Moorbrand bei Meppen, verursacht durch Deppen? Mitten in der heißesten Zeit testet die Bundeswehr Raketen in einem Moor. Jetzt brennen ca. 1.650 Fußballfelder. Hätte ich als Verteidigungsminister schon mal aus Vernunftgründen nicht gestattet. Aber vermutlich war Panzerfaust-Barbie zu sehr mit ihrer Frisur beschäftigt. Vielleicht wird's ja verfilmt vonne ARD. Tatort: „DER MOHR VONG MEPPEN".

#HOPP HOPP: Der Milliardär aus dem „Stinkreichgau" hat die Faxen jetzt dicke! Anzeige gegen die Hardcore Fans des BVB. Die rächten sich spontan mit einer großen „Hasta la vista" Aktion und wüsten Beschimpfungen. Meine Meinung dazu? Das ist Fußball und kein Curling!

Und morgen wärs vergessen. So geht's jetzt erst richtig los, schätze ich!

#PANAMA: Schifffahrtsbehörde in Panama plant die Registrierung für das so genannte „Rettungsschiff" AQUARIUS aufzuheben. Grund seien Beschwerden aus Italien über den Umgang mit Migranten. Nette Umschreibung für Schleuser!

#ISLAM: Zitat aus „IL GIORNALE": „Wer sich die Mühe macht, den Chronikteil der britischen Zeitungen anzuschauen, wird auf eine erniedrigte Nation stoßen, die sich auf dem Weg ins Nichts befindet!“ Über 3.000 Moscheen, die wichtigsten Städte Englands haben einen muslimischen Bürgermeister, über 130 Scharia-Gerichte, überall „Moslems-only No-Go Bezirke“ in GB.

78 Prozent der muslimischen Frauen arbeiten nicht und kassieren Sozialleistungen. 63 Prozent der muslimischen Männer arbeiten nicht und kassieren Sozialhilfe und Kindergeld, oft sechs bis acht Kinder.

In Schulen nur noch Halal-Fleisch! Vier Millionen Muslime bei einer Gesamtbevölkerung von 66 Millionen. Hut ab! Sorry … Burka runter!

Feddich

ELMI (FACEBOOK SHARIA SÜD)

26.September 2018

#MAASSLOS IN SEATTLE: Es ist vollbracht! Aus einem Staatssekretär wurde über Nacht quasi ein Hartz 4 Empfänger. Vor allem die SPD/Linken/Grünen-Mitglieder im absoluten Glücksrausch. Wäre ja gelacht, wenn ein Typ uns in die Quere kommt und dann hinterher noch mehr verdient als vorher. Man nennt das kurz NEID. Bringt Deutschland absolut nix, aber befriedigt niedere Instinkte der tumben Hirnsuchenden im linken Spektrum!

#SCHWEIZ: Eidgenossen, ich bin ein großer Fan von Euch und wäre gern auch Schweizer, aber dass ihr euch gegen die Fair-Food-Initiative entschieden habt, kann ich nicht verstehen. Es hätte Umwelt und Tieren mehr als gutgetan. Wenn ich schon ein Tier töten lasse, damit ich nicht verhungere, dann sollte eben dieses Tier vorher das Paradies auf Erden haben. Denkt mal drüber nach beim nächsten Häppchen Bündnerfleisch!

#SCHLUCKSPECHT: Ex-First-Lady Bettina Wulff wurde mit mehr als 2,0 Promille am Steuer erwischt! Eigentlich wurde sie, genau genommen, unterm Lenkrad direkt an einem Baum erwischt, um präzise zu sein. So ein Käs-Mann!

#DÄNEMARK: Die Rundfunkgebühr in unserem Nachbarland ist Geschichte. Irgendwann klappt das auch bei uns, ich habs im Urin! An dem Tag geb ich mir die Kanne! Mindestens drei Promille! Baum muss nicht unbedingt sein (siehe oben).

#BOOSTEDT: Am vergangenen Freitag kam es in einem Flüchtlingslager zu einem Mordversuch durch einen Iraner an seiner Frau durch mehrere Messerstiche. Zuerst wurde das Ereignis verschwiegen, und erst drei Tage später durch die Staatsanwaltschaft veröffentlicht! So was nennt man kommunikatives Desaster. Wahrscheinlich galt die alte Weisheit: „Teile des Massakers würde die Bevölkerung nur verunsichern!" Bürger der Region fühlen sich verschaukelt! Das wundert mich jetzt aber! Hoffentlich schaukeln sie bei der nächsten Wahl zurück!

Feddich

ELMI (ASYLTRICKSER DE LUXE)

27. September 2018

#POLITIK: Wenn man sieht, was diese verklemmten Ego-Nasen in Berlin so treiben, dann kauderts mir, aber wenn die CDU was auf sich halten würde, dann würden sie nachverhandeln. Staatssekretär müsste doch mindestens noch drin sein!

#KÖLLE: Wie schön, mal wieder eine Neueröffnung von einer Moschee. Diesmal in Köln-Ehrenfeld und wer kommt? Der osmanische Großmeister der Dummschwätzerei. Kölns OB, Frau Reker boykottiert Erdogan Besuch! Wahrscheinlich traut sie ihrer eigenen Armlänge nicht!

#TÜRK TÜRK: Immer mehr Deutschtürken wenden sich von Deutschland ab und ihrem Imperator zu. Ich würde noch einen Schritt weitergehen, nicht nur abwenden sondern gleich abhauen! Bitte, danke, tschüss!

P.S. Die Luxuskarosse bleibt aber hier! Basta

#BERLIN: Jetzt hat Merkel endlich ihre eigene Dolchstoßlegende, aber diesmal war es kein Asylant, sonst wären nächste Woche Neuwahlen!

Feddich

ELMI (Dieselemissionskommissar)

28. September 2018

#FUSSBALL: Hurra hurra, Deutschland kriegt die EM 2024! Genug Zeit für Özil, schon mal einen Fototermin zu vereinbaren.

#LITERATUR: Anja Reschke, die Mutter Theresa der absolut „Guten", hat ein neues grimmepreisverdächtiges Buch geschrieben! Titel: „Haltung zeigen".

Oh je, wenn das Schule macht, kann sich RoRoRo freuen! Jede Menge Bestseller ante portas:

Swasan Chebli: „Dünnschiss tweeten"
Seehofer: „Raute ärgern"
Grönemeyer: „Schwimmweste anziehen"
Bettina Wulff: „Röhrchen blasen"
Jean-Claude Junckers: „Weiter saufen"
Trump: „Great kotzen"
Putin: „Briten vergiften"
Özil: „Job verspielen"
Claudia Roth: „Burka selber nähen"
Alice Weidel: „Krallen schärfen"

Küblböck: „Sprünge wagen“
Ursula von der Leyen: „Moor abfackeln“
Stevie Wonder: „Schwarz sehen“
Kevin Kühnert: „Warm duschen“

je 19,80 Euro bei Annablond Prime!

TÜRK TÜRK: Zurzeit verdient sich Deutschland das Wohlgefallen des Osmanischen Wanderpredigers! Türken im Glück! Ihr Erlöser kommt aus Istanbul!

12:36 Uhr! Es ist so weit. Der Prophet verlässt den „halal“ Airbus und zeigt den Führergruß für Mokkanasen! Vier Finger bei eingeklappten Daumen. Neben ihm das teilverhüllte Anhängsel.

#DORTMUND: SS-Siggi muss in den Knast! Vier Monate ohne Bewährung wegen Beleidigung! Da schlägt die volle Härte des Rechtsstaates zu. Alles okay, aber wieso empfangen wir einen Typen, der Menschen einsperren lässt und vermutlich auch töten ... und blasen ihm dafür auch noch die Nationalhymne????

Ich verkümmel mich dann mal

ELMI (Don Fiegenzigga)

29. September 2018

#POLITIK: Es ist unglaublich, da kommt der Bananenbieger vom Bosporus und alles steht stramm. 69 Türken will er ausgeliefert haben, um sie in der Türkei in den Knast zu stecken und wir buckeln. Und das Perfide dabei ist, dass er uns in der Hand hat. Denn eines ahnen unsere Waschlappen in der Regierung: Wenn er die Flüchtlingslager aufmacht, wars das mit Deutschland. Dann haben wir innerhalb von fünf Monaten Aleppo hier. Unsere Penner in Berlin wissen das und der vier-Finger-ich-bin-ein-Muslim-Hobbit auch!

#WIESN: Wer als Bedienung auf dem Oktoberfest arbeiten möchte, hat einen harten Job. Dirndl, Gürtel und Geldbeutel müssen selbst besorgt werden. Es gibt keinen Stundenlohn, nur Trinkgeld, das Startpaket von 1.000 bis 2.000 Euro Wechselgeld muss auch selbst mitgebracht werden. Das nenne ich taff. Da lacht der Bierzelt Besitzer, g'suffa sag i.

#BUNTLAND: Hunderttausende Verfahren gegen illegale Migranten werden eingestellt. Je größer das Verbrechen, desto höher sind die Chancen, Asyl zu bekommen. Manche bringen die Bestätigung, dass sie Leute umgebracht haben, gleich zum Amt mit. Den Pass haben sie zufällig nicht dabei ... verloren! Und was macht unsere geistige Elite in den sozialen Medien? Sie ziehen Schwimmwesten an und machen sorgenvolle Gesichter. Volldeppen! Am besten alle tunken! Oder lieber gleich Waterboarden!

#PAPAGALLO: Sie nannten ihn Mücke! Italienisch Zanza! Er kam, stach, vernaschte und verschwand. Der aktivste Gigolo der gesamten Adria! Über 6.000 Frauen, vorwiegend deutsche Touristinnen, wurden von ihm beglückt. Im Durchschnitt waren das 120 Frauen pro Jahr. Nun ist er im Alter von 63 Jahren beim Sex mit einer 23-Jährigen gestorben. Der hat sich echt reingehängt und ich denke, wenn man unter einer 23-Jährigen sein Leben aushaucht, hat das was sehr Tröstliches.

Feddich

ELMI (Don Casi Seis Mil)

Oktober 2018

☜●❍♓⧫ ❍□♓■♌❒♓♐■

Elmis moinbrifn

1. Oktober 2018

#KÖLN: Türkische Presse im absoluten Freudentaumel! Der osmanische Proktologe aus Anustolien hat uns mal kurz gezeigt, wo der Hammer hängt! Seine persönlichen Bodyguards demonstrierten der deutschen Polizei, wie Ordnung richtig und effektiv geht. Respekt! Es ging hier von vornherein nur um Machtdemonstration, und unsere Politblödel haben das nicht gerafft! Ich glaube, für die meisten hier lebenden Türken gäbe es nichts Schöneres, als wenn der Berserker auch bei uns Kanzler wäre. Nicht traurig sein, bald ist es soweit. Dann dürft ihr auch die gleiche Luft atmen wie euer Idol.

#BERLIN: Was gabs eigentlich beim Bundespräsi-Bankett für den türkischen Häuptling zum Essen?? Wahrscheinlich: Feine Sahne Fischfilet! Halal natürlich.

#KÖLN: Junge Iranerin lief mit Israel-Flagge durch Köln. Keine gute Idee! Üble Beleidigungen und Morddrohungen waren noch das Harmloseste. Erst als die Polizei kam, brachen drei Typen (Erdogan-Befürworter) ihre

Verfolgung ab. Aber ich schätze mal, der Antisemitismus kommt bei uns sicher nur von Nazis!

#INGOLDSTADT: Ein junger Kurde hat sich angezündet aus Protest gegen Erdogan. Ja, bei hochbrisanten politischen Themen fackelt der Kurde eben nicht lange.

#HAGEN: Schüler geraten bei Nachtwanderung in Massenpanik, als sie eine nackte Frau sehen. Naja, kein Wunder, bei Olivia Jones würde ich mich sogar tagsüber zu Tode erschrecken.

#BADEN-BADEN: Am Wochenende wurden in der Innenstadt von Baden-Baden zwei scharfe Handgranaten gefunden. Uuuups, die müssen mir wohl aus dem Rucksack gefallen sein.

Feddich

ELMI (Integrationslotse)

2. Oktober 2018

#KAMENZ: Erst am vergangenen Donnerstag wurde Mohamed T. (22), besser bekannt als „King Abode", zu acht Monaten Haft verurteilt, allerdings bis zum Antritt der Strafe auf freien Fuß gesetzt. Nun sitzt der Honk schon wieder: Er soll einem jungen Mann (19) das Handy geraubt haben. Gegen seine Abschiebung klagt er bisher erfolgreich!

#ONKEL TOM: Afrika-Korrespondent prognostiziert Millionen Flüchtlinge aus der Subsahara! Man solle den Panikknopf drücken! Mach ich seit fünf Jahren! Scheint niemanden zu beeindrucken! Im Gegenteil, wenn ich höre, dass 2.000 durch Hamburg ziehen und den sofortigen Familiennachzug fordern, wird mir einfach schlecht!

#GRIMMS MÄRCHEN: Sieben Rechtsterroristen sollen Umsturz Deutschlands geplant haben. Wer sollen die sein? Die glorreichen Sieben? Die sieben Zwerge und Schneeflittchen? Die sieben Samurai? Kommt, Presse Fuzzies, gebt euch mehr Mühe!

#SCHANGSONG: Charles Aznavour ist im Alter von 94 Jahren gestorben. Sein größter Hit: „Du lässt Dich gehen“. Beste Zeile: „... wenn Deine Strümpfe Wasser ziehn“. Muha, heutzutage hätte er die #MeToo-Tanten anne Backe.

#NA SOWAS: Die MeToo-Aktivistin Asia Argento hat eingeräumt, Sex mit einem Minderjährigen gehabt zu haben. Aber alles halb so schlimm, er hätte sie überrumpelt! Respekt, da musste erst mal drauf kommen!

#HAMBURG: Und täglich grüßt ... Zwei Gangster überfallen in Wandsbek einen Mann und fordern ihn auf, seine Wertsachen rauszurücken. Als er sich weigert, stechen sie ihm in den Bauch! Schwerverletzt! Täter: „Südländisches Erscheinungsbild“.

Und jetzt zum Wetter: Kalt!

Feddich

ELMI (Wettet gegen Türk Lira, muhalal)

3. Oktober 2018

#SPURWECHSEL: Ich habs kommen sehen! In Zukunft kann nun jeder rein in unser Land (noch), egal woher er kommt. Er muss nur Fachkraft sein, zum Beispiel Goldstück oder Urinkellner! Wetten, dass es in null komma nix Firmen geben wird, die Scheinverträge mit Asylanten abschließen, damit sie drei Monate später ganz legal in unsere Sozialsysteme einwandern können? Selbst der dreifach, messermordende King Louis aus Timbuktu muss nur sagen: „Bin Krankenpfleger. Asyl, aber dalli!“

Wieso finden wir keine einheimischen Pfleger mehr, bei einer Bevölkerung von 81 Millionen? Vielleicht, weil es beschissen bezahlt ist? Aber mit Asylanten gehts halt billiger, oder hat unsere junge Generation der Influencer einfach keinen Bock mehr zu arbeiten? Schwer vorstellbar. Aber wenn ich mir den Durchschnitts-Fan von "Feine Sahne Fischfilet anschaue, könnte es hinkommen!

Eigentlich ist es wie in den 50-ern. Die Industrie wollte keine Deutschen teuer ausbilden und griff auf Billiglöhner aus Südeuropa und später

Türkei zurück. Viele Nachkommen der Letzteren findet man nach fünfzig Jahren in den Parallel-Ghettos dieser Republik, oder wahlweise beim Jubeln für osmanische Dachlattennagler!

#WENDEHÄLSE: Die SPD reibt sich die Hände und die CSU schleimt sich schon mal an die Grünen ran, wegen Wahl-Debakel am übernächsten Sonntag. Welches Signal senden wir an die Welt? Bitte kommt rein? Wir sollten den Mut haben und rufen: STOP! NO WAY!

#ICH: Bei meiner Ausbildung zum Schwimmlehrer an der Uni Freiburg hat uns der Übungsleiter bei der DLRG Prüfung eingebläut: „Einen vor dem Ertrinken retten, kein Problem! Zwei gehen zur Not auch noch. Wenn sich jedoch fünf an dich klammern, schüttel sie gewaltsam ab und kraule um Dein Leben!" Diesen Rat sollten wir uns zu Herzen nehmen, aber ich fürchte, es ist zu spät! In fünf Jahren werden wir wohl nicht mehr das gut funktionierende Land sein, wie ich es erlebt habe. Das ist das große Tohu-Wabohu an diesem Nationalfeiertag! Ich wollte, ich hätte bessere Nachrichten!

Deutschland, Deutschland nix wie rein,
Motumbo will gar nicht mehr heim.
früher war er Schornsteinfeger,
heute ist er Krankenpfleger

ELMI (Der mit dem Reichstag brennt)

4. Oktober 2018

#AUFFANGLAGER: Ägypten und Marokko sperren sich gegen Flüchtlings-Lager in ihren Ländern! Leuchtet mir ein! Nachdem sie den Inhalt ihrer Klapsmühlen und Gefängnisse bei uns entsorgt haben, wäre das das Dümmste, was sie machen könnten.

#BOXEN: Traurige Nachricht aus Italien! Graciano Rocchigiani, genannt „Rocky", wurde auf einer Schnellstraße ausgerechnet von einem Smart getötet! Ich hätte ihm einen Rolls gewünscht! Er war ein aufrechter, kompromissloser Fighter. Der beste, den wir wohl je hatten. Unvergesslich die Antwort nach dem Kampf gegen den „Schäntelmän-Boxer" Henry Maske, der durch eine Fehlentscheidung gewann: „Wieso hast du ihm immer nur gegen seinen Kopf geschlagen und nicht auf den Körper?" „Na, weil ich ihm die Fresse polieren wollte, deshalb!" Grandios!!

#TERROR: Mitglieder der Terrorgruppe „Revolution Chemnitz" festgenommen! Respekt! Jetzt noch die ca. 600.000 illegal zugewanderten Straftäter einbuchten, die dieses Land täglich mehr zum Alptraum werden lassen, dann macht das Leben wieder Spaß!

#FRANKREICH: Meistgesuchter Verbrecher Frankreichs mit dem Helikopter spektakulär aus Hochsicherheitsgefängnis geflohen.

Rédoine Faïd wurde jetzt nach drei Monaten in der Nähe seines Heimatortes festgenommen, mitsamt dem Rest der Familie. Tja, nicht die Hellsten, unsere mild pigmentierten Teppichknüpfer aus Tausend und einer Nacht!

#TAG DER DT. EINHEIT: Aktion 100 lebende Vorbilder. Menschen die uns Mut machen. Zum Beispiel: Dirk Novitzki, Wolfgang Schäuble, Per Mertesacker, Guido Maria Kretschmer und Helene Fischer! Ich war wieder mal nicht dabei. Egal, vielleicht nächstes Jahr. Hätte mich mal mit Schwimmweste vor einem Flüchtlingsheim fotografieren lassen sollen! Oder ich bau ein Ankerzentrum zusammen mit Wowereit in der Nähe des BER. Das kann dann auch nie eröffnet werden, weil die Duschen nicht funktionieren. Schge Schwimmring aufblase...

Feddich

ELMI (Novo-Virus-Experte auf der AIDA)

5. Oktober 2018

#ALTE SOCKEN: Brutaler Angriff auf Mitarbeiter des DRK. Beim Leeren eines Altkleider Containers in Bad Neuenahr wurde der Mitarbeiter von zwei Männern und einer Frau festgehalten und misshandelt. Die Frau zerkratzte dem Mitarbeiter das Gesicht. Vermutlich aus Rache, weil sie den Container selbst leeren wollten. Täterbeschreibung: Balkanesisches Erscheinungsbild!

Die Frau trug Kopftuch und einen bunten Rock. Hört sich für mich an wie der ganz normale Rotationseuropäer! Motto: Krieg ichs nicht, dann hol ichs mir!

#DÄNEMARK: Unser Nachbar im Norden nimmt auch 2018 keine neuen Kontingentflüchtlinge mehr auf! Immerhin, nach Italien hat es jetzt auch ein weiteres Land begriffen, wohin das führen wird. Chapeau!

#MOTORRADDIEBE: Dunja Halligalli's Motorrad wurde in Kreuzberg gestohlen (wo auch sonst). Über Facebook-Fahndung hofft sie, dass ihr Moped wieder zurückfindet. Ob das klappt ? Besser mal in ihrer Bezugsgruppe recherchieren. Man kennt sich!

#POLITIK: Auf einem Parteitag „tanzt" Theresa May zu den Klängen von ABBA-Hit Dancin' Queen. So wie es aber aussah, hatte sie wohl eher den Beatles Klassiker „I Am The Walrus" im Ohr! Goo goo g'joob ...

#MEMORIES: Da wir gerade davon sprechen. Das „White Album" der Fab Four wird Fünfzig!! Einfach brillant! Hab ich mir sofort gekauft von meinem letzten Taschengeld, damals war die Welt halt noch in Ordnung ... und heute? „White Download"?

#ITALIEN: Stadt nimmt Bürgermeister fest! Er galt als Vorbild für Integration! Jetzt hat er Hausarrest!

Er hatte vermehrt Ehen vermittelt zwischen Glücksrittern und einheimischen Frauen. Tja, manche hässlichen Töchter sind halt schwer unter die Haube zu bringen. Da muss man sich schon was einfallen lassen.

Feddich

ELMI (Kung-Fu Meister der körperlichen Ekstase)

6. Oktober 2018

#Gaudi auf der Wiesn! 28-jähriger Eritreer (Asylbewerber) greift einer jungen Frau an der S-Bahn Haltestelle unter den Rock! Der Vater des Mädchens tat das einzig Richtige. Er schlug der Schwanznase ein paar auf die Birne!

Jetzt läuft eine Anzeige gegen den Vater! Man kann sich nur noch an die Rübe fassen!

#Dortmund: In der Nähe des Bahnhofs treten zwei Brüder ihre Schwester zusammen und schlagen ihren Kopf gegen eine Glasscheibe der Bushaltestelle mit Billigung ihrer Mutter, die dabei zusieht. Immer wieder schön, den Kulturaustausch des Paralleluniversums einmal hautnah aus der Nähe erleben zu dürfen. Da werden wir noch viel bunten Spaß haben. Jede Wette!

#Justiz: Gericht kassiert Urteil! Vergewaltiger Eric X. aus Ghana muss nur zehn Jahre in den Knast!

Anwalt wollte zuerst einen auf Dachschaden zimmern! Psychologin winkt ab. Voll schuldfähig! Aber immerhin 1,5 Jahre weniger als vorher. Wenn er in sechs Jahren rauskommt, braucht er nur eine neue Machete, und dann kanns wieder losgehen. ACHTUNG, jetzt kommts! Begründung des Gerichts: „Er hat bei der Vergewaltigung keine Gewalt angewendet!" Noch Fragen??

#Justiz 2: Unser Vorzeige Bosnier Eljub (34) (Schrotthändler) hat selbst acht Kinder! Er gestand den Missbrauch von drei kleinen Jungs, die nicht zu seiner Familie gehörten. 2015 bekam er wegen desselben Vergehens Bewährung. 2016 bis 2018 kamen zehn Straftaten hinzu. Der Kinderschänder ist aber wieder auf freiem Fuß. Grund: Der Prozess dauerte zu lange! Schweinebacke kann jetzt wieder seiner Lieblingsbeschäftigung nachgehen!

Deutschland 2018! WIR HABEN FEDDICH

ELMI (Hambacher Förster)

8. Oktober 2018

#MASSENKEILE: Am Ulmer Hauptbahnhof gab es eine wüste Schlägerei. Als die Polizei eintraf, waren alle vierzig Beteiligten und Täter seltsamerweise schon geflohen, nur die Verletzten blieben zurück. Nun werden Zeugen gesucht, denn die Opfer sagen nichts zum Hintergrund der Schlägerei! Auch das ist eine subtile Art der Täterbeschreibung. Für mich klingt es schwer nach Frage von Ährre! Und ich wette, sie hatten alle den gleichen Spackenhaarschnitt!

#FRANKREICH: In den großen Städten gibt es zunehmend Spannungen zwischen den Ethnien. Vor allem in den Vororten brodelts. Allzulange kanns jetzt nicht mehr dauern, dann gibts diese Lumumba-Festspiele auch bei uns.

#USA: Brett Kavanaugh wird Oberster Richter am Supreme Court! Mit 17 soll er eine junge Frau sexuell genötigt haben. Nach 35 Jahren kommt das jetzt plötzlich auf den Tisch! Es hätte ihm vermutlich die Karriere geknickt, wenn, ja wenn nicht die Menge so hektisch geschrien hätte: „Kreuziget ihn!" Vor allem die schrille Frauenriege der Demokraten. So war jedem klar, dass es hier eigentlich nicht um Vergewaltigung ging, sondern darum, dem Trump eins auszuwischen. Aber schön, dass die Heute Show endlich mal ein anderes Thema hat als AFD-Bashing!

#SONNENHUT: Bei ihrer ersten Reise ohne Trump ist Melania gleich ins Fettnäpfchen getreten. Sie trug einen Tropenhelm. Das aber erinnert sehr an dunkle Zeiten der Kolonialherrschaft. Ja, was soll sie denn aufsetzen? Baumwollmütze ... oder Kopftuch??

#BAYERN: Bayrische Regierung plant Sammelabschiebung nach Italien auf eigene Faust (Wahlen stehen an)! Dazu der italienische Innenminister: „Wenn jemand in Berlin oder Brüssel vorhat, Dutzende von Migranten mit nicht autorisierten Charterflügen abzuladen, sollte er wissen, dass kein Flughafen verfügbar ist und sein wird. Wir schließen die Flughäfen, wie wir bereits die Häfen geschlossen haben."

Tja, liebe CSU, es ist wie beim Kartenspiel „Schwarzer Peter", wer ihn hat, hat die Arschkarte! Ihr hättet einfach die Grenzen dichtmachen sollen!

Feddich

ELMI (Sombrero-Linksträger)

9. Oktober 2018

#DIESEL: Sechs Wochen nach Inkrafttreten der Dieselfahrverbote, wurden bei Großkontrollen in Hamburg 173 Fahrer erwischt, weil sie unerlaubt rumdieselten! Soll noch einer sagen, in Deutschland würde Recht nicht radikal durchgesetzt! Und die paar Millionen illegaler Glücksritter und Familien-Clans kriegen wir auch noch in den Griff! Aber erstmal die total wichtigen Sachen!

#ISLAND: Zwanzig Frauen warten ängstlich auf das Ergebnis ihres AIDS-Tests! Sie alle hatten wohl engen Kontakt mit einem afrikanischen Asylanten, der HIV-positiv ist, es aber offenbar nicht wusste, behauptet er (rofl)! Beim heiligen Obamba Longdongel, 70 Prozent der Bevölkerung in der Subsahara ist HIV infiziert. Denkt dran, Mädels beim nächsten Bongo, Bongo. Länge ist nicht alles! Man muss es auch überleben!

#BAYERN: Der Wahlkampf im coolsten aller Bundesländer geht in die heiße Phase. Söder und Seehofer rufen zum Kampf gegen die AFD auf!

Genau da liegt das verdammte Problem. Sie tun nichts, was den Leuten in diesen schweren Zeiten helfen könnte, sie versuchen nur, den politischen Gegner zu schwächen.

Geil wär ja, wenn am Sonntag so gewählt würde, dass eine CSU-Regierung nur möglich wäre mit der AFD. Den Eiertanz würde ich gerne sehen! Wär dann sicher was für RTL Let's dance!

#HEISSER PREIS: Der Comedy Preis geht in diesem Jahr wieder an Carolin Kebekus. Witziger gehts jetzt nicht mehr, deshalb ...

Feddich

ELMI (Der im Keller lacht)

10. Oktober 2018

#ABSURDISTAN: Flüchtlingsbürgen haben sich gegen die Stadt Bonn durchgesetzt. Sie müssen ihre Bürgschaft über Sozialleistungen für Flüchtoleros nicht bezahlen. Begründung: Die Zahlungsfähigkeit der Bürgen wurde nicht eingehend geprüft! Wie? Nix auf der Naht, aber dann den Dicken raushängen und für syrische Familien bürgen? Zahlt jetzt der deutsche Steuerzahler. Wir hamms ja!

Freunde, das ist krank! Die bürgen nächste Woche wieder, diese Hornochsen!

#ELDORADO: Die GROKO will Ländern und Kommunen 15 Milliarden für Kosten der Integration überweisen.

Was wird da bezahlt? Kurse wie: „Ali messert deutsch?“ Damit wird der Flüchtlingsstrom zum Geschäftsmodell. Kommunen kriegen Kohle ohne Ende und es wird nicht mehr pro Glücksritter abgerechnet, die eh auf die Integration pfeifen. Also eine Win-Win Situation. Mein Blutdruck steigt!

#MALMÖ: Bewohner mit ausländischen Wurzeln gründen Widerstandsgruppe gegen Rassismus. Moment, muss gerade eine Träne trocknen! Sie sagen: „Wir sind mehr als 30 Prozent und müssen die Straße nicht fürchten!“

In diesem Satz steht eigentlich alles, was man über unsere Zukunft wissen muss! Sie beherrschen die Straßen schon, der Rest kommt auch noch. Malmö ist gerade umme Ecke!

#FINANZEN: Kurssturz bei italienischen Staatsanleihen! Keine Panik Freunde! Die Commerzbank hat Anleihen für nur 8,5 Milliarden, die deutsche Bank schlaffe 18 Milliarden. Hier stellt sich die Frage, ob von den Bankvolldeppen einer mal zufällig in der Vergangenheit den Börsenbericht verfolgt hat? Wahrscheinlich denken diese Dachlatten, man wäre „Too big to fail" Der Tag der Erkenntnis wird kommen!

#EUROPA: Das Ende der Sommerzeit in Europa wackelt schon wieder! Kriegen diese Brüsseler Arschnasen mal überhaupt was gebacken, außer Saufen?

Feddich

Elmi (Der Vorzeige-Investmentbürge) RÜLPS (meine 1. Cola dieses Jahr!)

11. Oktober 2018

#MORD: Beginnen wir heute mal mit einem Rätsel. Bulgarische TV-Moderatorin brutal ermordet! Sie recherchierte im Bereich: „Subventionsbetrug innerhalb der EU". Und wo haben sie den Täter gefunden?????? Richtig! Bei uns!

#PROPAGANDA: Schweinebacke sagt: „Niemand in Deutschland geht es schlechter, weil wir Schutzbedürftigen helfen! Na, dann fragen wir doch einfach mal die Familien der abgestochenen Opfer!

#SEX: Der Münchner Stadtrat hat entschieden, sexistische Werbung auf Plakaten zu verbieten.

Und jeden Tag dem Islam ein wenig höriger! Und Frau Schwesig (SPD) fordert Männer auf, gegen Altherrenwitze anzukämpfen!

Beim heiligen Kitzler, haben die alle einen an der Latte??

#FAKE OR NOT: Mir wurde eine Nachricht zugespielt, die ich nicht belegen kann, deshalb bitte ich um Verifizierung!

1. Hamburger Polizei hat die Faxen dicke! Von den hunderten schweren Straftaten von Flüchtlingen gelangt nur ein geringer Prozentanteil an die Presse. Dass vor einigen Wochen bei einer Razzia ein Polizeiwagen von Zuhältern und Flüchtoleros restlos zerschossen wurde, kam nie in der Presse.

2. Stimmt es, dass allen Glücksreisenden in Hamburg ein neues I-Phone geschenkt wurde, um mit den Lieben daheim zu plaudern? Nachricht gerne auch als PN!

#BLITZGEDANKE: Verstoßen Schlauchboote auf dem Mittelmeer eigentlich gegen die Abgasverordnung???? Wenn ja, dann könnte uns das retten!

Feddich

ELMI (Schadstoff-Software-Experte)

12. Oktober 2018

#BERLIN: Rot-Rot-Grün will einen wunderschönen alten Park abholzen lassen! 200 Jahre alte Bäume fallen einem Flüchtlingsheim zum Opfer.

Wem auch sonst? Wo sind die Aktivisten, wenn man sie einmal wirklich bräuchte, wo sind sie geblieben?? Hängen die immer noch in den Bäumen im Hambacher Forst? Bitte hängen lassen!!!

#ZWICKAU (Saale): Libyscher Intensivtäter richtet hohen Schaden an! Droht mit Messer, wirft Glasflasche nach kleinem Kind, bespuckt eine Polizistin ruft „Scheiß Deutsche". Der Richter fragt: „ Wenn sie Deutschland so scheiße finden, wieso sind sie dann hier?" Staatsanwaltschaft fordert 15 Monate auf Bewährung. Richter entscheidet auf zweieinhalb Jahre ohne Bewährung! Es gibt sie noch, die kleinen Lichtblicke. Wetten, dass dieser Schmutzbedürftige dagegen klagt und gewinnt?

#ELLER: Junge Mutter mit drei Kindern wird an Bushaltestelle von drei Schwachmaten angegangen. Sie drohen, ihrem Kleinkind Gewalt anzutun! Verängstigt gibt sie ihre letzten zwanzig Euro! Täterbeschreibung: ca. 1,70 groß, dunkle Haare. Das ist ein bisschen dürftig, finde ich! Dunkle Haare ... ist es dunkel-libanesisch, dunkel-schwarz-afghanisch, mocca-dunkel-arabisch oder einfach nur Nafri-Dunkelton-Tunis blond onduliert??? Fragen über Fragen, die Antwort kennt nur der Wind oder die Polizei! Und die darf nicht!!!!! @mundtot.de

#NO BRAIN: Tobias Himpenmacher, linker Politiker, fordert: „Zentralisierte Unterbringung für Neonazis!" Sogenannte „ZU's".

O.K, dann sollte er aus historischen Gründen das erste in Dachau einrichten! Manche Typen sehen wirklich so aus, wie sie heißen!

#ASYLSCHLEPPER: Münchens Kardinal Reinhard Marx spendet 50.000 Euro an die Besatzung der „Lifeline", die Schleppfischer aus Bethlehem! Begründung: „Jesus würde auch helfen!" Nein, Hochwürgen, Jesus würde nicht helfen, Jesus würde sagen:

„Jungs, macht es wie ich, lauft einfach übers Wasser! Ich kümmer mich inzwischen um die Rückabwicklung Eurer Schleppergebühren!"

Feddich

ELMI (Dem bald das Krägele platzt)

13. Oktober 2018

#BAYERN: Viele Wähler in Bayern suchen ihr Heil, indem sie am kommenden Sonntag die Grünen wählen! Das ist nicht nur doof, das könnte voll ins Auge gehen.

#DOPPELHERZ: Herbert Grönemeyer singt jetzt türkisch. Wieder ein kleiner Schritt Richtung Kniefall vor dem Islam und unseren zukünftigen Herren. Man darf gespannt sein, wann Gröni Scharia-Suren aus dem Koran vorträgt.

Ein Mann, der sich mit Schwimmweste ablichten lässt, obwohl nirgendwo auch nur ansatzweise Wasser zu sehen ist, hat die Kontrolle über sein Leben verloren!

#KLOPPE: Ein Häftling in Bützow in Meck-Pomm hat zwei Gefängnisbeamte krankenhausreif geprügelt! In einem US- Knast würde er das nicht nochmal probieren. Bei unserer Streicheljustiz geht das ohne weiteres. 2020 soll der tätowierte Popeye freikommen. Bis dahin hat er wohl die gesamte Belegschaft verwamst!

#WAHL: Am Sonntag sind Kommunalwahlen in Belgien. Die Islam-Partei will aus Belgien einen islamischen Staat machen! Politologe glaubt, dass das chancenlos sei! Wir kucken dann mal in fünf Jahren!

#THE END: Der UN-Migrationspakt, der uns Deutschen das Genick endgültig brechen wird, soll im Dezember unterzeichnet werden! Anfrage im Bundestag zum globalen Schlaraffenpakt für Indolente:

„Verlieren wir Deutsche sämtliche Rechte? Werden wir zur Minderheit?"

Antwort: „Es kommen bei weitem nicht so viele, wie Deutschland bereits Einwohner hat!"

Puuhh, endlich kann man aufatmen!

#PRESSE: Braut sich da was zusammen oder habe ich Halluzinationen? In der WirtschaftsWoche wird Folgendes geschrieben: „Merkel zerstöre dieses Land und Andrea Nahles sei erschreckend dämlich!" Das war sicher ein Druckfehler, oder kippt der Dampfer langsam?

Der Bericht endet mit dem Satz: „Schließt den Laden jetzt! Neuwahlen sofort!" Je suis d'accord.

#DARMSTADT: Ausgerechnet in dieser Stadt gelang zwei Abschiebe-Häftlingen die Flucht beim Toilettengang durch einen Versorgungsschacht! Das Leben schreibt eben die schönsten Scheiß-Geschichten. In diesem Sinne, viel Spaß beim nächsten Abseilen!

Feddich

ELMI (Schokokokain-Dealer)

P.S. Nicht vergessen, ein Kebekus ist die kleinste deutsche Lacheinheit!

14. Oktober 2018 Wahlbrifn Sonderedischn

#BAYERNWAHL: Liebe Bayerle, solltet ihr heute tatsächlich zur Wahl gehen, nur für den Hinterkopf: Anstieg der Flüchtlingskriminalität im Vergleich zum Jahr 2014:

MORD:	PLUS 480 %
KÖRPERVERLETZUNG:	PLUS 570 %
VERGEWALTIGUNG:	PLUS 820 %

Mit zwei einfachen Kreuzen könntet Ihr dieses Fiasko ein für alle Mal beenden. Ich drück Euch beide Daumen!

#BERLIN: Sage und schreibe 240.000 Demonstranten zogen heute durch die Hauptstadt. Gegen Rassismus und natürlich gegen Rechts! Was soll man bei diesem schönen Wetter auch anderes machen? Schwimmbad? Geht ja nicht mehr, weil dort dominieren ja schon unsere Parallelgesellschaften! Egal! Das Motto war: „Unteilbar. Pfffff ...“ „Unheilbar“ wäre passender gewesen!

Wenn ich mir das so alles anschaue jeden Tag, dann denke ich, unsere einst sehr gut funktionierende Demokratie begeht gerade Selbstmord! R.I.P. War ne tolle Zeit.

Feddich

ELMI (Wahlfänger)

15. Oktober 2018

#OLDESLOHE: Dort wurde ein Messer-Angreifer von einem Polizisten erschossen. Eine Vorführung von Einsatztrainern verdeutlichte, dass es für den Beamten wohl kaum eine Alternative zum Abwehren gibt. Gut so, wer ein Messer gegen einen Polizisten zieht, sollte umgehend über die Klinge springen!

#BERLIN: In der Sonnenallee brummt das Geschäft für die Araber-Clans. „Diese Leute glauben, sie seien hier die Alleinherrscher!" Wenn die Polizei und das Ordnungsamt einschreiten, heißt es oft: „Verpisst euch, das ist unsere Straße."

Immer ist die Polizei hier mit Schutzwesten und schwerer Bewaffnung unterwegs, kein Funkwagen fährt allein zu einem Einsatz im Araber-Viertel. Selbst die Aufnahme einfacher Verkehrsunfälle gibt enorme Probleme! Deutschland 2018, ein Märchen aus 1000 und einer Nacht!

#BALI: Eigentlich wollte Olaf Scholz (Der Buddha des weichen Euros) vom IWF-Treffen auf Bali rasch zurück in die Heimat - pünktlich zur Bayernwahl. Doch der Jet des Vizekanzlers war nicht startklar. Der Grund: Nagetiere! Es gibt halt überall Ratten, die an unserem Eigentum nagen!

#FRANKFURT/MAIN: Der AfD-Politiker Björn Höcke stellt auf der Frankfurter Buchmesse ein

Buch vor. Viele Menschen protestieren. Auch der Chefkomiker Martin Sonneborn kommt - verkleidet als Hitler-Attentäter Stauffenberg mit Aktentasche! Großes Kino! Es wäre noch genialer gewesen, wenn er die Wehrmacht-Hoheitszeichen nicht mit Gaffa-Tape überklebt hätte. Auch habe ich den Hitlergruß mit Faust so noch nie gesehen! Wahrscheinlich hat er die Tasche abgestellt und ist dann stiften gegangen, so wie sein Vorbild!

#BEIM HEILIGEN ZEUS: Wegen NS-Verbrechen im Zweiten Weltkrieg in Griechenland entschuldigt sich Bundespräsident Steinmeier. Er bittet um Verzeihung! Die wollen keine Verzeihung, die Verbrechen sind denen wurscht, die wollen Geld. Das ist da so Ouzo!

Elmis late late night Spät-Brifn

#APOCALYPSE NOW: Während ich vier Stunden in 11.000 Meter Höhe sanft weggenickt bin, schreibt Deutschland Geschichte. Die Grünen kommen auf 18 Prozent! Ja spinnen denn die Bayern, diese blau weißen Wiesn-Dödel? Unser Vorzeige-Abgas-Betrugsland geht jetzt also auch den Bach runter! Also, Tore auf, lasst alles rein, was eine Machete halten kann und betet, dass es euch nicht persönlich trifft! Bin enttäuscht, wütend, aber gleichzeitig sage ich mir, diese Generation will es so: Bevormundung, Zerschlagung gefestigter Strukturen, Denunziation, lautes Gezeter um Nix, und vor allem dieser unwiderstehliche

Drang, sein eigenes Land zu zerstören, um es mit orientalischen Sozialfällen zu bereichern!

Ich habe dreißig Jahre lang meine Haustür immer offengelassen, weil ich es als Privileg empfand, in Sicherheit zu leben. Ich werde mich jetzt um ein Rollgitter bemühen! Manchmal ist hohes Alter ein Segen. Hätte nie gedacht, dass es einmal so weit kommt! Ich hoffe, die Finanzkrise kommt bald! Und ... Grönemeyer, sing Arabisch, Du Wurst!!!!

16. Oktober 2018

#WEIMAR: Auf dem Volksfest Zwiebelmarkt bedrängten mehrere Männer eine junge Frau. Als ihr Freund ihr helfen wollte, wurde er zusammengeschlagen. Als Mitarbeiter des Sicherheitsdienstes zur Hilfe eilen, werden auch sie geschlagen und verletzt! Weimar? War das nicht die Stadt in der Goethe den größten Teil seines Lebens verbracht hat? Man hätte gute Lust seinen „FAUST" auszupacken und sie diesen afghanisch-syrischen lobotomierten Einzellern aufs Hirn zu hauen!

#BALI: Nach einem Defekt im Regierungsflieger hat Finanzgenie Olaf Scholz (SPD) die Faxen dicke. Er fliegt alleine nach Hause und lässt seine Mitarbeiter auf der Insel sitzen. Man sollte aber Nachsicht üben, wann hätte er sonst noch die Gelegenheit gehabt, hautnah den Absturz seiner Partei mitzuerleben? Aber symbolisch wars allemal! Wenns mal in diesem Land komplett aus dem Ruder läuft, werden sich die politischen Verursacher aus dem Staube machen. Ganz hurtig! Vielleicht war das ja nur ein Test!

#KNOBELFRAGE: Wieso flüchten Afrikaner über Marokko nach Deutschland? Marokko steht in punkto Sicherheit auf Platz 20 in der Welt! Deutschland auf Platz 51. Die Flüchtoleros verlassen ein sicheres Land, um in ein unsicheres zu wandern! Wieso? Grübel, grübel, ich komm einfach nicht drauf!!

#FUSSBALL: Nach dem erneuten Fiasko gegen Holland, kritisiert Ex-Nationaltorhüter Uli Stein die DFB-Elf: „Die meisten Spieler sind keine Kerle mehr, sondern Warmduscher!" Namen nannte er leider nicht! Für die, die Uli Stein nicht kennen, er nannte Beckenbauer einst einen „Suppenkasper" und wurde aus dem Kader gestrichen! Respekt! Jemand, der sich nicht verbiegen lässt!

#PSYCHE: Die Psyche der Amerikaner ist robust wie lange nicht. Trumps Konjunkturprogramm scheint die Amis in jeder Hinsicht zu beflügeln. Wirtschaftlich und mental. Ich habe es vor knapp zwei Jahren hier schon beschrieben, Trump ist der beste Präsident, den die USA je hatten.

#KÖNIGLICHER JUBEL: Kurz vor Brexit gelang es Prinz Harry, seine Frau Meghan zu schwängern. Das hätte ein marodierender

Zugereister schon in den ersten zwei Minuten am Kölner Bahnhof hinbekommen! Trotzdem:

„ROYAL SPERM RULES". Ich setze 100 Pfund auf Black!

Feddich

ELMI (Samenspender De Luxe)

17. Oktober 2018

#KÖLN: Die Karneval-Metropole des dünnen Biers kommt nicht zur Ruhe. Gestern schlug ein Subsahara-Nafri-Wandervogel mit einem Hammer unvermittelt auf Menschen ein. Irgendwoher kam dann noch ein Schuss. Wahrscheinlich der, den Linkswähler immer noch nicht gehört haben. Die Sache mit dem Hammer, dafür hätte ich eine Theorie: „Es war ein Muslim auf der Suche nach seinem Sparschwein!"

#PATTEX: Nach dem Wahldebakel in Bayern will es wieder keiner gewesen sein. Seehofer tritt nicht zurück, wieso auch, Nahles schaut nach vorne, vermutlich ins Nirvana und Rauten-Lilly möchte Vertrauen zurückgewinnen. Da drängt sich die Frage auf: „Welches Vertrauen?" Alles, nachdem sie uns Gewalt in tausendfacher Form beschert hat? Innerhalb von knapp fünf Jahren hat sie den Grundstein für ein Fiasko gelegt, für das jeder andere in den Knast gegangen wäre. Erst dann hätte ich wieder Vertrauen. So kleben diese selbstherrlichen Loser an ihren Posten, bis das Licht ausgeht!

#USA: Vertrauen könnte man in US Präsident Trump haben! Der macht, was er verspricht, bringt sein Land in Kürze wieder auf Vordermann, verringert die Arbeitslosenzahlen auf das Niveau von 1963! Warum? Weil er es kann! Stormy Daniels kann ein Lied davon flöten, sie scheiterte mit ihrer Verleumdungsklage vor Gericht. Sie wird wohl wieder in ihrem alten Beruf als blonder Blasebalg arbeiten müssen! Life can be hard!

#PRESSE: Vielleicht isses ja außer mir noch jemandem aufgefallen. Die Medien bereiten uns Deutsche Stück für Stück, ganz subtil, auf Masseneinwanderungen vor. Da hört man Sätze wie: „Es kommen weit weniger als 80 Millionen“ oder: „Europa wird sich durch 60 Millionen ‚Neu Europäer‘ verändern!“ oder: „Europa wird nie wieder so sein, wie wir es kennen!“ Ich für meinen Teil hätte jetzt schon genug Zuwanderung. Und würde sie morgen stoppen, wäre es immer noch vier Jahre zu spät!

#1984: George Orwell, kennt den noch jemand? Hat der nicht auch in seiner Zukunftsvision gesagt: „Je weiter sich eine Gesellschaft von der Wahrheit entfernt, desto mehr wird sie jene hassen, die sie aussprechen?“ Wenn ja, dann is was dran. Ick kann een Lied davon feiffen!

#AUDI: Hört! Hört! Die Traum-Firma aus Ingoldstadt soll jahrelang Fahrgestellnummern von Testwagen gefälscht haben, um die Aufklärung des Abgasskandals in Korea zu verschleiern. Das ganze gesteuert aus Deutschland! Steckt diese Verbrecher in den Knast oder lasst sie vier Stunden am Auspuff schnüffeln. Von mir aus auch Diesel!

Feddich

ELMI (Facebook-Filter-Man)

18. Oktober 2018.

#KRITIK: Neues aus Absurdistan! Der UN-Migrationspakt darf in den Medien nicht kritisiert werden! Unqualifizierte Massenimmigration aus der Dritten Welt hat man in Zukunft bei uns für gut zu befinden. Wer es trotzdem kritisiert, gilt als Hetzer, Hassprediger oder Staatsfeind.

Mit diesem Machwerk der Spinner in Europa werden wir diesen Erdteil in Kürze in ein Drittland umwandeln. Ich frage mich dann nur, ob Grüne und Links-Lappen sich der Tatsache bewusst sind, dass dem Subsahara-Mutumbu völlig wurscht ist, wen er bedroht! Es können ja nicht alle gestörten Politiker nach Mittelamerika auswandern! Ich schau mir das Chaos dann wohl sicherheitshalber am Meer aus der Hängematte an!

#JOB: Der Chef der bayrischen Handwerkskammer hat in diesem Zusammenhang eine besorgniserregende Zahl! Knapp siebzig Prozent der Flüchtlinge brechen ihre Ausbildung ab. Grund: Zu schlechte Bezahlung! Sie hofften, schnell reich zu werden in Deutschland und das Geld nach Hause zu schicken. Und wieso sollten sie überhaupt arbeiten? Sozialtransfer ist so easy und kann sogar besoffen kassiert werden. Wenn also nur sechs Millionen kämen, dann wären das ca. 4,2 Millionen Arbeitslose mehr! Ich glaube, dann wird das Schwarzbrot bei uns knapp.

#AFD: Die blaue Partei leitet vermutlich Ausschlussverfahren gegen Jessica Bießmann ein. Sie hatte vor Jahren ein paar Fotos in sozialen Netzwerken gepostet. Auf dem Regal hinter ihr sind ein paar Flaschen „Hitler-Wein" zu erkennen. Wo bitte ist das Problem? Davon hab ich noch fünf Kisten im Keller! Schmeckt zwar grenzwertig, ist aber als Mitbringsel unschlagbar.

#POLITIK: Grüne in Bayern fordern Entgegenkommen von der CSU. Grüne fordern halt gern. Die so genannte Forderpartei der Hinterwäldler.

#GOLD: Nach dem Raub einer riesigen Goldmünze aus dem Bode Museum im letzten Jahr wurden nun die drei Hauptverdächtigen Wissam, Ahmed und Wayci angeklagt. Alle werden sich vor der Jugendkammer verantworten müssen. Ich hoffe, sie lachen sich schon am ersten Verhandlungstag tot!

#LIMPOPO: An einem Gymnasium in Südafrika sind 36 schwarze Schülerinnen unter 16 Jahren plötzlich schwanger! Die Behörden sind überrascht und untersuchen nun den Grund. Ich will mich ja nicht zu weit aus dem Fenster lehnen, aber ich glaube, es kommt vom Bumsen!

Feddich

ELMI (Kultursensibelchen)

19. Oktober 2018

#HALLÖDRIÖÖ: Schon einen Tag nach der bayrischen Landtagswahl landen in Erding wieder die ersten Asyl-Nachzügler. Während der Wahl Phase waren die Flüge ausgesetzt. Jetzt geht's munter weiter! „Same procedure as last year, Miss Sophie? Same procedure as every year, James!"

#RUHRPOTT: In der Ausländerbehörde in Bottrop ist es zu einem sehr heftigen Angriff auf Mitarbeiter gekommen. Bis auf weiteres geschlossen. Tja, wenn der Schokopudding alle ist, wird der Asylant mal gerne unwirsch! Motto: „Sind gebrochen beide Hände, ist halt früher Wochenende."

#ARABIEN: Die Affäre um den ermordeten Journalisten Khashoggi wird für die Saudis jetzt zum Problem. Er soll von seinen Peinigern in der Botschaft in Istanbul bei lebendigem Leib zersägt worden sein. Jetzt sagen mehrere Politiker den Wirtschaftsgipfel in Riad ab. Richtig so! Nehmt den Saudis das Geld und sie hüten wieder Paarhufer. Is besser so!

#KÖLN: Ei der Daus, der Attentäter von Köln, der kurz mal den Hauptbahnhof aufgemischt hat, hätte längst abgeschoben werden können. Das Bundesamt für Entsorgung aber hat die Fristen verpasst. Oh Deutschland, so ruhe denn in Frieden weiter! Ihr Schnarchlappen!

Das Motto bei uns weiterhin: „TAKE IT ISIS“

#NEUHAUSEN: Weil in der Grundschule das zweite Jahr in Folge weniger als fünfzig Prozent der Kinder Migrationshintergrund hatten, soll den Erzieherinnen das Gehalt gekürzt werden. Pffffff ...

#POLITIK: Da faseln in den Talkshows alle über den Verfall der Volksparteien und alle reden sich die Köpfe heiß! Währen still und leise in jedem Monat ca. 15.000 Glücksritter dieses Land bereichern. Das ist die Gebärmutter aller Probleme, während die SPD leise vor sich hin weint!

#SCHWAIGERN: Am Montag lief ein Schwarzer mit einem Speer bewaffnet auf der Straße zwischen Leingarten und Schweigern in der Nähe des Leintalzoos. Immerhin weiß man, wo er vermutlich ausgebrochen ist!

Feddich

ELMI (Medizinmann vong Facke Bucko)

20. Oktober 2018

#GRÜN: Grünen-Abgeordnete aus Hessen twittert: „Nach 13 Stunden Plenum sitze ich im Abgeordnetenrestaurant allein unter Nazis!“ Wohlgemerkt, sie sitzt in der Bundestagskantine. Man sollte Nachsicht mit ihr haben. Generell leiden Grüne unter diffusen Wahrnehmungsstörungen, die in diesem Fall wohl sehr ausgeprägt sind. Man fragt sich unwillkürlich, wie es solche Frauen überhaupt je in den Bundestag schaffen. Das macht mir Sorgen.

#POLITIK: Jetzt isses raus, die Mehrheit der Deutschen will Merkel nicht mehr! Noch letzte Woche fanden sie achtzig Prozent klasse! Ja, was jetzt? O.K., sie entspricht schon lange nicht mehr der Euronorm, ihre Emissionswerte sind zu hoch, der Luftdruck liegt bei 3,8 Millionen Asyl auf jeder Hupe, und die CO_2-Werte sind unter aller Sau. Da hülfe nicht mal mehr ein Software-Update. Am besten unauffällig durch den Hinterausgang abwracken. Keine Prämie bitte!

#HÖHENKIRCHEN: Zwei Afghanen stehen vor Gericht wegen einer Vergewaltigung einer

16-jährigen im Jahre 2017. Am Donnerstag sind beide während der Verhandlung einfach weggedöst. Irgendwann wars dann auch dem Richter zu bunt! Aber was soll er machen? Die zwei waren bei der Tat betrunken und das Opfer offensichtlich auch! Bei 1,86 Promille ist das automatisch Freispruch!

Also weiterdösen, ihr charmanten Bereicherer! Bei Freispruch bitte nicht grölend auf die Schenkel klopfen, könnte zu Missverständnissen bei Teddywerfern führen.

#STUDIE: Aufgemerkt ihr Multikulti-Faschos und Zuwanderungsfanatiker! Laut einer Studie der Bettelmann-Stiftung könnte Deutschland locker 192 Millionen Zuwanderer verkraften. Ich kann nur hoffen, dass diese Studie mit dem Restalkohol der beiden Spacken weiter oben zustande kam, sonst wird's im wahrsten Sinne des Wortes eng!

#WETTER: Wegen der Trockenheit fließt die Spree rückwärts. Geil! Wenns noch zwei Jahre trocken bleibt, passiert vielleicht das Gleiche mit dem Asylantenstrom. Wer weiß? Wär ja echt ein Ding! Man soll die Hoffnung nicht aufgeben!

ELMI (Geldtransport-Chauffeur)

22. Oktober 2018

#SAUDI-LOVE-STORY: Die Geschichten um den ermordeten Journalisten Khashoggi werden immer bizarrer. War noch zu Beginn die Rede von brutalem Mord, wurde jetzt umgeschwenkt! Zuerst auf Boxkampf, dann auf „versehentlich erwürgt“ und in einen Teppich eingerollt. Ich schätze, das nächste Level ist dann, plötzliches „Kardiovaskuläres Ereignis“ mit Todesfolge! Passiert in Deutschland mittlerweile auf jeder Kirmes. Wenn er im Teppich eingerollt war, könnte er auch an einer Hausstaub-Allergie verstorben sein.

#POLITIK: Eine Woche vor der nächsten großen Schlappe für die SPD verkündet Frau Bätschi: „Für meine Tochter ist Geisterbahn schockierender als SPD Wahlergebnisse!“ Da liegt sie vermutlich falsch, SPD ist die Geisterbahn!

#HESSEN: Dieses Bundesland hat noch die Todesstrafe und möchte sie gerne abschaffen. Da würde ich jetzt als weltoffener Mensch noch knapp eine Woche warten. Könnte ja sein, dass man so was noch mal braucht!

#ASYL: In Schleswig-Holstein gaben sich Ukrainer fünf Jahre lang als Syrer aus! In Wirklichkeit waren sie wahrscheinlich Kopfnicken aus der Normandie. Hauptsache ist doch, das Geld ist weg und Alessio geht's gut!

#ZUKUNFT: Die Hälfte aller Deutschen könnte sich vorstellen, Grün zu wählen. Die andere Hälfte packt schon mal die Koffer!

#BIELEFELD: Zwei Frauen verhindern Vergewaltigung im Park! Aufgeschreckt durch ein Wimmern sahen die beiden hinter einen Busch und verhinderten Schlimmeres. Als der Täter mit dem Fahrrad flüchten wollte hielt eine der beiden Helferinnen ihn am Gepäckträger fest. Da zückte das Goldstück ein Messer und stach ihr in den Finger. Vermutlich kam er nach Aufnahme der Personalien wieder frei und ging fröhlich pfeifend Richtung Park!

Feddich

ELMI (Teppich-Einroll Experte)

23. Oktober 2018

#ROLEX: Das Pechmariechen der SPD hat gestern unter medienwirksamem Schmollen ihren Facebook Account auf unbestimmte Zeit geschlossen. Grund waren die Shit-Storms die gefühlt alle fünf Sekunden auf sie hereinbrachen. Natürlich alles von „Rechten Hetzern"!

Der Reihe nach: Saffran Cheebli, Staatssekretärin für Heulkrämpfe im Bundestag ließ sich mit einer Rolex Uhr ablichten! Kann jeder machen wie er will, aber wenn Millionen in diesem Land gerade so über die Runden kommen, und in permanenter Armut leben, sollte man von Politikern etwas mehr Sensibilität einfordern, was Luxus betrifft! Wenn das die Geissens machen, sag ich, ok. Die wissen es nicht besser, aber das Ganze auch noch in sozialen Medien zu diskutieren, das ruft förmlich nach Gegenschlag. Und der kam! Volle Lotte! Scheinbar hat sie keinen Berater, der ihr bei so was zur Seite steht, oder ihr Deutsch ist einfach noch zu schlecht. Da geht man durch, wartet bis der Shitstorm vorbei ist, und dann geht's weiter. Nicht bei „Princess Superhirn Blitzgscheit!"

#TWEET 1: „Wer von euch Hatern hat mit zwölf Geschwistern in zwei Zimmern gewohnt, auf dem Boden gegessen und geschlafen und Holz gehackt, weil Kohle zu teuer war? Mir sagt keiner was Armut ist!"

Hier zeigt sich das ganze Dilemma der Migration in einem „Tweet". Zu arm zum Heizen, aber poppen bis die Diele wackelt und man die dreizehn Balgen übereinander stapeln kann. Da bleibt dann Papi oft keine Zeit mehr für Integration oder Deutschkurs. Damit wäre alles gesagt, wenn ..., ja wenn Rolex-Lotte nicht noch einen hinterhergejuckt hätte.

#TWEET 2: „Ich würde die Rolex ja sofort verschenken, und mit ihr meine Schuhe und Klamotten und überhaupt alles, was ich habe, wenn wir dann allein regierten!"

Entlarvender geht's sicher nicht! Dazu kann man eigentlich nur antworten: „Bitte, um Gottes Willen, behalten Sie alles, denn wenn die SPD alleine regiert, dann sind wir bald alle in lausigen, unbeheizten Zweizimmerwohnungen und essen vom Boden. Dann reißt uns die eine Rolex auch nicht mehr raus! Tweete einfach weiter kompletten Unsinn und schmink Dich, mein schnuckeliges, palästinensisches Migrationshäschen!"

Feddich

ELMI (SWATCH-FAN)

24. Oktober 2018

#PRESSE: Jetzt scheint der FAZ endlich auch ein Licht aufgegangen zu sein. Zitat: „Europa muss sich auf massive Einwanderung aus Afrika einstellen. Daran wird auch Entwicklungshilfe nichts ändern, sagt ein amerikanischer Forscher!" Hört, hört, vor zwei Jahren nannten mich die Jockel des Frankfurter Faltblatts wegen genau dieser Erkenntnis einen Rassisten und Volksverhetzer! So ändern sich die Zeiten.

#VERGESSEN: Rauten Lilly hat die Faxen dicke! Sie will das Wort 2015 nicht mehr hören. Es sei keine gute Idee, sich über die fatalen Ereignisse in diesem Jahr weiterhin auszutauschen. Es wäre verplemperte Zeit! Die templiner Wuchtbrumme würde gerne die Erinnerung an die gigantischste Fehlentscheidung für Deutschland seit Dünkirchen verwischen. Wahrscheinlich leidet sie unter einer Hippocampus Atrophie!

EINSPRUCH! Wir Deutsche haben gelernt uns zu erinnern. Seit sechzig Jahren werde ich überall erinnert, dass ich mich erinnern soll! Man nennt das auch Schuldkult-Konditionierung. Der Deutsche vergisst vielleicht sein Amazon Passwort, aber nie die Erinnerung! In spätesten fünf Jahren werden sich dann auch die Blöden daran erinnern, wer uns 2015 dieses Menetekel eingebrockt hat. Da ist die dann schon über alle Berge! Oder über der Wupper!

#STOCKHOLM: Gute Nachrichten aus Schweden. Die WASA-Eule aus IKEA-Land, die im Juli einen Ferienflieger ausbremste, weil sie verhindert hat, dass ein afghanischer Verbrecher ausgeflogen werden konnte, kommt nun vor Gericht! Ihr drohen sechs Monate Haft! Das fände ich zu hart, weil die Gurke ja definitiv intelligenzresistent zu sein scheint. Zwei Nächte im Migra-Gang-Bang Viertel in Mälmö hätten rein therapeutisch gesehen einen größeren Lerneffekt! Und natürlich zwei Punkte in Flensburg!

#BERLIN: Wieder mal ne Lachplatte aus dem Ludenviertel! Neukölln plant Programm für Clan-Aussteiger! Alter Falter, sind die doof?? Wer aus dem Clan aussteigt, ist demnächst tot! Fragt Bushido!

#HSV: Der Zweitligist feuert seinen Trainer! Wieso, frage ich mich? Noch nie wurden so viele Dauerkarten verkauft wie dieses Jahr! Heimspiele immer ausverkauft. Wenn die nächstes Jahr in die Dritte Liga absteigen, müssen sie das Stadion vergrößern.

25. Oktober 2018

#TÜRKEI: Neues aus dem osmanischen Paradies für Ziegen! Achtung, wer in sozialen Netzwerken behauptet, der Diktator der Säbelschwinger in Pluderhosen hätte eine Kartoffelnase, könnte beim nächsten Urlaub an der Perle des Bosporus eine böse Überraschung erleben. Auch wer beispielsweise dieses „Brifn" mit einem „like" versieht, hat, wenn's dumm läuft, schlechte Karten im nächsten Urlaub an türkisch Küst! Der Pass wird ihm abgenommen oder man wird in einen Teppich eingerollt, nach einem Faustkampf natürlich.

#BERLIN: Die Donnerwumpe aus der Uckermark hat zurzeit wirklich kein Händchen für intelligente Entscheidungen. Ein Fahrverbot in Frankfurt zu verhindern, ist so ziemlich das Dümmste was einem zur Zeit einfallen kann. Ein Rohrkrepierer de Luxe! Das ist ungefähr so, als wenn man einem arabischen Scheich verbieten wollte, dass sein Kamel furzt! Noch Fragen??

#TRAUER: Erinnert mich bitte heute Abend daran, dass ich ein Requiem für Bayer Aktionäre halte. Der DAX Konzern verliert über Nacht fast zehn Prozent an Wert! Das haut dem popeligen Normalanleger den Korken von der Glyphosat Karaffe! Ich zünde eine Kerze an!

#LACHER DER WOCHE: Netzfund! Die Vagina eines Blauwals ist so groß, dass sich sechs Menschen bequem reinlegen können. Damit ist sie die zweitgrößte Muschi der Welt, nach Uli Hoeneß, wenn er beleidigt ist!

#DEPPEN: Die Jugendorganisation der SPD will Polizisten entwaffnen, um sie „bürgernäher" und weniger „bedrohlich" zu machen. Sach mal, gehört Hirnerweichung eigentlich bei der SPD zur Werkseinstellung? Das Bedrohlichste an der deutschen Polizei ist meistens der Schäferhund! WUFF!

Feddich

ELMI (Geld spielt überhaupt keine Rolex)

26. Oktober 2018

#LEGAL, ILLEGAL, SCHEISSEGAL: Man glaubts ja nicht, aber den Schleusern fällt doch immer wieder was Putziges ein! Man bringt Migranten per Scheinehe nach Deutschland. Läuft so: Tamara Presswurst aus Tschechien, vier Kinder etc. ist seit Dezember mit einem Pakistaner verheiratet. Als EU-Ausländerin darf sie in jedes beliebige EU Land ziehen. Tamara, nicht blöd, hat sich fürs Sozial-Schlaraffenland Blödland entschieden. Mit Mietvertrag und Arbeitsvertrag kriegt ihr Ehemann automatisch eine Aufenthaltskarte. Tamara sagt: „Ehe ist voll echt!" Ausländerbehörde glaubt das, obwohl

Tamara nicht weiß, wo Mann ist. Halleluja, möge ihr der Arsch platzen!

#TIMING: Kein gutes Händchen hatte die Polizei in Saalfeld. Sie holten einen Abschiebefall direkt aus dem Kreissaal. Seine Frau lag gerade in den Wehen. Das lief auch alles ganz gut, aber am Frankfurter Flughafen war dann Finito! Die Hebammen hatten protestiert. Alte Steißlage, wenn das Schule macht, dann gut Nacht! Vielleicht hätte man neun Monate vorher abschieben sollen, um den Gesamtvorgang zu optimieren!

#BERLIN: Am S-Bahnhof Schichauweg wurde ein Polizist in Zivil niedergestochen, als er bemerkte, dass ein Glückskeks sein Fahrrad mopsen wollte. Als er seine Marke zückte, wurde er mehrfach in Rumpf und Beine gestochen. Schwerst verletzt! Täter entkam. Beschreibung fehlt! Vielleicht wars ja Motumbo, der mit dem Fahrrad ins Hebammen Paradies radeln wollte.

#BALKAN: Bosnische Polizei stoppt Flüchtlinge. Flüchtoleros nehmen wieder verstärkt die Balkanroute, um unsere Obergrenze zu testen. Polizeisperre durchbrochen! Solange sie keine Fahrräder klauen, alles gut!

#GSUFFA: CDU-Bürgermeisterin baut Unfall mit 2,9 Promille und begeht Fahrerflucht! 2,9 Promille? Das war schon ziemlich nah an der

Obergrenze. Noch zwei Promille mehr und sie kann beim Italiener arbeiten, als Grappa!

Feddich

ELMI (Der Schein-Ehen-Heilige)

27. Oktober 2018

#SHOWDOWN: HIGH NOON HESSEN. Morgen entscheidet sich die Zukunft für die Donnerwuppe aus dem Knastleramt! Verliert Don Schweinebacke, könnte es auch für die „Verwalterin einer bestimmten rhetorischen Ödnis" (Roger Willemsen) eng werden. Verliert die SPD mehr als acht Prozent, dann kann Nahles wieder als Hüpfburg arbeiten im Bätschi Park Ost!

#FREIBURG: Was ist bloß mit meiner ehemaligen Lieblingsstadt los?? Eine 18-jährige Frau wird von mehr als 8 (in Worten ACHT) Männern vergewaltigt. Sieben Syrer und ein „Deutscher" sitzen in U-Haft! Sagen wir es mal so, ich vermute, er hat einen deutschen Pass! Alle Typen sind wegen Straftaten der Polizei schon länger bekannt. Dem Mädchen wurden bei einer Techno-Party Drogen ins Glas gemischt. Danach legte sie einer von diesen Ratten hinter einen Busch und rief seine Kumpels an. Das muss man Gottes vierter Garnitur nicht zweimal sagen! Der Rest ist einfach eine Schande! Wetten, dass denen nix passiert! Deshalb bitte weiterhin Grün/Links wählen!!!!!! 87 Prozent können nicht irren!

#NIEDERBAYERN: Abschiebeversuch eskaliert. 17 Personen festgenommen. Auslöser der Ausschreitungen war ein 29-Jähriger aus Nigeria, der bei der Abschiebung eines anderen die Beamten angriff. Zuerst wurde er in ein Auto gesetzt, flüchtete aber dann. Mein erster, spontaner Gedanke: „Gibt's eigentlich den finalen Warnschuss noch?" oder steht da einer dabei der sagt: „Bitte nicht bedrohlich wirken"?? Wie auch immer, wir werden mit Afrikanern noch unser persönliches Armageddon hier erleben! Ich gebe euch mein Häuptlings Ehrenmord … Wort … Wort! Blöde Tastatur da!

ASYLASYL: Ist euch schon mal aufgefallen: Da sind Leute gesund genug, um tausende Kilometer zu laufen oder zu paddeln, aber immer zu krank um zurückgeflogen zu werden!

So ein Zufall, hä??!

Feddich

ELMI (Amazon-Bestseller)

29. Oktober 2018

#FREIBURG: Nach den haarsträubenden Ereignissen in Freiburg, bei der eine junge Frau von mindestens acht syrischen Asylanten vergewaltigt wurde, mahnt der

Oberbürgermeister der Stadt vor Pauschalurteilen. Da drängt sich die Frage auf: „Vor wie vielen Pauschalurteilen wollen Sie noch warnen, bevor die Botschaft endlich bei Ihnen ankommt?" Freunde aus Freiburg berichten mir, dass die Situation in manchen Teilen Freiburgs völlig aus dem Ruder läuft. Wie viel Gewalt, Bedrohung und Schmutz brauchen Sie eigentlich noch, damit endlich etwas passiert? „Z´Friburg in der Stadt, gfährlich ischs, viel Ratt!!!"

#INZAGO: Italienischer Bürgermeister hat die Namen der Teilnehmer einer Demo für mehr Flüchtlinge feststellen lassen, und lädt diese jetzt ein, im Rathaus ein Dokument zu unterschreiben, welches die Teilnehmer dazu verpflichtet, Flüchtlinge bei sich zu Hause aufzunehmen! Eine brillante Idee! Dann wär hier ganz schnell Schluss mit der Teddybärwerferei, denn wenn's ans Eingemachte geht, verpieselt sich der stinknormale, linksdrehende Moralapostel der Migrationsfetischisten ganz unauffällig! Konsequenzen tragen nämlich immer die anderen, gelle??

#PROMINEWS: Skinhead O´Connor war katholische Priesterin und ist jetzt zum Islam konvertiert! Quasi über Nacht. Nun, sie hat wohl seit geraumer Zeit Probleme mit den Latten an ihrem Zaun, und nach zwei Suizidversuchen ist das wohl der letzte Schritt. Wir drücken beide Daumen!

#FUSSBALL: Thomas Hitzlsperger hat für den WM-Fußball Spruch des Jahres gesorgt! Beim WM-Spiel gegen die Schweden sagte der Experte bei der ARD: „Die Schweden sind wie die Mittdreißiger in der Disco: Hinten reinstellen und warten, ob sich was ergibt." Übersetzt heißt das dann wohl: „Wer hinten dicht ist, hat vorne mehr Platz." Oder soll es heißen: „Wer sich hinten reinstellt, hat vorne keine Lust?"

#SEX: Viele Männer haben nach dem Sex Post koitale Dysphorie! Im Klartext, sie neigen nach dem Akt zu Depressionen. Bei mir ist das nicht so, ich bin nur müde und nicke weg! Kurz vor dem Wegnicken wünsche ich mir dann manchmal, dass meine Partnerin sich in eine Pizza verwandelt!

Feddich

ELMI (Postkoitale Dysphorie Intoleranz)

30. Oktober 2018

#HESSEN: Immer wieder schön zu sehen, wie sich Politiker auch das schlechteste Wahlergebnis schönreden. Aus Verlierern werden vor der Kamera dann plötzlich Gewinner und ARD und ZDF nicken das auch noch kritiklos ab.

Wann sagt diesen aufgedunsenen, verlogenen Pfeifen mal endlich jemand, dass sie sich vom Acker machen sollen?

#FREIBURG: Nach der entsetzlichen Vergewaltigung einer jungen Frau in Freiburg, war klar, was kommen musste. Grünen-Schwachmat fordert Protest gegen Rechts! Manchmal möchte man seinen eigenen Kopf ins Kissen drücken und einfach laut schreien. Dann macht doch ne Demo gegen Rechts! Ruft Campino an! Und wenn das nicht geht, vielleicht hat Feine-Sahne-Stink-Filet noch einen Termin frei, ihr behämmerten grünen Idioten!

#OLDENBURG: Es geht auch anders. AFD Landesparteitag. Nach ihrem Einsatz flaggen niedersächsische Polizisten Schwarz-Rot-Gold! Hunderte AFDler erwidern den Gruß mit dem Singen der Nationalhymne. Respekt und Anerkennung! Danke für den Mut!

#CLANS IN BERLIN: Ein Insider packt bei BILD aus! Zitat: „Ich war bewaffnet wie im Krieg und mit Waffe habe ich mich gefühlt wie Gott!" Einspruch, Du Matschbirne! Ein Idiot mit 9 mm Hirn kann nie Gott sein, nicht mal gefühlt! Und Gott hätte auch nicht so eine beschissene Frisur! Probier doch mal Russisch Roulette, Du mentaler Pisa-Schalldämpfer!

#ZWICKAU: Kann sich noch jemand an den Richter erinnern, der einen Asyl-Verbrecher eingetütet hat, weil der während der Verhandlung eingeschlafen war? Er war bekannt für die Kritik an der allzu laschen Rechtsprechung an deutschen Gerichten. Er ist jetzt als Sprecher des

Amtsgerichts abgesägt worden. Job weg, natürlich ohne Begründung!

Manchmal, wenn ich hier so schreibe, komme ich mir vor wie der letzte Musiker auf der TITANIC! Der Kahn sinkt schon und ich dudel rum!

Feddich

ELMI (Der Abschieds Zeremonien Meister der GROKO)

31. Oktober 2018

#BERLIN: SIE GEHT ENDLICH … teilweise! Macht muss was Tolles sein, weil sie alle nicht loslassen können. Die Presse feiert die Raute des Grauens wie Bolle. Man hört solche Kommentare wie: „Hochachtung, Respekt, politische Raffinesse, politisches Kunsthandwerk!" Kotz!!

Ich glaube, ich hör nicht recht! Politiker bleiben immer so lange kleben, bis es beim letzten Willen nicht mehr geht, oder sie tot in der Badewanne liegen. Das ist keine Raffinesse, das ist Gier nach Macht, sonst nix! Rauten-Lilly wird im Dezember diesen verdammten Migrationsvertrag noch unterschreiben, und Deutschland endgültig platt machen. Das war ihre Intention! Mission completed. Der Rest läuft von alleine. Wenn die SPD nicht vorher aussteigt, haben wir die bis 2021 anne Backe, jede Wette.

#NACHFOLGER: Wer bitte soll die Herzogin der Unterarmnässe denn ersetzen? Kramp-Karrenbauer? Ich lach mich tot! Hab die zufällig bei Anne Will gesehen. So ein bodenlos dummes Geschwafel hab ich ja noch nie gehört. Spahn? Nicht wirklich oder? Merz? Nicht mal im April!

#FREIBURG: Dort scheint die Hühnergrippe zu wüten. Während besorgte Bürger, die nach den Vergewaltigungen einer jungen Frau aus Sorge um ihre Kinder eine Demo gegen kriminelle Asylanten friedlich durchführen, werden sie von Linken und Grünen niedergeschrien und körperlich angegangen! Und der Bürgermeister klatscht dazu Beifall. Ich hab nur drauf gewartet, dass irgend so ein Spacken sagt: „Die ist doch selber schuld, was legt die sich hinter einen Busch?" Und alle hätten gejubelt! Rat Pack!!!

#FLUCHT: Neue Studie (schon wieder). Drei von vier Flüchtoleros sind traumatisiert! Im Umkehrschluss bedeutet das, wir hätten nur jeden Vierten reinlassen sollen! Zu spät!

#TRUMP: Der Präsident will Geburtsortprinzip abschaffen. Wer in Zukunft auf amerikanischem Boden geboren wird, wird nicht automatisch US-Bürger. Hey, geht das bei uns auch, denn eine Maus, die im Pferdestall geboren wird, ist ja auch kein Pony!

Feddich

ELMI (Bundeskanzler in spe)

November 2018

☜●❍♓⬧ ❍□♓■♌□♓♐■

Elmis moinbrifn

1. November 2018

#FREIBURG: Kaum sind die afghanischen Vergewaltiger in U-Haft, einschließlich des einzigen deutschen Täters, Vorname Achmed Mohamed (ich lach mich tot), kommt die erste Dumpfeule in Form einer Integrationsbeauftragten mit Doppelnamen zu Wort: „Alle Asylanten sollten schon bei Ankunft Sexualaufklärung erhalten!"

Liebe Frau Doppelnamen-Dingens, Sie sollten dringend umgehend Opfer eines „Taharrusch" werden, dann würden Sie am eigenen Leib und Seele erfahren, dass es diesen Kreaturen völlig egal ist, welche Wertvorstellungen wir haben. Sinnvoller wäre es vielleicht, drastische, mittelalterliche Strafen zu verhängen. Fotos davon, an belebten Plätzen, würden eventuell bundesweit bei einem Teil dieser Klientel bis zum Resthirn durchdringen, sofern dies überhaupt vorhanden!

#TWITTER: Nach den Ereignissen an der Dreisam schließt der O.B. von Freiburg seine Accounts bei Twitter und Instagram nach heftigen Morddrohungen. Mein Mitleid hält sich in

Grenzen. Wer bei Demonstrationen gegen die Vergewaltiger die Gegendemonstranten offensichtlich unterstützt, indem er sie am offenen Fenster noch ermutigt, sollte auf der Stelle zurücktreten und sich zumindest zutiefst schämen. Beides wird bei Menschen wie Ihnen wohl ins Leere laufen! Schande auf SIE!!

#SODOMIE: Wieder Freiburg!!! 28-jähriger Eritreer in Zusammenhang mit mehreren Sexualvergehen dringend tatverdächtig festgenommen. Es stellte sich heraus, dass auch Ziegen auf einem Freiburger Bauernhof von ihm missbraucht wurden! Da ist der Afrikaner nicht wählerisch, schätze ich! Wenn man aber in diesem Zusammenhang das Wort „Ziegenficker" nur ansatzweise flüstert, hat man ein Problem in Deutschland. Das ist alles nur noch krank hier!

#HARTZ IV: Bundesagentur für Arbeit ermittelt: „Banden betrügen den Staat bei Hartz IV um mehr als 50 Millionen Euro!" Die Kohle ist weg, aber immerhin ist es den Deppen nach Jahren aufgefallen!

#HALLOWEEN: Claudia Schiffer und ihr neuer Lebensabschnittsgefährte Tom Bautnix von den Toten Tokio Hosen kamen zu Halloween als Shrek verkleidet. Wäre gar nicht nötig gewesen, wenn ich die „live" sehe, krieg ich sowieso immer „SCHRECK"!

ELMI (Ging an Halloween als Taharusch Beauftragter)

2. November 2018

#SEXY MOTHERFUCKER: Die Spinner von PRO ASYL sind gegen eine verbindliche Sexualaufklärung für Asylanten. Eher sollten Asylanten behutsam Schritt für Schritt an unsere Werte herangeführt werden. Das wäre besser als Belehrung. Quasi sich langsam ran vergewaltigen an unsere Kultur! Die Botschaft sollte sein: „LOVE & PEACE. In diesem Fall wäre ich persönlich mehr für SMITH & WESSON!

#PAKISTAN: Damit man mal sieht, wo es im Endeffekt hinführt: Junge Christin, wegen Blasphemie angeklagt, wird freigesprochen! Auf Druck der fanatischen Muslime wird die Entscheidung des Gerichts zurückgenommen und neu verhandelt! Ihr droht die Todesstrafe!

So viel zu LOVE & PEACE.

#UMTAUSCH: Man kann jetzt die Reihenfolge seines Namens ändern. Aus „Katrin Müller-Fuckhard“ wird jetzt „Fuck Müllers Katrin hard!“ Muha rofl lol etc.

#SÜDAFRIKA: Neuer Sport im Township! Schulmädchen werden zu „Taxi Queens“. Anstatt Teenager sicher zur Schule zu bringen, nutzen kriminelle Fahrer die Situation aus, um die Minderjährigen im Taxi zu vergewaltigen! Der 31-jährige Mboa sagt: „Ich krieg sie alle!“ Man sollte ihn ausweisen, am besten nach Freiburg!

#UNO: Am 10. und 11. Dezember soll in Marrakesh der „Globale Migrationspakt“ unterzeichnet werden! Ich machs mal ganz kurz: Dieser Vertrag ist das Todesurteil für Europa, so wie wir es kennen! Kein Mensch wird diese Kloakenschleuse je wieder schließen können. Wie kann man so was ohne ein schlechtes Gewissen unterschreiben?? Sind denn jetzt alle verrückt??

Glückwunsch Österreich, die unterzeichnen nämlich nicht! Kann man bei Euch als Deutscher Asyl beantragen? Unterlagen bitte an: Elmi.hat-Faxen.dicke.com!

Feddich

ELMI (Bertram-Elmar Hörtnix)

3. November 2018

#POLITIKKK: Kaum halb aus dem Amt, trauern Prominente schon um Rauten-Lilly, die eine so begnadete Politikerin gewesen sei! Da kann man nur voll zustimmen!

1. EUROKRISE mit Griechenland verkackt!
2. Statt die Banken 2008 an die Wand laufen zu lassen, vom Obergangster der größten Deutschen Bank übern Tisch gezogen!
3. Völlig unnötiger, hastiger Ausstieg aus Atomenergie! Man hätte ihr stecken können, dass Tsunamis bei uns relativ selten sind!
4. Fatale, zukunftsentscheidende und widerrechtliche Öffnung unserer Landesgrenzen

für illegale Transfer-Glücksritter aus der ganzen Welt! Kernsatz: „Nu sind se halt mal da!"
5. Nie eine klare, herzliche Entscheidung „für" die ursprünglich hier lebenden Menschen!
6. Eine noch nie zuvor dagewesene Wohlstandsvernichtung von 3,6 Billionen Euro während ihrer Regierungszeit!
7. Absoluter Machtmensch mit exzellentem Netzwerk von Speichelleckern, die sich jetzt anschicken ihre Nachfolge anzutreten. Verbrannte Erde hinterlassen!! Kann man als Politiker nicht besser hinkriegen. ENDE!

Kann man Helmut Schmidt wieder ausgraben??

#NACHFOLGE: Wenn man sieht, wer sich alles für den Job als nächster Bundeskanzler empfiehlt, wünschen sich viele wieder einen Kaiser!

#EURO: Italien probiert zurzeit noch dreister als die Griechen damals, die Belastbarkeit der EU zu testen. Die Schulden des Landes sind mehr als gigantisch. Trotzdem pokern sie. Das Motto: „Wie weit werden die restlichen EU-Mitglieder in die Knie gehen, bevor Italien und der Euro endlich Geschichte sind?" Man darf gespannt sein!

#NRW: Die Polizei im Musterländle für Balkanisierung bekommt jetzt einen Spuckschutz. Zu oft wurden Beamte im Auto von hinten angespuckt. Jetzt dürfen sie den

Integrations-Lamas eine Spuckhaube auf die Rübe pflastern. Wenns hilft!

#POESIE:

Wer hat uns verraten?????????????
Die Sozialdemokraten!
Wer verarscht uns nu?????????????
Die CDU
Wer tut den Asylanten winken????
Die Linken
Wer lässt die Deutschen sühnen??
Die Grünen

Feddich

ELMI (Spuckhauben-Beauftragter für Rotz-löffel)

5. November 2018

#FIEGENZICKER: Die Vorfälle häufen sich. Ein Landwirt erwischt einen Schwarzen beim Sex mit einem seiner Schafe in Velden (Landshut)! Um 5 Uhr morgens war der Züchter auf seine Weide gekommen, um nach seinen Tieren zu sehen. In der Futterscheune erwischte er Towambahumbu in eindeutiger Stellung. Bei der Flucht des Tierbesteigers verlor der Sohn der endlosen Wüsten eine Socke und Kopf-hörer. Immerhin, ein Typ der beim Sex die Socken auszieht! Ist ja schon mal ein Hoffnungsschimmer. Was nicht ganz so witzig ist, ist die Tatsache, dass das Tier so verletzt war, dass es notgeschlachtet werden musste. Möge ihm der Pimmel abfaulen!

#MANNHEIM: 24-jährige Frau wird von Mann verfolgt. Als sie ihn zur Rede stellt, schlägt er ihr ins Gesicht und bricht ihr die Nase. Täter auf der Flucht! Polizei sucht Mann mit dunklem Teint. Tun wir das nicht alle?

#FÜRTH: Am Samstagmorgen gegen acht Uhr hat ein unbekannter Mann eine Frau im Park hinter einem Busch vergewaltigt. Er bedrohte sie mit einem Messer. Formulieren wir es mal politisch korrekt: „Südliches Erscheinungsbild"!

#TV: Mal wieder rumgezappt! SAT1, malerische Kulisse vor der griechischen Insel Rhodos. Lauter nackte, tätowierte Menschen. Ich erfahre, die Sendung nennt sich: „Adam sucht Eva." Als Eva alias Gina-Lisa duscht, versteckt Martin seinen Penis! Wie, kein Feigenblatt im Paradies. Meine Frage wäre aber eher: „Hat er einen Kopfhörer, und fehlt ihm vielleicht ne Socke?" Alter Schwede!

#LITERATUR: Elmis moinbrifn erscheint Ende des Monats nur bei Amazon! Klare Kaufempfehlung!

Titel: FREILUFTKLAPSE DEUTSCHLAND (Germany kaputt)

Hab auch schon einen Titel für meine nächsten beiden Bestseller:

1. DIE ANGST DER ZIEGEN VOR DEM SCHWARZEN MANN
2. SÜDLICHES ERSCHEINUNGSBILD MAL NICHT AM HIMMEL (19.80)

Feddich

ELMI (Rechte Socke)

6. November 2018

#GRENZE: 20.000 männliche, passlose, Atomphysiker, Astronauten und Pflegekräfte warten in Kroatien auf den gewaltsamen Durchbruch ins gelobte Land, und wir machen uns Sorgen wegen der Russen! Es wird grausam enden, mein Wort! Abschaum wir mal!

#SCHLOSSGARTEN: Gambier vergewaltigt junge Frau in Stuttgart! In dem Augenblick, in dem der Migrationsvertrag mit den Moschpoken unterzeichnet ist, werden wir hier bei uns eine neue Qualität von Verbrechen erleben, die vielleicht sogar einigen linken Spinnern aufstoßen wird. Obwohl, man sollte seine Erwartungen nicht zu hoch schrauben!

#RUHE: Nun muss er doch gehen, der Herr Maaßen. Welch eine Posse! Weil ein Beamter die Wahrheit ausspricht, und die Linken als das bezeichnet, was sie sind: („radikale Spinner“) wird er nun in den einstweiligen Ruhestand versetzt. Wie viele Fehler muss Seehofer eigentlich noch machen, bevor sie ihn entsorgen??

#TWITTER: Wenn eine Spielerfrau schon mal fehlerfrei twittert, dann isses auch wieder nicht recht. Mit ihrem Seitenhieb auf den etwas glücklosen Coach der Super Bayern, hat die Frau von Thomas Müller wohl das Nervenzentrum der Hypersensibelchen der Chefetage getroffen! The Führer is not amused!

7. November 2018

#KRIEG: Vor 100 Jahren endete der Erste Weltkrieg. Erst nach Verlängerung und im 11 mm Schießen haben wir verloren. Die so genannten Reparationsbestimmungen der Hardliner, vor allem Frankreich, waren der Grundstein zum Zweiten Weltkrieg, den wir nach früher Führung dann auch versemmelt haben. Einen haben wir noch!

#WIRTSCHAFT: Geld stinkt nicht, wird sich der CSU-Politiker Ramsauer wohl gedacht haben, da er plant mit einer Wirtschaftsdelegation im Januar nach Saudi-Arabien zu fahren.

Na ja, muss man locker sehen. Das Schlimmste was ihm passieren kann, ist zerstückelt in einen Teppich eingewickelt zu werden. Kamel man ja mal machen!

#USA: Trump hat heute wichtigen Wahltermin! Kann knapp werden! Präsidenten, die das machen, was sie vor ihrer Wahl verkünden, haben in dieser Welt keinen leichten Stand. Wenn man die Hyperventilation in deutschen Talkshows sieht, wird einem klar, dass es für uns nie einen solchen Realisten an der Spitze des Landes geben wird!

#BERLIN: Berliner Polizeischüler haben wohl beim Einstellungstest betrogen, weil sie die Fragen vorher schon kannten! Über ein Drittel ist trotzdem durchgefallen. Ja, viele qualifizierte Atomphysiker können oft nicht lesen, geschweige denn schreiben.

Feddich

ELMI (zieht schneller als sein Schatten)

8. November 2018

#AFFENZIRKUS: Der Zentralrat der Pluderhosen mit Sockenschuss fordert wieder! Diesmal trifft es den Charme meiner Jugend, den Sarotti-Mohr! Nach über 50 Jahren soll er jetzt verschwinden! Wird dieses Land jetzt komplett irre???

#WAHL: Laut FAZ kam es wohl bei der Landtagswahl in Hessen zu gravierenden Fehlern. Stimmen sollen falsch ausgezählt oder überhaupt nicht erfasst worden sein! Ergebnisse wurden vertauscht, Zahlen verdreht, Stapel mit Stimmzetteln vergessen. In einigen Bezirken wurden die Ergebnisse nur geschätzt. Ich schätze mal, die nächsten Wahlen kann man sich getrost in die Haare schmieren. Was für eine Farce.

#NEUSTADT: Neues von der Staatsanwaltschaft in Frankenthal! Junge Neustädterin wurde Vergewaltigungsopfer von Ex-Freund und dessen Kumpel. Es scheint bei Asylanten gängige Praxis, dass der Ex seine Kumpels an den schönen Seiten des Lebens teilhaben lässt! Das ist wie beim Auto, da nennt man es Car-Sharing! Täter ist 18, wie fünf Millionen andere Straftäter aus diesem Kulturbereich, also passiert ihm nichts! Is halt so!

#BERLIN: In unserer Hauptstadt leben 44.510 abgelehnte Asylbewerber! Das hat die BILD vermutlich mit einem Taschenrechner ermittelt. Ich hab den jetzt auch mal genutzt! Wenn man davon ausgeht, dass pro Abschiebeflug sechzig Glücksritter und Facharbeiter ausgeflogen werden, wenn nicht irgendeine verpeilte Brunztulpe dies verhindert oder sich alle Asys vorher mit ihren Exkrementen einreiben, es 742 Flüge braucht, um die Mischpoke wieder auszufliegen! Wie viele Flüge machen wir im Monat? Dreißig? Gut geschätzt! Also über zwei Jahre!

In der Zwischenzeit kommen monatlich ca. 15.000 Wandervögel monatlich widerrechtlich in unser Land. Macht ca. 180.000 Glücksritter und IT-Spezialisten. Nun die Aufgabe für den interessierten Leser: „Wie lange wird es dauern, bis dieses Land restlos kollabiert?“ Schreibt mir, am besten auf der Rückseite eines 10-Euro-Scheins! Danke!

Feddich

ELMI (Fluglotse für Verpeilte)

9. November 2018

#MÜNSTER: Das gibt's auch nur in Deutschland! 94-jähriger ehemaliger SS-Mann wird vor Gericht gezerrt und nach Jugendstrafrecht verurteilt, weil er im KZ Stutthof als Wachmann gearbeitet hatte. Er war damals 18! Was machen die eigentlich, wenn mal wirklich alle tot sind aus dieser Zeit? Schnitzen die sich dann einen, oder wird dann die Nachfolge-Generation in die Mangel genommen? Nach Jugendstrafrecht natürlich!

#USA: Neues aus „ME-TOO“ Land! Aktivistin gibt zu, dass Ihr Belästigungsvorwurf gegen Richter Kavanaugh frei erfunden war. So kanns gehen! Es gibt zu viele hysterische Eulen auf dieser Welt, ich weiß wovon ich rede! Das Schlimme ist, es bleibt immer Dreck hängen, egal was tatsächlich passiert ist!

#SPANIEN: Jetzt geht das große Geheule los. Die sozialistische Regierung wollte Spanien zum Vorbild der Willkommenskultur der EU machen. Das Land scheint sich restlos übernommen zu haben. Allein im Oktober kamen 10.000 Flüchtlinge! Jetzt denkt man darüber nach, deutlich mehr Flüchtlinge zurückzufliegen. Vielleicht wäre es hilfreicher, wenn man vorher mal denken würde! Warnungen gabs genug!

#PRESSE: Achtung! „Spiegel", „Stern", „Focus" und „Zeit" wollen 2019 keine heftbezogenen Auflagen bei der IVW mehr melden! Die Veröffentlichungen sollen sich künftig nur auf das Quartal beschränken! Das ist ja auch für unsere Qualitätsjournaille immer ziemlich hart, wenn die Auflage von Heft zu Heft in den Keller rauscht. Da kann man sich die höheren Quartalszahlen natürlich schönlügen! Wird nicht helfen Freunde, und das ist gut so!

#MÜNCHEN: 15-Jährige soll von sechs Männern sexuell missbraucht worden sein. Beim Hauptverdächtigen soll es sich um den Ex-Freund des Opfers handeln! Der Rest waren sicher die heiligen fünf Könige aus Messerpotanien! Und täglich grüßt der Tiger *** der Vergewal–Tiger.

11. November 2018

#WANDERVÖGEL: Jetzt merken es wohl auch die Grünen. Ministerpräsident dieser Partei spricht erstmals von Migranten als „Männerhorden". Ui, späte Einsicht, aber ein Zeichen, dass da noch Resthirn glimmt!

#HARLEY BARLEY: Unser Justiz-Glubschauge will Frauenanteil im Bundestag erhöhen! Na, BRAVO! Find ich klasse! Noch mehr hochintelligente Zwischenruferinnen wie neulich beispielsweise Madame Shrek aus Monnem: „Isch duu misch todaal fremdschäämme“

#CURRYWURST: Die singende Fleischbeilage aus dem Pott hat wieder einen Spruch in Senf gemeißelt! Herbert sagt: „Er halte die Flüchtlingssituation in Deutschland für einen Glücksfall, da wir endlich wieder gefordert werden!“ Stimmt, vor allem in Schwimmbädern, Bahnhöfen, öffentlichen Verkehrsmitteln und vor Discos hinter Büschen! Messerscharf analysiert, Mr. Gutmensch! Erzähl mehr!

#AGGRESSION: Wusstet ihr, dass zum Beispiel derjenige Türke, der eine Straftat begeht und einen türkischen wie auch einen deutschen Pass besitzt, automatisch als Deutscher Straftäter geführt wird? Das haut natürlich jede solide Statistik in die Tonne!

#GEWALTSTUDIE: Ein Psychiater wies bereits bei Phoenix vor einem Jahr auf das irre Gewaltpotential hin, das im Zuge der Migration aus muslimischen, afrikanischen und arabischen Gebieten bei uns Einzug hält! Fazit: „Weder integrier- noch therapierbar“

Asylbewerber waren laut dieser Studie im Bereich der sexuellen Kriminalität 17,9 Mal krimineller als Deutsche. Die Zahl der Opfer stieg auf etwa siebzig pro Tag!

Dann sollten wir schleunigst den Slogan ändern in: „DIE SCHAFFEN UNS!“

Feddich

ELMI (Der Netzvisionär)

Epipilog (After 8)!

Elmis moinbrifn

☜●❍♓⧫ ❍□♓■♌□♓♐■

Das war:

DIE MAO-BIBEL DER NORMALOS,

DER KATECHISMUS DER AUFRECHTEN,

DER HEILIGE GRAL DER VISIONÄRE,

DIE SCHRIFTEN DER OFFENBARTEN,

DAS BUCH DER ERLEUCHTETEN.

So, Freunde, das wars für dieses Jahr. Ein hartes Stück Arbeit. Mein Menschenbild war noch nie sehr optimistisch, aber 2018 und mein tägliches „Brifn“ hat es wohl restlos gekillt. Dennoch war es mir wichtig, einer der wenigen Rufer in der Wüste gewesen zu sein.

Und das alles, ohne mich mit einer Schwimmweste ablichten zu lassen. Die Versuchung war groß! Beleidigungen und Morddrohungen gehören dazu und stören mich nicht mehr. In den nächsten zwei Jahren wird es hier gewaltig krachen. Ich hoffe, Ihr verliert den Mut nicht vollends.

Nach dem „Brifn“ ist vor dem „Brifn“! Ich werde euch auch 2019 begleiten. Danke fürs Lesen.

Euer

ELMI

FEDDICH
☞☜👎👎✋👍☟ ♐♏♎♎♓♍♒

P.S.: ÜBRIGENS, DIESES BUCH SCHREDDERT SICH NACH DEM LESEN VON SELBST! :)

Danksagung

Elmis moinbrifn

☜●❍♓⬧ ❍□♓■♌❒♓♐■

Dank an meine Frau Andrea für das Buchcover und konstruktive Kritik.

Unendlichen Dank an Bee-Bee-Print für Lektorat, Betreuung, Formatierung, Pressearbeit, Nervenbalsam und Motivation!

Dank an KDP Amazon.

Dank an alle Fans des „moinbrifn" **********

Dank an Bernd Schumacher (Top20 Radio) für die Verbundenheit und den uneingeschränkten moralischen Rückhalt.

Special thanks to the members of "POCO LOCO-BREXIT-CLUB" for brilliant ideas!

Dank an alle, die dieses Buch nie lesen werden und es trotzdem niedermachen. Euer Neid spornt mich an!

Dank an alle Hobby-Psychiater, die bei mir in den letzten Jahren eine „narzisstische Störung" diagnostiziert haben. Sie hat mich sehr reich gemacht!

Impressum

Elmis moinbrifn

☜●❍♓⬧ ❍□♓■♌□♓♐■

Umschlaggestaltung:
Andrea und Elmar Hörig

Formatierung und Gestaltung:
Bee-Bee-Print

Fotos:
Firma Trailer Sound

c/o Trailer Sound
Mail: Elmishow@gmx.de

Weitere Bücher von Elmar Hörig:

BEST OF ELMI: 2000 – 2003, independently published (19. Oktober 2018), ISBN-13: 978-1728955773, erhältlich bei amazon.de